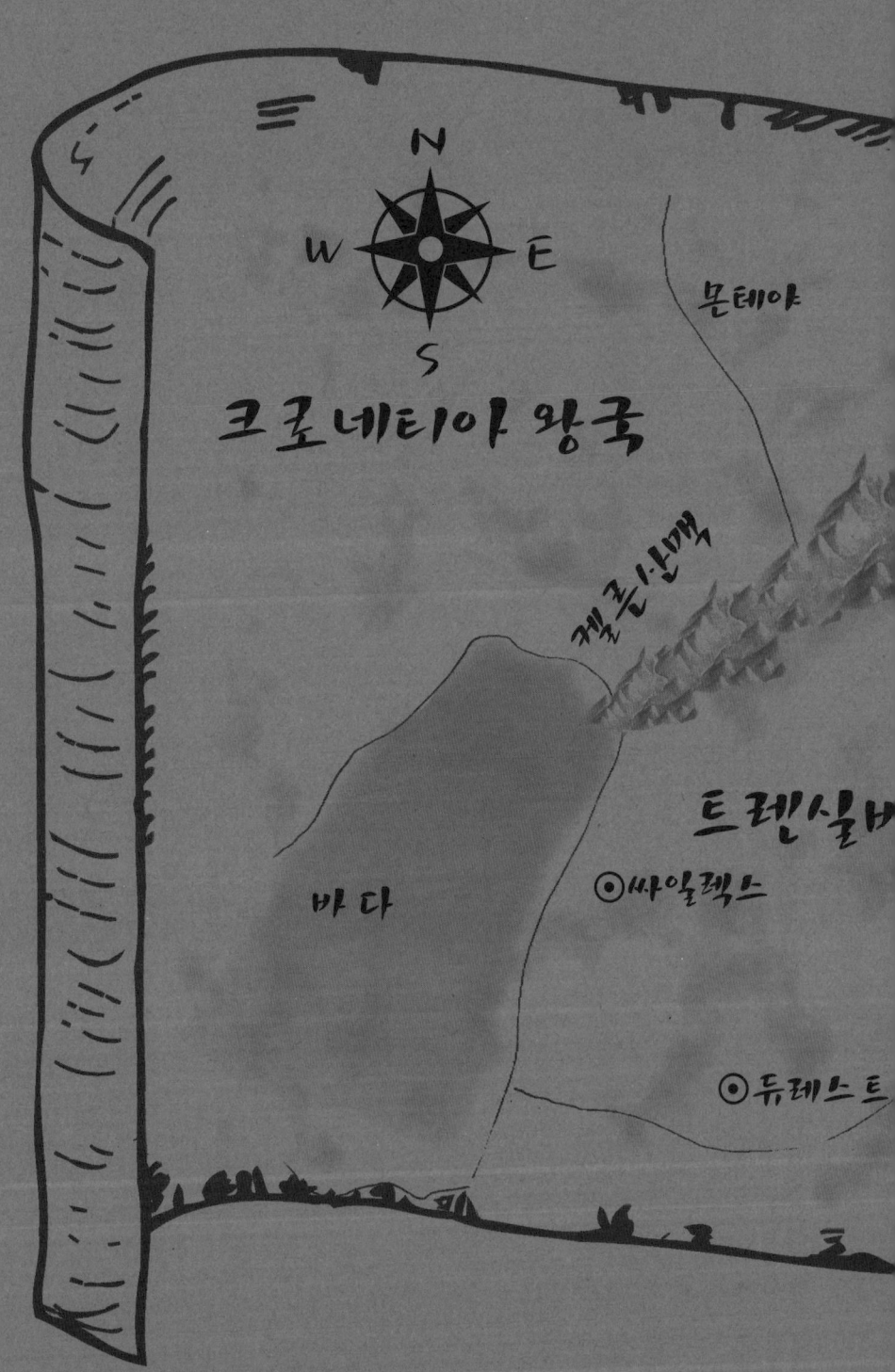

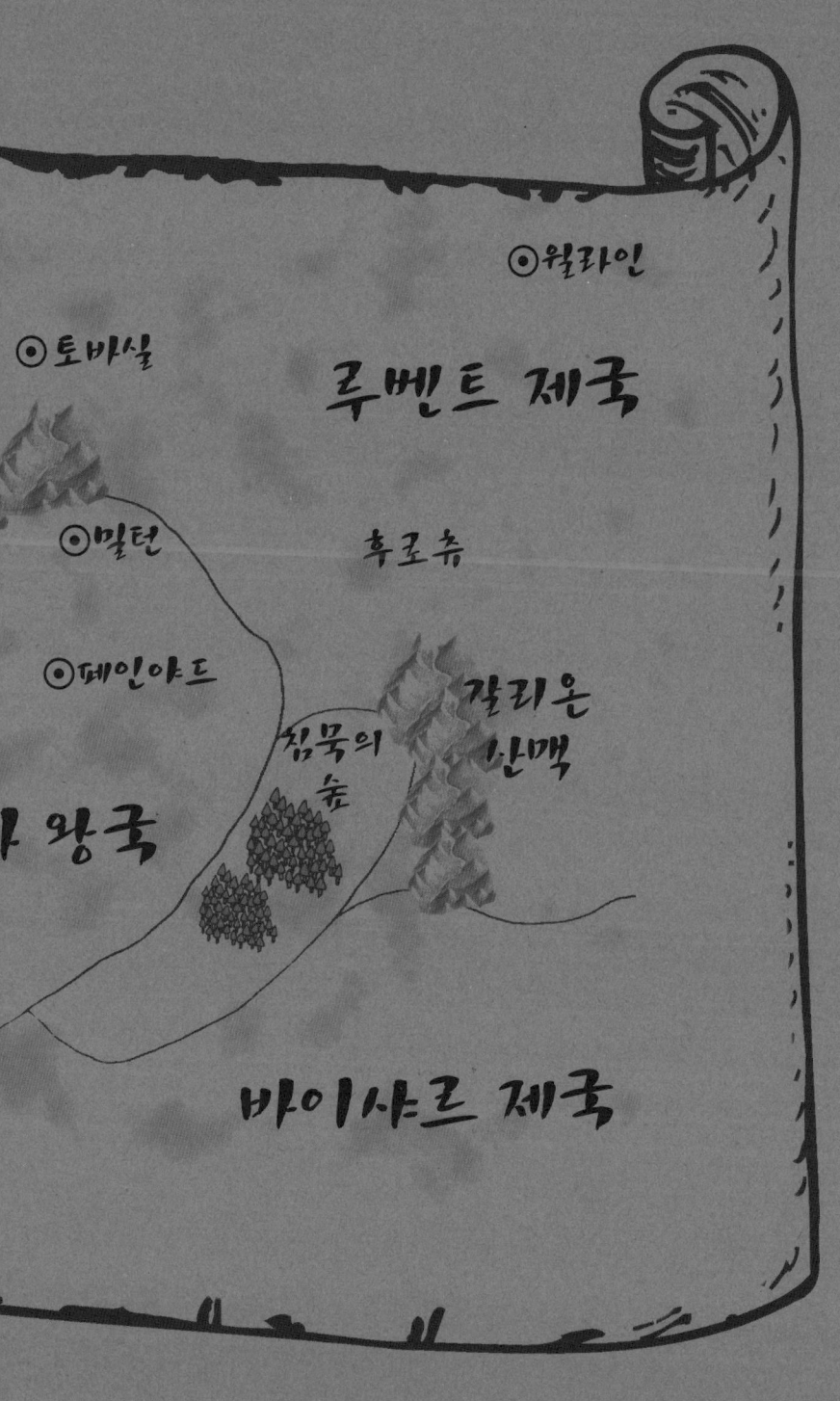

드래곤
체이서
3

드래곤 체이서 3
최영채 판타지 장편 소설

초판 1쇄 찍은 날 § 2000년 8월 25일
초판 1쇄 펴낸 날 § 2000년 8월 30일

지은이 § 최영채
펴낸이 § 서경석
펴낸곳 § 도서출판 청어람

등록번호 § 제 1081-1-89호
등록일자 § 1999. 5. 31

주소 § 경기도 부천시 원미구 심곡1동 350-1 남성B/D 3F (우) 420-011
전화 § 032-656-4452   팩스 § 032-656-4453

ⓒ 최영채, 2000

값 7,500원

※ 잘못된 책은 바꿔드립니다.
※ 저자와 협의하여 인지를 붙이지 않습니다.

ISBN 89-88818-93-8 (SET) / ISBN 89-88818-99-7 04810

최영채 판타지 장편 소설

드래곤 체이서

3
깨어진 신의 봉인

목 차

제21장   Comeback Home / 7
제22장   에이라 폰 샤드 / 37
제23장   토바실로 가는길 / 67
제24장   만나야 될 사람 / 97
제25장   후작 납치하기 / 127
제26장   최초의 전투 / 157
제27장   파괴된 고대 유적 / 187
제28장   데미안과 데보라에게 자식이? / 215
제29장   알렉스의 속마음 / 245
제30장   화이트 드래곤을 찾아서 / 275

제21장
Comeback Home

 밤새워 말을 달린 데미안 일행은 아침 해가 대지를 비출 때쯤이 돼서야 싸일렉스 영지에 들어설 수 있었다. 끝도 없이 펼쳐진 너른 들판이 태양빛으로 밝아져 오는 모습을 바라보는 데미안의 표정에는 이제야 고향으로 돌아왔다는 안도감이 배어 있었다. 옆에서 아무 말 없이 서 있던 헥터의 얼굴에도 고향으로 돌아온 반가움이 가득했다.
 "여기가 데미안의 고향이야?"
 데보라의 물음에 데미안은 그저 고개만 끄덕였다. 밤새 말 위에서 시달린 로빈은 졸린 눈을 비비며 주위를 둘러보았다. 자신이 태어나 살던 듀레스트에 비하면 형편없는 시골에 불과한 싸일렉스의 황량한 모습에 연신 주위를 두리번거렸다. 아무런 변화도 보이지 않은 사람은 라일뿐이었다. 아직까지 햇빛이 두려운 듯 간간이 고개를 들어 주위를 확인하고는 깊숙이 후드를 눌러썼다.

이른 시간임에도 불구하고 벌써 농기구를 손에 들고 일하러 나온 농부들의 숫자가 적지 않았다. 새파랗게 자란 보리의 이삭을 돌보는 농부들의 손은 잠시도 쉴새가 없었다.

데미안 일행은 천천히 그들의 곁을 스치고 지나갔지만, 어느 누구도 데미안을 알아보지 못했다. 한 시간쯤 가볍게 말을 달린 데미안 일행은 언덕 위에 서 있는 커다란 저택을 발견할 수 있었다.

저택의 모습을 발견하는 순간, 데미안은 가슴 깊은 곳에서 뭔가 뜨거운 것이 치밀어 오르는 것을 느꼈다. 그와 동시에 자렌토와 마리안느, 그리고 제레니의 얼굴이 눈앞을 스치고 지나갔다. 콧날이 찡해지는 것을 느낀 데미안은 급해지는 마음을 억누르며 정문을 향해 말을 몰았다. 정문에는 번쩍이는 플레이트 메일을 걸치고 날카로운 랜스를 든 네 명의 경비병들이 서 있었다.

경비병들은 이른 아침부터 백작가를 찾아온 낯선 여행객들을 경계하며 재빨리 안으로 신호를 보냈다. 그리고는 데미안 일행을 향해 입을 열었다.

"이곳은 싸일렉스 백작님의 저택입니다. 무슨 일로 이곳을 찾아오셨는지요?"

데미안은 경비병들이 자신을 알아보지 못하자 순간적으로 당황했다. 그 순간을 놓치지 않고 데보라가 물었다.

"데미안, 여기가 정말 너희 집 맞아? 혹시 다른 집하고 헷갈린 것 아니야?"

"아무리 3년 만이라고는 하지만 내가 내 집도 제대로 못 찾을 멍청인 줄 알아?"

환상적으로 아름다운 두 남녀의 대화를 들은 경비병들은 순간적으로 서로의 얼굴을 살피고는 다시 질문을 했다.

"그럼, 싸일렉스 백작님의 아드님이신 데미안님이십니까?"

"그래, 내가 데미안 싸일렉슨데, 너희들은 어째서 나를 모르는 거지? 그리고 보니 나도 처음 보는 얼굴 같은데? 너희들은 대체 누구야?"

"저희들은 얼마 전 새로 이곳에 온 병사들입니다."

"새로 온 병사?"

"그렇습니다. 얼마 전 이곳에서 병사를 모집해서……"

"무슨 일인데 비상종을 울려……?"

쏜살같이 달려온 십여 명의 인물 중 가장 앞쪽에 서 있던 근엄한 표정의 사내가 나직한 음성으로 말하다가 데미안과 헥터의 모습을 발견하고는 자신도 모르게 멍한 표정을 지었다. 상대의 모습을 확인한 데미안은 그에게 인사를 했다.

"루안, 그 동안 잘 있었어?"

"예? 예, 데미안님께서도 잘 계셨습니까?"

"싸일렉스란 지방의 인사는 상당히 독특하군. 여행에서 돌아온 사람에게 잘 있었냐니?"

데보라의 말에 루안의 얼굴이 벌겋게 변했다.

"데미안님, 이분들은?"

"모두 내 동료들이야. 그리고 이분은 내 스승님이신 라일 폰 페리우스님이셔."

데미안의 입에서 스승이란 말이 나오자 루안은 난생처음 보는 물건을 본 어린아이처럼 신기하다는 표정을 지으며 데미안의 얼굴을 바라보았다. 확실히 지난 3년이란 시간이 데미안이란 인간을 얼굴만 요염하게 만든 것이 아니라, 그 외에도 많은 면을 바꾼 것이 확실했다.

"저는 싸일렉스 백작가의 경비 대장을 맡고 있는 루안 페이먼이라고 합니다."

"라일이오."

상대의 음성이 너무나 묵직하게 가라앉아 있기 때문일까? 루안은 순간적으로 움찔했다.

"부모님은 일어나셨어? 그리고 누나는?"

"참! 어서 들어가 보십시오. 세 분 모두 비상종 소리를 듣고 일어나 계십니다."

"그래? 그럼, 조금 있다 봐."

데미안은 그 말을 남기고 동료들과 함께 저택으로 천천히 말을 몰았다.

"저분이 백작님의 아드님이신 데미안님이십니까?"

"그래."

"듣던 것보다 훨씬 아름다운 분이시군요. 저는 처음 뵙는 순간 숨이 멎는 줄 알았습니다."

"아름답기만 한 것이 아니라 몹시 사랑스러운 분이기도 하지. 이 싸일렉스에 사는 모든 사람들이 싸일렉스 백작님을 존경하는 것만큼 데미안님을 사랑하고 있다네."

루안의 말에 경비병들은 이미 멀어진 데미안의 뒷모습을 바라보며 고개를 끄덕였다.

말로 거의 5분 이상을 달려서야 저택에 다다를 수 있었다. 저택의 모습이 보이는 순간 데미안의 가슴은 더욱 빨리 뛰기 시작했다. 그리고 누군가 길을 따라 걸음을 옮기는 모습을 발견하는 순간, 데미안은 더 이상 참지 못하고 말을 달려 그녀에게로 향했다.

그리고는 그대로 몸을 날려 그녀 앞에 내려섰다.
 제레니는 누군가 갑자기 눈앞에 나타나자 자신도 모르게 비명을 지르려고 했다. 그러나 상대는 그보다 빨리 그녀의 품속으로 뛰어들어서는 그녀의 허리를 안고 번쩍 치켜 들었다. 비명을 지르려던 그녀의 눈에 들어온 사람은 그 동안 간절하게 소식을 기다리던 자신의 동생, 데미안이었다.
 "데미안!"
 "하하하, 제니 누나, 그 동안 잘 있었어? 그런데 왜 이렇게 바짝 말랐지? 이래서야 어디 시집 가겠어?"
 "데미안, 어지러워. 좀 내려줘."
 제레니의 말에 데미안은 그제야 그녀를 땅에 내려놓았다. 어느 틈엔가 훌쩍 자라 이제는 자신이 고개를 쳐들어야 볼 수 있을 만큼 장성한 동생의 모습에 제레니는 무슨 말을 해야 좋을지 몰랐다. 그저 손을 뻗어 데미안의 뺨에 손을 대고는 그의 뺨을 어루만질 뿐이었다. 그리고는 다시 손을 뻗어 헝클어진 붉은 머리를 가지런하게 만져 주었다.
 "그 동안 잘 지냈니?"
 "응, 누나가 걱정해 준 덕분에 무사히 잘 지냈어."
 그 말을 듣는 순간 제레니는 갑자기 감정이 북받치는 것을 느꼈다. 너무도 갑작스런 데미안의 출현에 놀란 나머지 이제야 그가 3년 만에 집으로 돌아왔다는 사실을 깨달은 것이다. 제레니가 눈물을 보이자, 데미안은 어떻게 해야 좋을지 몰라 허둥댔다.
 "어, 우는 거야? 울지 마, 여기 손님들도 오셨는데……."
 데미안의 말에 제레니는 급히 눈물을 닦고는 곧 이어 다가온 라일과 데보라, 그리고 헥터를 향해 두 손으로 드레스의 옆을 잡고 허리와 무릎을 살짝 굽히고는 인사를 했다.
"어서 오세요, 싸일렉스에 오신 것을 환영합니다."
"어? 그런데 로빈은 어디로 갔지?"
제레니가 데미안 일행들과 인사를 나누고 있는 동안 데미안이 로빈을 찾았고, 그 순간 로빈은 달리는 말의 고삐를 움켜잡고는 저 멀리서 애처롭게 비명을 지르고 있었다.
"사람 살려! 난, 난 말 못 탄단 말이야!"

"아버지, 어머니. 무사히 아카데미를 졸업해 수련 기사가 되어 돌아왔습니다."
데미안의 씩씩한 귀가 보고에 자렌토는 미소로, 마리안느는 눈물로 그를 반겼다. 데미안에게 다가온 자렌토는 무사 귀환한 아들을 질식사(?)시키려는지 억세게도 그를 껴안았다.
"데미안, 수고 많았다."
몇 번이나 어깨가 결리도록 힘주어 두드려주는 자렌토의 모습에 데미안은 호흡 곤란과 통증으로 인해 머리 속이 어지러워지는 것을 느꼈다. 그러는 사이 다가온 마리안느는 3년 사이에 변해버린 아들의 모습을 살피기에 여념이 없었다.
자렌토 부부와 제레니, 그리고 데미안 일행은 응접실에서 담소를 나누는 동안 데보라는 몇 번이나 제레니의 얼굴을 훔쳐 보고는 나직이 한숨을 내쉬었다. 그렇기는 로빈 역시 마찬가지였다. 어린 나이에 어울리지 않는 지팡이를 소중하게 든 채 제레니의 아름다운 얼굴에서 눈을 떼지 못하고 있었다.
자렌토는 데미안의 스승이라는 라일이라는 존재에 대해 상당히 신경이 쓰였다. 여태껏 그가 경험한 것에 의하면 상대는 살아 있는 사람이 아니란 느낌이 강하게 들었다. 비록 상대에게 직접 묻지는 않았지만, 그에게서 풍기는 음습한 기운이나 느낌이 그의 신경을 자극하는 것만은 사실이었다. 옆에서 그 모습을 발견한 데미안이 그에게 라일을 소개했다.

"아버님, 이분은 과거 레토리아 왕국에서 유일하게 소드 마스터의 경지에 도달하셨던 분이십니다. 마법사의 저주에 걸려 지금 이런 모습을 하고 계시지만, 곧 저주를 풀어 원래의 모습을 찾을 수 있을 겁니다."

"레토리아 왕국이라면?"

자렌토는 자신도 모르게 헥터를 바라보았고, 헥터는 그런 자렌토에게 고개를 끄덕였다. 라일에 관한 것은 헥터에게 들을 수 있는 일이기에 일단 그 문제는 접어두기로 했다.

"데미안, 우리는 네가 작년 11월에 왕립 아카데미를 졸업했다고 알고 있는데, 왜 이제야 온 거니?"

"어머니의 말씀대로 그때 졸업한 것은 사실이지만 비밀 임무를 수행해야 했기 때문에 미처 연락을 드리지 못했어요. 그렇지만 이제 이렇게 돌아왔잖아요."

"그럼 이제 모든 일이 다 해결된 거니?"

"아직 한 가지가 남았지만, 곧 해결할 수 있어요."

"그럼 또 집을 떠나야 한단 말이니?"

마리안느의 얼굴이 당장 걱정에 휩싸이자, 데미안은 그녀를 진정시키느라 안간힘을 다 써야 했다.

"어머니, 그렇지만 이제 겨우 한 가지만 남았을 뿐인데요, 뭘. 그러니 잠시만 기다리시면 제가 곧 돌아올 거고, 그때 다시 가족들과 함께 지낼 수 있을 거예요."

데미안의 말에 마리안느는 데미안의 얼굴을 보며 긴 한숨을 내쉬었다.

"휴우~ 내가 언제 너를 이긴 적이 있니. 알았다."

"미안해요, 어머니."

"언제까지 이야기만 하고 있을 거요? 손님들도 오셨는데, 아침 식사부터 하도록 합시다."

자렌토의 말에 마리안느는 자리에서 일어나 라일 등에게 입을 열었다.

"곧 아침 식사를 준비할 테니, 그때까지 잠시만 이야기를 나누며 기다려주세요."

마리안느와 제레니가 자리를 떠나자 데보라가 데미안에게 다가오며 작은 음성으로 입을 열었다.

"네 누나 이름이 뭐라고 했지?"

"제레니 싸일렉스. 그건 왜 물어?"

데미안의 반문에 데보라는 어색한 미소를 지었다.

"나도 얼굴로는 누구에게든 지지 않는다고 생각을 했었는데, 네 누나한테는 비교가 안 되는 것 같아."

데보라의 말에 데미안은 멍한 표정으로 데보라의 얼굴을 바라보았다.

"그리고 보니까 데보라도 여자였구나."

"뭐? 그게 무슨 소리야? 그럼 여태껏 날 남자로 생각을 했었단 말이야?"

"그게 아니라…… 데보라는 웬만한 기사들보다 훨씬 강하니까 나도 모르게 남자처럼 여겼던 것 같아. 그렇지만 데보라도 예뻐."

데미안의 말에 옆에서 그의 말을 듣고 있던 자렌토는 데보라의 얼굴을 유심히 바라보았다. 확실히 그녀의 말대로 상당한 미모인 것만은 사실이었다. 제레니와는 다른, 조금은 중성적인 아름다움을 가진 데보라의 얼굴을 바라보았다. 그러나 자렌토가 그녀의 얼굴을 바라본 것은 단순히 그녀의 얼굴이 아름답기 때문이 아니라, 그녀가 소드 익스퍼트에서도 상급에 속한 검술 실력을 가지고 있다는 사실이 그의 관심을 끌었기 때문이다.

 게다가 얼굴을 붕대로 친친 감고 있는 라일이 소드 마스터에서도 중급의 검술 실력을 가지고 있다는 것 또한 자렌토의 관심을 끌기 충분한 것이었다.

 라일을 제외한 나머지 사람들은 마리안느와 제레니가 준비한 아침 식사를 한 다음 모두 깊은 잠 속에 빠졌다.

 전신에 상쾌함을 느끼며 자리에서 일어난 데미안은 3년 동안이나 떠나 있었던 자신의 방 안을 둘러보았다. 그러나 어디에도 3년 동안 비워져 있었던 흔적은 찾아볼 수 없었다. 아마도 모르긴 몰라도 지난 3년 동안 마리안느가 얼마나 이 방을 치우고 정리했을지 보지 않아도 알 만한 일이었다.

 침대에서 내려와 간단하게 기지개를 켠 데미안은 천천히 옷을 갈아입고 아래층으로 내려갔다. 응접실에서는 마리안느와 제레니가 헥터와 데보라, 그리고 로빈이 함께 대화를 나누고 있었다.

 "헥터, 스승님은?"

 "라일님은 백작님과 함께 서재에 계십니다. 데미안님이 깨어나는 대로 오라는 말씀이 계셨으니, 서재로 가보십시오."

 헥터의 말에 데미안은 서재로 걸음을 옮겼다. 그리고는 조용히 문을 두드렸다.

똑똑똑—

"아버지, 저 데미안입니다."

"들어오너라."

자렌토의 말에 데미안은 조용히 문을 열고 안으로 들어갔다. 서재 안에는 자렌토와 라일, 그리고 루안이 있었는데, 세 사람의 얼굴이 굳어 있는 것이 심각한 대화를 나누고 있었던 것 같았다. 자렌토의 손짓에 자리에 앉은 데미안은 아버지인 자렌토의 얼굴을 바라보았다.

"내가 라일님에게 듣기로 네가 앞으로 가야 할 곳이 루벤트 제국이 점령한 토바실이라고 들었다. 그 말이 사실이냐?"

"그렇습니다."

데미안의 대답에 자렌토의 얼굴이 조금 굳어졌다.

"네가 맡았다는 비밀 임무가 무엇인지 묻지는 않겠다. 그렇지만 그라시아스 후작 각하가 나에게 보낸 편지에는 네가 맡은 일이 어쩌면 트렌실바니아 왕국의 미래를 기약하는 일이 될지도 모르는 일이라고 말씀을 하셨다. 그래, 그 임무를 완수할 자신은 있느냐?"

자렌토의 굳은 음성에 데미안은 뒷머리를 긁적이다가 곧 대답했다.

"예, 아버지. 아버지께서 걱정하시는 마음은 알지만, 너무 걱정하지 않으셔도 됩니다. 남은 일을 마치고 무사히 돌아오겠습니다."

데미안의 담담한 말에 자렌토는 3년 사이 데미안이 무척이나 많이 변했다는 것을 실감할 수 있었다. 단순히 키가 커지고, 몸에 근육이 붙은 것만이 아니라 성격마저 예전과는 달리 진중하게 변했다는 것을 느낄 수 있었다.

끊임없이 자신의 손아귀에서 벗어나기 위해 발버둥치던 철없던 시절의 데미안과는 달리 묘하게 침착해진 듯 보였다. 자렌토가 물끄러미 자신을 바라보자 데미안은 어색한 미소를 지으며 그에게 물었다.
"참, 한스의 모습이 보이지 않던데, 어디 갔습니까?"
데미안의 말에 자렌토는 그에게 그 동안 싸일렉스 가문에 벌어진 사건을 이야기해야 하는지 잠시 망설였다. 하나 언제고 데미안이 알 사실이기에 한스가 페인야드로 떠난 사실을 이야기했다. 자렌토의 이야기를 들은 데미안은 순간적으로 분노가 치미는 것을 느꼈지만 억지로 눌러 참아야 했다. 그런 데미안의 손은 당장이라도 부서질 듯 주먹이 쥐어져 있었다.
"그러니까 기난 전하께서 제니 누나를 원한다는 겁니까? 그것도 누나가 좋아서가 아니고, 단지 아버지를 자신의 진영에 끌어들이기 위해서 말입니다."
"휴우~ 물론 기난 전하의 행동이 너무 심하다는 것을 모르는 것은 아니다. 그러나 어쩌겠느냐?"
자렌토의 말에 데미안은 주먹을 쥔 손에 다시 한 번 힘을 주며 치미는 화를 눌러 참아야 했다. 조금은 상기된 표정으로 자렌토에게 물었다.
"그럼 아버님께서는 어떻게 하실 생각이십니까? 제가 듣기에 기난 전하는 목적을 위해서는 수단과 방법을 가리지 않는 성품을 가졌다고 들었는데 말입니다."
"비록 그분의 뜻에 어긋나는 한이 있더라도 제니를 희생물로 삼을 수는 없는 일이 아니냐? 설사 내 생명이 위험하더라도 제니를 기난 전하께 보내지는 않을 생각이다."

단호한 자렌토의 말에 데미안은 고개를 끄덕였다.
"저도 조금이라도 빨리 임무를 마치고 돌아와 아버님을 돕겠습니다."
데미안의 말에 굳어 있던 자렌토의 얼굴이 서서히 풀렸다. 그리고 그의 얼굴에는 흡족해하는 미소가 떠올랐다.
"라일님, 그럼 이 녀석을 잘 부탁드리겠습니다."
"별말씀을……. 데미안, 듀레스트에서 데려온 그 여자 마법사는 어떻게 할 거냐?"
"여자 마법사?"
자렌토의 반문에 데미안은 자렌토에게 듀레스트에서 있었던 일을 자세히 설명해 주었다. 데미안의 설명을 들은 자렌토의 얼굴은 심각하게 굳어졌다.
"……그러니까 네 말은 루벤트 제국의 스파이가 너를 감시하는 것 같다는 말이냐?"
"제가 생각하기에 단순히 저를 감시하는 것뿐만이 아니라, 좀 더 깊숙하게 개입을 하고 있는 것 같습니다."
"깊숙이 개입을 했다니? 설마 왕위 계승에 말이냐?"
"예, 스승님께 말씀을 듣고 나름대로 생각해 보았는데, 루벤트 제국의 입장에서 보면 혼란스러운 지금이야말로 트렌실바니아 왕국을 집어삼킬 절호의 기회가 아니겠습니까?"
"그렇지만 세 분 중에 누가?"
"그야 조금만 생각을 해보면 알 만한 일입니다."
데미안은 천천히 자신의 생각을 정리한 다음 사람들에게 설명을 했다.
"제가 생각하기에 먼저 알렉스 전하는 해당이 안 되는 것 같습니다. 세 분 전하 가운데 가장 세력이 약한 것은 물론이고, 근거지마저 없어 그분의 모습을 보았다는 사람이 없지 않습니까? 만약 그분이 루벤트 제국의 지원을 받는다면 상당한 세력을 형성했어야 정상일 텐데, 그렇지 않은 것을 보면 알렉스 전하는 아니라고 생각합니다. 그리고 비슷한 이유로 제로미스 전하도 아니라고 생각합니다. 일단 그분 곁에 안토니오 후작께서 있는 것도 루벤트 제국의 지원을 받는 것이 아니라는 이유가 되지만, 무엇보다 사람들이 알고 있는 제로미스 전하의 성품상 알면서 루벤트 제국의 지원을 받지는 않을 겁니다."

"그렇지만 만약 제로미스 전하가 그런 사실을 몰랐다면?"

"아버님도 잘 아시겠지만, 안토니오 후작님을 루벤트 제국의 스파이라고 볼 수는 없는 일 아닙니까? 물론 그분의 휘하에 있는 사람들 가운데 루벤트 제국의 첩자들이 없다고 장담할 수는 없겠지만, 안토니오 후작의 눈을 피할 수 있을 거라곤 생각지 못하겠습니다. 그리고 나면 한 분만 남는군요."

데미안의 말에 자렌토는 3년 사이에 눈부시게 성장한 데미안의 모습에 조금은 경이적이라는 눈빛으로 자신의 아들을 바라보았다.

물론 자신도 나름대로 조사를 해 기난 왕자의 행동이 어딘지 모르게 과격해졌다는 판단을 내리고 있었다. 제로미스 왕자에 비하면 능력도, 가지고 있던 세력도 형편없던 그가 어떻게 단시일 만에 그런 세력을 가졌는지 궁금하게 생각해 왔던 터였다. 그러나 데미안의 말을 듣고 보니 그의 배후에 루벤트 제국이 있다는 확신이 섰다.

"기난 전하는 다른 두 분의 전하에 비해 능력도, 실력도 떨어진다고 알려진 분입니다. 그럼에도 불구하고 젊은 귀족들과 상인들의 막대한 지지를 받고 있습니다. 세상에 알려진 그분의 능력이라면 그런 일은 절대 불가능할 겁니다. 지금과 같은 세력을 가지고 있다는 것은 누군가 그분 곁에서 그분을 돕고 있다고 생각할 수밖에 없습니다. 저는 그들이 바로 루벤트 제국의 첩자라고 생각을 합니다."

"휴우, 내 생각도 너와 마찬가지다. 그렇지만 기난 전하를 상대로 뭘 어쩐단 말이냐?"

"그건 아버님께서 결정하실 일입니다. 기난 전하의 편에 서서 루벤트의 첩자들을 제거하시든, 아니면 지금처럼 정치적 중립을 지키시든 말입니다. 다만, 이 트렌실바니아 왕국의 안정을 위해서는 빠른 결정이 있어야 합니다."

"그럼, 네 생각에 지금의 이 상황을 가장 빨리 안정시키려면 어떻게 해야 한다고 생각을 하느냐?"

"제 생각에는 일단 알렉스 전하의 찾아 그분의 안전을 확보한 다음 그분을 도와 국왕으로 추대하는 것이 가장 좋을 것 같습니다만, 아직까지 그분의 행방조차 모르니 일단 세력을 먼저 일으키는 것이 좋을 것 같습니다."

"그렇지만 네 말대로 한다면 제로미스 전하나 기난 전하가 가만히 있겠느냐?"

자렌토의 질문에 데미안은 빙그레 미소를 지었다. 자신의 질문에 대답할 생각은 않고 웃음을 짓는 데미안의 행동에 자렌토는 의아해했다.

"가만히 있지 않으면 어쩌겠습니까? 아버님께서 세력을 일으키시는 것이 자신들을 도와주기 위함이라고 생각을 할 텐데 말입니다."

"그럼 네 말은, 두 분 전하께 내가 가담을 하는 것처럼 해서 속여라, 그런 얘기냐?"

"속인다기보다는 싸움을 피하자는 겁니다. 어떤 식으로 싸움이 일어나든 그 싸움으로 인해 좋아할 사람은 루벤트 제국뿐입니다. 그럴 수는 없는 일 아닙니까?"

데미안의 말에 자렌토는 잠시 고심을 해보았지만 데미안의 생각보다 더 좋은 방법은 생각나지 않았다. 잠시 시간이 지난 뒤 자렌토는 고개를 끄덕였다.

"일단은 네 말대로 하는 것이 가장 좋을 듯싶구나. 잘 알았으니, 이제 그만 네 어머니께 가보도록 하거라."

"알겠습니다."

데미안이 서재에서 나가고 난 뒤, 자렌토와 라일은 다시 심각한 대화를 나누었다.

"웨이크(Wake : 깨어나라)!"

조금은 날카롭게 들리는 소년의 외침과 함께 쓰러져 있던 사브리나가 천천히 눈을 떴다. 누군가가 자신 앞에 서 있는 것을 발견한 그녀는 재빨리 공격 마법을 캐스팅하려고 했지만 그것은 단지 그녀의 생각일 뿐, 그녀의 몸은 물먹은 솜처럼 축 늘어져 꿈쩍도 하지 않았다. 그런 그녀의 모습을 지켜보던 누군가가 입을 열었다.

"가만히 있는 것이 좋을 거야. 지금 당신은 마법이 봉인되었기 때문에 보통 사람과 똑같은 상태이거든."

가까스로 고개를 들고 자신에게 말을 한 상대를 확인하니 데미안이었다. 그리고 그 옆에는 처음 보는 중년의 사내가 서 있었고, 소년과 젊은 여자, 자신과 겨룬 적이 있는 젊은 검사와 후드를 뒤집어써 얼굴을 알 수 없는 사람이 서 있었다. 재빨리 눈을 돌려 주위를 확인하니, 왠지 축축하고 서늘하게 느껴지는 것이 지하 감옥 같았다.

"여기가 어디지?"

"싸일렉스 영지를 방문한 것을 환영하오. 물론 자의로 온 것은 아니겠지만."

"싸일렉스 영지?"

그 말에 사브리나는 안간힘을 쓰며 자리에서 일어났다. 그리고는 자신을 바라보고 있는 중년의 사내에게 입을 열었다.

"그렇다면 당신이 트렌실바니아 왕국의 영웅이라는 자렌토 드 싸일렉스 백작인가요?"

"영웅이라니 과찬이오. 이렇게 만난 것이 조금 유감이기는 하지만 귀하에게 물어볼 것이 있소."

"내가 먼저 말하죠. 나 역시 위에서 지령을 받고 저 데미안이란 도련님의 뒤를 쫓았을 뿐, 조직에 대해서는 아무것도 아는 것이 없어요."

"그렇지만 그대가 듀레스트에서 산적 노릇을 했고, 스타인버그 자작이 산적 토벌을 미룬 것을 보면 그대가 스타인버그 자작과 어떤 식으로든 관계가 있다고 보는데, 그렇지 않나?"

"호호호, 그렇게 생각을 한다면 스타인버그 자작에게 물어보면 될 걸 왜 나에게 묻는 거지?"

유들유들한 사브리나의 태도에 데보라가 순간적으로 발끈하며 허리에 차고 있던 쇼트 소드를 뽑으려고 하자, 옆에 있던 헥터가 그녀의 손을 잡고는 고개를 저었다. 그 모습에 옆에서 그 모습을 지켜보던 데미안이 입을 열었다.

"당신이 스타인버그 자작의 정체를 밝혀준다면 당신을 놓아주지. 어때? 당신에게도 그리 나쁜 조건은 아닌 것 같은데, 어떻게 생각해?"

"정말 날 풀어준단 말이야?"

"틀림없이 당신을 풀어주겠어. 이건 싸일렉스 가문의 이름을 걸고 약속하지."

순진한 표정으로 굳게 다짐하듯 하는 데미안의 말에 사브리나는 잠시 갈등을 일으켰지만 그 시간은 그리 길지 않았다.

"좋아, 당신의 말을 믿고 얘길 하지. 스타인버그 자작은 루벤트 제국의 사람은 아니지만 우리에게 포섭된 인물 가운데 하나인 것은 틀림없어. 물론 그 이외에도 많은 사람이 있지만, 내가 아는 사람은 스타인버그 자작뿐이야."

사브리나의 조금은 힘없는 말에 가장 놀란 사람은 자렌토였다. 그렇지 않아도 싸일렉스 영지 근방의 귀족들과 몇 차례의 모임이 있었고, 그들 가운데 가장 자신의 뜻을 환영해 준 인물이 바로 스타인버그 자작이었기 때문이다. 이미 이십여 년 동안 친분이 있던 스타인버그 자작이 루벤트 제국에 포섭이 된 인물이라니…….

사브리나의 말에 데미안은 고개를 끄덕였다. 혹시나 하는 생각이 들기는 했지만, 역시 스타인버그 자작이 루벤트 제국의 첩자로 밝혀진 것이다. 물론 그 사실에 화가 났다. 그러나 사브리나의 말대로 스타인버그 자작뿐만이 아니라면 상당수의 첩자들이 권력을 쥐고 있다는 말이 되니, 그것이 더욱 커다란 문제였다.

"이제 날 풀어주겠지?"

사브리나의 말에 데미안은 그녀의 말이 무슨 소리냐는 듯 어이없다는 표정을 지었다.

"그게 무슨 소리야?"

"조금 전 날 풀어주겠다고 약속을 했잖아? 이제 와서 약속을 어기겠다는 말이야? 싸일렉스 가문의 약속이라는 것이 이런 거야?"

"쯧쯧쯧, 성미가 급하기는……. 분명히 당신을 풀어주겠어. 그렇지만 지금은 아니야."

"지금이 아니라면 대체 언제 날 풀어주겠단 거야?"

"지금 당신을 풀어주게 되면 오히려 우리가 위험하니, 일단 일이 어느 정도 매듭 지어지고 난 후 풀어주도록 하지. 이번 기회에 트렌실바니아 왕국에 있는 루벤트 제국의 첩자 가운데 일부라도 색출해야 되지 않겠어?"

"나쁜 놈!"

데미안의 말에 사브리나는 그제야 자신이 속았다는 것을 알고 분해했다. 그런 사브리나를 보며 데미안은 뭔가 의미 심장한 표정을 지었다.

"걱정하지 말고 잘 지내고 있어. 약속한 대로 얼마 후에는 틀림없이 풀어줄 테니까."

말을 마친 데미안은 다른 사람들과 함께 지하 감옥을 빠져 나갔고, 혼자 남은 사브리나는 그런 데미안의 뒷모습을 바라보며 내심 탄식을 터뜨렸다.

"이럴 수가… 내가 저런 애송이한테 속다니……. 단순히 싸일렉스 백작의 후광을 입은 꼬마라고만 생각을 했었는데. 어쩌면 저 꼬마 때문에 제국의 트렌실바니아 왕국에 대한 모든 계획이 수포로 돌아갈지도 모르겠군."

지하 감옥에서 나온 데미안은 일행들과 앞으로의 계획을 이야기했다. 결론이라고 할 것도 없지만 일단 자렌토는 계속해서 귀족들의 세력을 모으기로 했고, 데미안은 최대한 빨리 임무를 마치고 싸일렉스로 돌아오기로 했다.

　데미안은 어둠이 내리기 시작한 저택의 뒤편에 있는 숲길로 걸음을 옮겼다가 천천히 숲을 돌아 다시 저택으로 향했다. 그런 데미안의 눈에 누군가가 길가에 쭈그리고 앉아 자신을 기다리고 있는 모습이 보였다. 로빈이었다. 데미안이 다가오는 줄도 모르고 앉아 있던 로빈은 데미안이 자신을 부르는 소리를 듣고서야 고개를 들었다.

　"로빈, 저녁 시간도 다되었는데 여기서 뭐 하는 거야?"
　"저어, 데미안님께 꼭 드려야 할 말씀이 있어서 기다리고 있었습니다."
　"꼭 해야 할 말?"
　"그렇습니다. 제가 치유의 구슬을 가지고 있기에 알게 된 사실인데, 데미안님께서는 지금 마법에 걸려 계십니다."
　"내가 마법에 걸려? 그게 무슨 소리지?"
　데미안은 로빈의 곁에 앉으며 입을 열었다. 미소를 짓는 데미안의 모습에 로빈은 잠시 머뭇거리면서 입을 열었다.
　"데미안님께서 걸린 마법은 아마 기억을 봉인시키는 마법 쪽이 아닌가 생각이 됩니다."
　"기억 봉인 마법?"
　로빈의 말에 데미안은 몸 속에서 마나를 움직일 때 머리 부분에서 마나의 흐름을 방해받았던 것이 생각났다. 데미안이 잠깐 생각에 잠겨 있는 사이 로빈이 말을 이었다.
　"예, 그것도 7싸이클급의 마법 같습니다."

"7싸이클의 마법이라면?"

"제가 알기로도 세상에 7싸이클의 마법을 사용할 수 있는 사람은 극소수에 불과하다고 알고 있는데, 누가 데미안님께 기억 봉인 마법을 사용했는지 모를 일입니다."

로빈의 말에 데미안은 자신이 기억하는 붉은 머리 여전사의 모습을 떠올렸다. 어차피 그녀가 드래곤이고, 인간으로 폴리모프한 상태라면 7싸이클의 마법을 사용하는 것은 아무것도 아닐 것이다. 그렇다면 그녀는 왜 자신의 기억을 봉인했을까 하는 의문이 들었다. 혼란스런 머리 속을 정리하고는 로빈에게 다시 물었다.

"그럼, 로빈, 네가 가지고 있는 치유의 구슬로 기억 봉인 마법을 풀 수 있겠어?"

데미안의 질문에 로빈은 고개를 돌려 데미안을 쳐다보고는 다시 고개를 돌렸다.

"물론 치유의 구슬로 기억 봉인 마법을 깰 수는 있을 거예요. 그렇지만 7싸이클에 해당되는 마법을 강제로 깨려 한다면 어떤 부작용이 생길지 몰라요. 제가 걱정하는 것이 바로 그거예요."

"날 걱정하는 네 마음은 잘 알아. 그렇지만 기억하지 못하는 과거가 있다는 사실이 언제나 부담스러웠어. 로빈, 네가 날 도와주길 바래."

간절한 데미안의 말에 로빈은 결국 고개를 끄덕이고 말았다. 로빈이 승낙을 하자 데미안은 곧 명상을 하는 자세를 취하고는 그에게 고개를 끄덕였다. 데미안이 자세를 갖추자 로빈은 치유의 구슬이 박혀 있는 지팡이를 자신 앞에 세우고는 천천히 기도를 하기 시작했다. 그러자 평범한 수정 구슬처럼 보이던 치유의 구슬에서 부드러운 푸른빛이 새어나오기 시작하며 곧 밝게 빛이 났다.

지그시 눈을 감은 데미안은 최대한 냉정하게 마음을 유지하며 정신을 집중했다. 잠시 후 뭔가 부드러운 기운이 자신의 몸을 감싸는 것을 느꼈다. 몸은 시간이 지날수록 상쾌해지는 반면, 머리에서는 점점 통증이 이는 것을 느꼈다. 조각상처럼 아름답던 데미안의 얼굴도 시간이 지날수록 심해지는 고통을 이기지 못하고 점점 일그러졌다. 얼굴에서는 땀이 비 오듯 흘러내렸고, 조금은 창백하게 느껴졌던 그의 얼굴도 화로(火爐) 속에서 달아오른 쇳조각처럼 붉게 변했다.

로빈은 모든 신경을 집중해 데미안의 기억 봉인 마법을 풀려고 했다. 치유의 구슬에서 데미안에게 쏟아지는 푸른빛도 더 이상 밝을 수 없을 만큼 밝아져 주위를 온통 환하게 밝히고 있었다. 시간이 거의 30분을 넘어가자 로빈은 더 이상 견디지 못하고 쓰러져 버렸고, 데미안은 여전히 밝고 푸른빛에 쌓여 고통에 시달리고 있었다.

그 순간 데미안은 뭔가 자신이 알지 못하던 수많은 생각들이 머리 속을 스치고 지나가는 것을 느꼈다. 그것이 자신이 잃어버렸던 과거일지 모른다는 생각이 들자, 자신도 모르게 마나 홀에 있던 마나를 움직여 머리 속으로 보내기 시작했다. 등줄기를 타고 오르는 마나 때문에 데미안은 지독한 고통에 시달렸지만, 결코 멈추려 하지 않았다. 머리 쪽으로 보내진 마나는 예전과 마찬가지로 뭔가에 부딪히는 느낌이 들기는 했지만, 그전처럼 고통스럽지는 않았다.

몇 번이나 튕겨졌던 마나가 더욱 강한 힘으로 부딪히자, 머리 속에서 뭔가가 터져 나가는 듯한 극심한 충격을 받았다. 그리고 그 폭발은 다시 무수히 많은 작은 폭발을 불러일으켰고, 그 폭발

속에서 데미안은 평소에 자신이 경험해 보지 못한 수많은 감정의 격류를 경험했다.
 두려움, 고통스러움, 안타까움, 초조함……
 그와 함께 머리 속에 바스타드 소드를 자신의 앞에 세운 채 검자루에 기대어 있는 여전사와 그 옆에서 황금색의 긴 머리카락을 바람에 날리고 있는 마법사 복장의 사내 모습이 떠올랐다. 데미안은 그 모습을 떠올리는 순간, 그리움과 두려움을 느끼며 정신을 잃어갔다. 그리고 나직하게 중얼거렸다.
 "아버지, 어머니……."

 밝은 햇살이 눈을 찌르는 것을 느끼며 데미안은 눈을 떴다. 그런 그의 눈에 걱정스러운 표정으로 자신을 바라보고 있는 마리안느와 제레니의 얼굴이 보였다. 데미안이 눈을 뜨자, 두 여인은 다급하게 데미안에게 물었다.
 "데미안, 몸은 괜찮니?"
 "어디 아픈 곳은 없어?"
 몇 번 눈을 깜빡인 데미안은 그제야 자신이 누워 있는 곳이 자신의 방이라는 것을 깨달았다. 데미안이 천천히 자리에서 일어나려 하자 재빨리 두 여인은 그의 양 옆에서 그를 부축했다. 자리에서 일어난 데미안은 조금 흥분해 있는 두 여인을 안심시켜야 했다.
 "아픈 곳도 없고, 몸도 괜찮으니까 걱정 안 하셔도 돼요."
 데미안의 말에도 마리안느의 얼굴에 떠 있는 걱정스러움은 사라지지 않았다. 또, 옆에 있던 제레니 역시 당장이라도 눈물을 흘릴 것 같은 얼굴을 하고 있었다. 데미안은 어제 같은 고통을 다시 한 번 당하라면 당하겠지만, 두 여인의 금방이라도 눈물을 흘릴 듯한 얼굴만큼은 어떠한 경우에도 참을 수 없었다.

"저는 괜찮으니까, 제발 눈물만은 흘리지 마세요."

"네가 어제 숲에서 기절한 채 발견이 돼서 얼마나 걱정을 했는지 아니?"

마리안느는 그 말과 함께 결국 눈물을 흘리고 말았다.

"게다가 너와 함께 발견이 된 로빈이라는 소년은 벌써 깨어났는데 넌 아직까지 깨어나지 않고 있으니, 우리가 얼마나 걱정했겠니?"

데미안은 로빈이 기절을 했다는 말을 듣고 걱정이 되었지만 당장 급한 것은 어떻게든 마리안느의 눈물을 그치게 하는 것이었다.

"저는 아무렇지도 않으니 그만 눈물을 그치세요, 예?"

데미안의 간곡한 말에 마리안느는 손수건으로 눈물을 닦고는 데미안의 얼굴을 어루만졌다. 그 손길에 담겨 있는 마리안느의 사랑을 데미안이 느끼지 못할 리 없었다. 조용히 손을 들어 마리안느의 손을 잡고는 뺨에 비비며 그 온기를 느꼈다. 여전히 그녀의 손에서는 따사로움과 그리운 냄새를 느낄 수 있었다. 데미안이 갑자기 자신의 손을 잡고 뺨에 비비는 것을 보고 마리안느는 뭔가 조금 이상한 기분을 느끼기는 했지만 아무런 말도 하지 않았다.

"아버지와 네 동료들이 검술 훈련장에서 아침 훈련을 하고 있으니 무사하다는 인사를 드리도록 해라."

"네, 어머니."

자리에서 일어난 데미안은 방을 빠져 나가기 전, 다시 마리안느의 곁으로 와서는 와락 그녀를 껴안았다.

"어머니, 정말 사랑해요."

데미안은 그 말을 남기고 방을 빠져 나갔고, 데미안의 갑작스러운 행동을 본 마리안느의 얼굴에는 희미한 불안감이 자리하고 있었다.
'혹시 쟤가……?'
그러나 마리안느는 더 이상 말을 이을 수 없었다.

아래층으로 내려온 데미안은 검술 훈련장이 있는 건물의 후면으로 돌아갔다. 자렌토와 헥터, 그리고 데보라는 이미 훈련을 끝냈는지 쌀쌀한 아침 날씨에도 불구하고 많은 땀을 흘리고 있었다. 그리고 라일과 로빈은 근처에 마련된 의자에 앉아 세 사람을 바라보며 대화를 나누고 있던 중이었다. 데미안의 모습을 발견한 사람들은 그를 반갑게 맞이했다.
"몸은 괜찮은 거야?"
"걱정했습니다, 데미안님."
말을 건네는 사람들에게 고개를 끄덕이고는 뒷머리를 긁으며 라일과 자렌토에게 말을 건넸다.
"걱정하게 해서 죄송합니다. 전 괜찮습니다."
"괜찮다니 됐다. 어디 3년 만에 대련이나 한번 해볼까?"
자렌토의 말에 데미안은 미소를 짓고는 고개를 끄덕였다.
"이젠 3년 전처럼 당하고만 있지는 않을 겁니다."
"글쎄, 그럴까?"
자렌토의 대답을 들으면서 데미안은 길고 커다란 목검과 짧고 가느다란 목검을 들고 자렌토 앞에 섰다. 자신만큼 키가 자란 데미안의 모습을 바라보는 자렌토는 뿌듯한 기분이 들었다. 어설프기만 했던 데미안에서, 평생을 싸움터만 전전해 온 늙은 병사처럼 차분하게 변한 것이 더욱 마음에 들었다.
"어디, 3년 동안 배웠다는 네 검술 솜씨 좀 볼까?"
자렌토의 말에 데미안은 짧은 목검을 왼쪽 허리에 꽂고는 긴 목검을 두 손으로 잡고 자렌토 앞에 섰다. 라일이나 헥터로부터 데미안이 특이하게 이스턴 대륙의 검술을 익혔다는 말을 듣기는 했지만, 단 한 번도 본 적이 없기에 그것이 어떠한 검술인지 짐작조차 하기 힘들었다. 특이하게 두 자루의 검을 이용한다는 말을 듣기는 했지만, 과연 데미안이 어떻게 공격을 할지 내심 기대가 되었다. 게다가 데미안을 상대했다는 넬슨 드 그라시아스 후작이 칭찬했다는 검술이 대체 어떤 것인지 한 사람의 검사로서 궁금하기 이를 데 없었다.
잠시 서로를 바라보던 두 사람이 천천히 상대의 왼쪽으로 움직이기 시작했다. 움직이던 속도가 점점 빨라져 로빈의 눈에 두 사람의 모습이 한순간 희미하게 보인다고 느끼는 순간, 데미안이 폭발적인 움직임을 보이며 자렌토를 향해 달려들었다. 그리고 수중에 든 목검을 가장 빠르고, 강력하게 자렌토의 옆구리를 향해 휘둘렀다.
자신의 예상과는 달리 데미안이 단순하게 공격을 하자 자렌토는 약간 의아한 생각이 들기는 했지만, 언제까지 생각만 할 수는 없는 일이었다. 그 단순한 공격이 실제로는 눈 깜빡할 사이에 자신의 옆구리로 파고들었기 때문이다. 웬만한 검사들은 그냥 눈을 뜨고 당해도 아무런 할말이 없을 정도로 빨랐다. 재빨리 목검을 들어 데미안의 공격을 튕겨내려고 했지만, 뜻밖에 공격하는 데미안의 힘이 보통이 아니어서 막는 것이 고작이었다.
이미 자렌토가 자신의 공격을 막을 것을 예상했는지 데미안은 지체없이 몸을 회전시켜 자렌토의 반대쪽 옆구리를 향해 목검을 휘둘렀다. 그 공격이 얼마나 빨랐는지 자렌토는 방어하는 것을 포기하고 뒤로 물러섰다. 그 모습에 데미안은 재빨리 캐스팅을 하고는 자렌토를 향해 파이어 볼을 던졌다. 자신을 향해 날아드는 불덩이를 발견한 자렌토는 순간 당황했지만 재빨리 목검에 마나를 주입해 불덩이를 후려쳤다. 그러나 그보다 빨리 데미안의 외침이 들렸다.

"세퍼레이션!"

데미안의 말과 함께 불덩이는 돌연 네 개로 나눠지며 자렌토에게 날아갔고, 자렌토는 뜻하지 않은 광경에 놀라면서도 손에 들고 있던 목검을 재빨리 휘둘러 네 개의 불덩이를 거의 동시에 쳐냈다. 자렌토가 겨우 한숨을 돌릴 때, 재차 데미안은 목검을 휘두르며 달려들었다.

그 모습을 지켜보고 있던 로빈은 멍한 표정을 짓다가 의심 가득한 표정으로 헥터에게 물었다.

"저어, 헥터님. 저 두 사람이 진짜 아버지와 아들 사이가 맞나요?"

로빈의 말에 헥터는 쓴웃음을 지었지만, 두 사람의 대결하는 장면에서 눈을 떼지는 않았다.

주로 데미안이 공격을 하고 자렌토가 방어를 하고는 있었다. 하지만 그렇다고 자렌토가 월등히 실력이 낮다고 볼 수는 없었다. 데미안은 그야말로 엄청난 속도로 움직이며 쉴새없이 자렌토를 공격했고, 자렌토는 방어를 하면서 간간이 공격을 했지만 데미안의 피하는 동작이 너무나 빨라 허공을 공격하기 일쑤였다.

물론 자신이 가지고 있는 막강한 마나를 마음껏 사용한다면 데미안을 제압하는 것은 문제도 아니었지만, 그렇게 하기에는 자렌토의 자존심이 허락지 않았다. 그렇다고 지금처럼 마냥 데미안을 상대할 수도 없으니, 그야말로 이럴 수도 없고 저럴 수도 없는 상태였다. 그런 자렌토의 눈에 데미안이 갑자기 뒤로 물러서서 하늘을 향해 손을 뻗는 모습이 보였다. 그와 함께 데미안이 외치는 소리가 들렸다.

"미티어 레인!"

데미안의 외침과 동시에 데미안의 손에서 십여 줄기의 붉은 빛덩이들이 하늘로 치솟았다가는 자렌토를 향해 빠르게 날아갔다. 사방에서 쏟아지는 붉은 빛덩이들의 모습을 발견한 자렌토는 안색을 굳히고는 들고 있던 목검에 마나를 잔뜩 집어넣고는 사방을 향해 엄청난 속도로 어지럽게 휘둘렀다.

"라이트닝 소드(Lightning Sword : 번개처럼 빠른 검)!"

제22장
에이라 폰 샤드

  제각기 다른 방향에서 날아오던 붉은 빛덩이는 자렌토가 휘두른 목검에 의해 모조리 허공에서 사라져 버렸다. 데미안은 그 순간을 놓치지 않고 목검을 들어 자렌토를 향해 달려들었다. 데미안의 마법 공격을 막느라 잠시 방심하고 있던 자렌토는 자신의 옆구리를 향해 날아드는 목검을 발견하고는 목검을 들어 방어를 하려고 했지만 도무지 시간적인 여유가 없었다.
  자렌토는 어쩔 수 없이 뒤로 물러섰지만, 데미안은 더욱 빠른 속도로 자렌토에게 달려들며 목검을 휘둘러 자렌토의 어깨를 노렸다. 겨우 자렌토가 목검을 들어 방어를 하려는 순간, 데미안은 재빨리 왼손을 내려 왼쪽 허리에 차고 있던 짧고 가느다란 목검을 뽑아 자렌토의 왼쪽 허벅지를 공격했다. 눈 깜짝할 사이 어깨와 허벅지를 공격받은 자렌토는 수중의 목검을 빠르게 휘둘러 두 자루의 목검을 동시에 쳐냈다.

데미안이 들고 있던 긴 검은 튕겨나갔지만, 짧은 검은 충격을 견디지 못하고 그만 부러지고 말았다. 그러나 데미안은 잠시의 멈춤도 없이 재차 공격을 하려고 했다. 그 모습을 발견한 자렌토는 손을 들어 데미안의 행동을 제지했다. 조금은 가쁜 숨을 몰아쉬면서도 여전히 빈 틈을 보이지 않으려고 노력하는 데미안의 모습을 보는 순간, 자렌토는 왠지 웃음이 터져 나오려는 것을 참을 수 없었다. 그리고 얼마 되지 않아 결국 커다란 웃음을 터뜨리고야 말았다.

"하하하, 누가 뭐라 해도 넌 이 자렌토 싸일렉스의 아들이야. 하하하!"

자신을 와락 껴안는 자렌토의 행동에서 뭔가 이상함을 느낀 데미안은 자신도 모르게 헥터를 바라보았고, 그가 자신을 향해 고개를 끄덕이는 것을 발견했다. 데미안은 자렌토의 몸에서 느껴지는 땀 냄새와 자신을 사랑하는 자렌토의 뜨거운 마음을 확실히 느낄 수 있었다.

"자, 모두 아침 식사를 하러 갑시다."

자렌토의 말에 일행들은 식당으로 향했고, 뒤로 처져 있던 라일은 뭔가를 곰곰이 생각하더니 자렌토에게 다가갔다.

여러 사람이 모인 자리이기 때문일까? 조용하기만 하던 식당이 왁자지껄해졌다. 마리안느는 여전히 데미안 곁에 앉아 여러 가지 음식을 챙겨주었고, 데미안은 난처한 표정을 지으면서도 남김없이 그 음식을 먹어치웠다. 그런 모습을 로빈은 부러운 눈으로 바라보았다.

"그래, 언제 떠날 거냐?"

자렌토의 말에 음식을 접시에 덜던 마리안느의 손이 멈춰졌다. 그리고 식당에 잠시 정적이 찾아왔다.

"아침 식사를 마치고 바로 떠날 겁니다."

"그럼, 조심해서 다녀오도록 해라."

"명심하겠습니다."

말을 마친 두 사람은 다시 식사를 시작했지만, 누구도 입을 여는 사람은 없었다. 마리안느는 손에 들었던 접시를 데미안 앞에 놓으며 조용한 음성으로 물었다.

"얼마나 걸릴 것 같으니?"

"거리가 있으니 두세 달쯤 걸릴 것 같습니다."

"그래?"

나직하게 대꾸를 하고는 그대로 식당을 나갔다. 어색한 침묵 속에서 식사를 마친 사람들은 각자의 방으로 가서 길을 떠날 준비를 했다. 준비를 마친 사람들이 현관에서 데미안을 기다렸고, 얼마 되지 않아 데미안도 준비를 마치고 나왔다. 현관에는 보기에도 건강해 보이는 네 필의 말이 일행들을 기다리고 있었다. 말의 고삐를 쥐고 있던 하인 하나가 데미안에게 큰 소리로 외쳤다.

"데미안님, 싸일렉스 영지에서 가장 튼튼하고 건강한 놈들입니다. 몇백 킬로를 달려도 끄떡없을 겁니다."

"고마워."

말에 오른 데미안 일행은 자렌토와 마리안느를 향해 목례를 하고는 그대로 말을 몰아 정문으로 향했다. 로빈과 함께 말에 타고 있던 데보라가 데미안을 향해 말을 건넸다.

"데미안, 네 어머니는 정말 강한 분인 것 같아."

"무슨 소리야?"

"3년 만에 돌아온 자식이 하루 만에 다시 집을 떠나는데 눈물도 보이지 않으시잖아. 역시 어머니는 강한 건가?"

"아마 지금쯤은 아버지 품에서 펑펑 울고 계실걸. 강한 척하시지만 마음이 여린 분이셔, 우리 어머니는."

다섯 사람을 태운 네 필의 말들은 페인야드를 향해 힘차게 달려갔다.

데미안의 예상처럼 자렌토의 품에서 울음을 터뜨린 마리안느는 지친 모습으로 자신의 방에서 쉬고 있었다. 어느새 잠이 든 어머니의 모습을 보고 있던 제레니는 자신도 모르게 나직하게 한숨을 쉬었다. 그냥 가족끼리 행복하게 살면 좋을 텐데, 데미안은 왜 그렇게 위험스런 임무를 맡은 것일까?

공연히 가슴이 답답해진 제레니는 방에서 빠져 나와 저택 후면에 위치한 숲으로 향했다. 조금은 쌀쌀한 날씨지만 시원한 공기를 마시니 답답했던 가슴이 그래도 조금은 풀어지는 것 같았다. 그때였다.

우지직!

갑자기 나뭇가지가 부러지는 소리가 들리더니, 제레니 앞에 나뭇가지와 함께 누군가가 떨어졌다. 전신에 크고 작은 상처를 입은 여행객 차림의 사내였다. 피투성이인 그 사내를 발견한 제레니는 자신도 모르게 비명을 질렀다.

"꺄악!"

제레니의 비명 소리가 들리고 얼마 되지 않아 루안이 몇 명의 병사들과 함께 나타났다.

"제레니님, 무슨 일입니까?"

다급하게 말을 하던 루안은 그제야 부상자를 발견하고는 재빨리 검을 뽑아 들었다. 그리고는 조심스럽게 부상자 곁으로 다가가 엎어져 있던 사내를 뒤집어 먼저 목숨이 붙어 있는지를 확인했다. 기절한 상태이기는 했지만, 분명 숨을 쉬고 있다는 것을 확인한 루안은 재빨리 부하들에게 명령을 내렸다.

"넌 빨리 가서 의사를 데려오고, 너와 넌 이자를 안으로 데려가라. 그리고 넌 어서 저택 주변에 경계를 철저히 하도록 연락을 해라."

루안의 지시를 받은 병사들은 일사분란하게 움직였고, 루안은 겁에 질려 있는 제레니를 위로하며 저택으로 향했다. 병사들의 부산스러운 움직임을 눈치 챈 자렌토가 서재에서 곧 나왔고, 루안에게서 그 이유를 전해 듣고는 곧 부상자가 있는 곳으로 향했다.

방문객들 위해 지은 방에 도착을 하니, 이미 의사가 와서 치료를 하고 있던 중이었다. 자렌토의 모습을 발견한 의사가 손을 멈추자, 자렌토는 계속 치료를 하라는 손짓을 보냈다. 잠시 후 치료가 끝나자, 자렌토는 침대로 다가가 부상자의 얼굴을 살펴보았다.

"전신에 십여 군데의 상처를 입기는 했지만, 치명적인 부상은 입지 않았습니다. 피로가 심하게 쌓이기는 했지만 빠르게 회복하고 있으니, 조금 쉬고 나면 아마 괜찮아질 겁니다."

의사의 말에 자렌토는 고개를 끄덕였지만, 그의 눈은 여전히 부상자의 얼굴에서 떨어지지 않았다. 자신이 착각을 한 것인지는 모르지만 어디선가 상대를 본 것 같다는 생각이 들었다. 그렇지만 상대의 나이는 삼십대 초반 내지는 중반 정도. 자렌토가 알고 있는 사람들의 나이가 대부분 사십대 후반 이상인 것을 생각해 보면 이상한 일이 아닐 수 없었다.

헝클어진 금발 머리에 덥수룩한 수염, 지저분해 보이는 행색으로 보아 꽤나 오랫동안 고생한 사람이란 생각이 들었다. 그렇지만 그 얼굴만은 낯설지 않았다. 자렌토가 고심에 싸여 있는 동안, 제레니가 방으로 들어왔다. 그리고는 잠들어 있는 부상자의 안색을 살폈다. 창백했던 얼굴에 조금씩 혈색이 돌아오는 것을 확인한 제레니는 안도의 한숨을 쉬었다.

"여기는 웬일이냐?"

"아까는 너무 놀라 저 사람이 부상을 입었다는 것을 미처 생각지 못했어요. 왠지 미안한 생각도 들고 해서……."

제레니의 대답에 자렌토는 빙그레 미소를 지었다. 비록 난생처음 보는 사람이지만 부상 입은 사람에 대한 배려를 잊지 않은 따스한 마음을 가진 딸의 모습이 그를 흡족하게 만든 것이었다.

"부상도 그리 심하지 않고 의사도 곧 깨어날 것이라고 했으니, 그가 깨어나면 만나보도록 하자꾸나."

자렌토와 제레니가 방을 빠져 나가자 잠들어 있는 줄 알았던 금발 사내가 눈을 떴다. 그리고는 어두운 얼굴로 방 안 이곳저곳을 잠시 살피고는 나직하게 한숨을 쉬었다.

"휴우, 하필이면 자렌토 싸일렉스 백작의 영지에 들어왔다니…… 잘못하면 싸일렉스 백작까지 위험해질 텐데……."

금발 청년은 말은 그렇게 했지만 전신에 힘이 빠져 꼼짝도 할 수 없었다. 게다가 의사가 처방한 약 때문인지는 모르지만 졸음이 쏟아지는 것을 참을 수 없었다.

"싸일렉스 백작은 아직까지 나를 기억하고 있을까?"

금발 청년은 그 말을 하는 사이 깊은 잠 속으로 빠져들었다.

늦은 저녁 서재에서 자렌토는 자신에게 닥칠 앞으로의 일에 대해 고민을 하고 있었다. 단지 자신만의 일이라면 얼마나 힘이 들던, 또 아무리 적이 많다고 하더라도 충분히 견딜 수 있는 일이지만, 자신에게는 보호해야 할 가족과 지켜야 할 부하들의 생명까지 있으니 어떤 결정을 내리더라도 쉽게 결정을 할 수 있는 일이 아니었다. 커다란 싸움이 일어나면 부하들의 목숨이 위험한 것은 분명한 사실이지만, 그들은 누군가의 아들이고, 또 누군가의 남편이며, 또 누군가의 아버지가 아닌가?

가족을 잃은 슬픔이란 것이 어떤 것인가는 이미 십여 년 전 루벤트 제국과의 국지적인 전쟁을 통해 뼈저리게 느끼고 있었다. 전쟁 중의 혼란 속에도 겨우 회수한 전사자들의 시신을 앞에 놓고 자신의 남편을 찾던 여인들, 기절하고 통곡하던 가족들의 모습이 지금도 눈에 선했다.

그래도 그들은 붙잡고 울 남편의 시신이라도 찾았지만, 전쟁터에서 행방 불명이 된 병사의 가족들은 죽어 있는 병사들을 일일이 확인하고 다녔다. 게다가 그때는 적대국인 루벤트 제국과의 전쟁에서 전사를 한 것이기에 나라를 지켰다는 명예라도 가질 수 있었지만, 이번에는 경우가 다르지 않는가? 왕자들의 권력 다툼에 휩쓸려 목숨을 잃기를 바라는 병사는 단 한 사람도 없을 것이다.

자렌토가 그런 생각에 고심에 빠졌을 때, 문득 기억나는 사람이 있었다. 자신도 모르게 자리에서 벌떡 일어난 자렌토는 당황한 얼굴로 서재를 빠져 나갔다.

자렌토가 상기된 표정으로 방 안으로 들어서자 잠든 금발 청년의 얼굴을 바라보고 있는 제레니의 모습이 보였다. 자렌토가 급하게 방 안으로 들어서자 제레니는 깜짝 놀라며 아버지의 얼굴을 바라보았다. 그러나 자렌토는 마치 혼이 빠져 나간 듯한 표정을 지으며 잠들어 있는 금발 청년의 얼굴을 바라보고 있었다. 그런 자렌토의 모습을 한번도 본 적이 없기에 제레니의 놀라움은 더욱 컸다.

"아버지, 무슨 일이세요?"

"어? 그러는 넌 무슨 일이냐? 저분, 아니, 저 사람에게 무슨 볼 일이라도 있는 것이냐?"

"아니에요. 그저 저분이 깨어나셨는지 궁금해서 와봤어요. 그런데 아버님은……?"

"나도 저분을, 아니, 저 청년이 깨어났는지 궁금해서 왔다. 이제 여기는 내가 있을 테니, 너는 그만 네 어머니에게 가보도록 해라."

"알았어요."

제레니는 왠지 보통 때와는 다르게 당황한 듯한 모습을 보이는 자렌토를 다시 한 번 보고는 방을 빠져 나왔다. 제레니가 빠져 나가고도 한참 동안 서 있던 자렌토는 무너지듯 무릎을 꿇으며 고개를 숙였다.

"자렌토 싸일렉스가 알렉스 전하께 인사를 드립니다."

자렌토의 말에 잠들어 있는 줄 알았던 금발 청년이 눈을 뜨더니 천천히 자리에서 일어났다. 그런 그의 얼굴에는 난처함과 반가움이 함께 자리하고 있었다.

"저를 기억하십니까?"

"제가 왜 전하를 기억하지 못하겠습니까? 게다가 십여 년 전, 부족하기는 하지만 싸일렉스 가문의 검술을 알려드리기까지 했는데, 제가 전하를 잊을 리 있겠습니까?"

"전 저에게 처음 검술을 가르쳐 주신 백작님을 스승님으로 생각하고 있습니다."

"전하께서 그렇게 생각을 하고 계신다면 저로서는 무상의 영광입니다. 그보다 어째서 그런 상처를 입으신 겁니까?"

자렌토의 질문에도 알렉스는 아무런 말도 하지 않고 그저 고개만 숙이고 있었다. 그러나 그의 얼굴에는 고통스러운 기색이 가득했다. 그 모습을 본 자렌토는 뭔가 느껴지는 것이 있었다.

"그럼 소문대로 제로미스 전하께서……."

"아니에요. 그렇지 않아요. 형님께서 야심이 크다는 것은 알고 있지만, 그렇다고 저를 해칠 분은 아니세요. 분명히 뭔가가 잘못된 겁니다. 틀림없이 뭔가……."

알렉스가 두 주먹을 불끈 쥐고 있는 모습이 마치 자신을 설득하려는 듯 보였다. 그 모습에 자렌토는 아무런 말도 할 수 없었다. 잠시 흐름이 멎은 듯 느껴지는 순간이었다. 바로 그 순간 누군가가 방문을 열고 들어왔다.

"아버지, 어머니께서 찾으세요. 그러니……."

제레니는 자렌토가 누군가 앞에서 무릎을 꿇고 있는 것을 난생 처음 보았다. 자연히 말문이 막히고 눈이 휘둥그레졌다. 자렌토는 딸의 모습에 잠시 말문이 막혔지만, 곧 입을 열어 알렉스를 소개했다.

"너도 인사를 드리도록 하거라. 이분은……."

"전 오웬이라고 합니다. 백작님께 오래 전에 검술을 배웠던 적이 있는 사람입니다."

제레니는 두 사람의 대화에서 뭔가 석연치 않은 점을 느끼기는 했지만 내색하지는 않았다. 금발 청년 오웬을 향해 무릎을 굽혀 정중하게 인사를 했다.

"제레니 싸일렉스입니다. 만나뵙게 돼서 영광입니다."

"싸일렉스 양은 소문에서 듣던 것보다 훨씬 더 아름답군요. 만나게 되어 오히려 제가 영광입니다."

"네 어머니에게 곧 간다고 전해라."

"알겠어요. 그럼 전 이만……."

말을 마친 제레니는 곧 방을 빠져 나갔고, 자렌토는 초췌해 보이는 얼굴을 하고 있는 알렉스에게 질문을 했다.

"그 동안 어떻게 지내셨습니까?"

"후후후, 선조께서 세우신 이 트렌실바니아 왕국 곳곳을 돌아다녔습니다. 아름다운 경치도 마음껏 보고, 정다운 사람들도 많이 만났습니다. 답답한 궁중에서는 느낄 수 없는 자유를 만끽할 수 있는 시간이었습니다."

자유를 즐겼다는 알렉스의 말과는 달리, 자렌토는 그의 말 속에 왠지 우울함이 느껴졌다. 그 모습만 봐도 그의 고생이 얼마나 심했는지 알 만했다.

어린 시절의 알렉스는 외로움을 많이 타던 유약한 소년이었다. 어머니였던 왕비는 지병으로 알렉스가 세 살 나던 해에 세상을 떠났고, 형들과는 조금 나이 차이가 나는 바람에 그는 철저히 외톨이로 커야 했다. 그가 열다섯 살이 되던 해 검술 선생으로 만났던 자렌토 싸일렉스를 제외하면 왕가의 신앙으로 믿는 선더버드의 대신관인 칼슨 메로아와 궁정 마법사인 유로안 디미트리히, 이 두 사람이 유일한 친구이자, 말상대였다. 그러나 궁중에서만 살았던 두 사람에 비해 자렌토가 들려주는 세상에 관한 것은 어린 알렉스의 가슴속에 무한한 상상력을 키워주었던 것이었다.

그 후 자렌토가 루벤트 제국과의 전쟁에 참여해 혁혁한 공로를 쌓아 백작의 작위를 받은 후에는 전혀 그를 만나볼 수 없었다. 두 사람이 만난 것은 자렌토가 왕궁에서 사라진 지 거의 15년 만이었다.

자렌토가 그런 생각을 하는 사이에도 알렉스는 흥분한 가슴을 진정시키지 못하고 있었다. 그 모습을 지켜본 자렌토는 그에게 아무런 말도 할 수 없었다.

"그럼, 저는 이만 물러가겠습니다. 편히 쉬십시오."

"저어……."

알렉스가 뭔가 말을 하려고 입을 열었지만 자렌토는 모른 척 방을 빠져 나갔다. 자렌토의 뒷모습을 보며 손을 들었던 알렉스는 힘없이 손을 내렸고, 가볍게 문이 닫히는 소리가 들리자 얼굴에 자조적인 미소를 떠올렸다.

"후후후, 정말 추하게 변하는구나, 알렉스. 이제는 그에게 기대고 싶은 거냐? 너와는 아무런 관계도 없고, 가정까지 가지고 있는 백작에게 무슨 피해가 갈지 모르는데……."

그 말을 하는 알렉스의 음성에는 아무런 힘도 없었다.

방에서 나온 자렌토는 복도에서 자신을 기다리고 있던 루안을 발견했다.

"무슨 일인가?"

"오늘 부상을 입고 숲에 쓰러져 있던 사람에 대해 말씀드릴 것이 있습니다."

자렌토가 여전히 걸음을 옮기자 루안은 재빨리 자렌토 곁에 다가오며 보고해야 할 사항을 이야기했다.

"먼저 싸일렉스 영지에 침입한 침입자에 관한 겁니다. 부상을 당한 그 사람을 제외하고도 검은색 복장을 한 십여 명의 정체 불명의 괴한들이 싸일렉스의 영지 주위에서 얼씬거리는 것을 주민들이 발견하고는 저희에게 알려왔습니다. 하지만 제가 부하들과 가보았을 땐 아무도 발견할 수 없었습니다. 다음 부하들에게 지시를 내려 일단 경계를 철저히 하도록 했습니다. 그리고 검술 솜씨가 뛰어난 자로 하여금 마리안느님과 제레니님을 비밀리에 보호하도록 조치를 취했습니다. 달리 지시를 하실 것이 있으면 말씀해 주십시오."

"그런 문제는 자네가 알아서 하도록 하게. 그리고 아까 그 방에 있는 사람을 철저하게 보호하도록 하게. 절대 그분께 무례한 행동을 하지 못하도록 부하들에게 지시를 내리는 것을 잊지 말았으면 하네."

"그 사람을 보호하라니, 설마 왕국을 떠돌아다닌다는 알렉스 왕자라도 된단 말씀이십니까?"

루안은 설마 하는 마음에 농담처럼 말을 꺼냈지만, 자렌토의 굳은 얼굴을 보고 눈을 크게 떴다. 그리고는 곧 대답했다.

"아, 알겠습니다. 부, 부하들에게 지시를 내려놓겠습니다."

루안의 말을 들으며 자렌토는 마리안느에게로 향했다.

* * *

싸일렉스 영지를 출발한 데미안 일행은 불과 7일 만에 페인야드에 도착할 수 있었다. 무슨 일인지 데미안은 한마디도 하지 않은 채 급하게 말을 몰 뿐이었고, 일행들은 영문도 모른 채 데미안의 뒤를 따라갔다. 그러다 보니 처음 건강했던 말들도 3일째가 되던 날 쓰러져 버렸고, 그 후로도 두 번이나 말을 갈아타고서야 페인야드에 도착할 수 있었다.

이른 아침 페인야드에 들어가기 위해 수많은 사람들이 성문이 열리기만 기다리고 있을 때, 그들에게 다가오는 사람들이 있었다. 밤을 지새워 말을 달린 데미안 일행들이었다. 모두 극심하게 피로가 쌓인 표정으로 거의 말이 걸을 때마다 흔들리는 몸을 주체를 하지 못하고 있었다. 특히 나이가 어린 로빈은 거의 기절하기 일보 직전이었다.

그들이 성벽으로 다가올 때 마침 성문이 열렸고, 사람들은 일순간 성안으로 들어갔다. 데미안 일행은 천천히 성문을 통과해 넬슨 드 그라시아스 후작의 집으로 향했다. 그의 집은 페인야드의 북쪽에 위치하고 있었다. 일반적인 주택가와는 조금 떨어져 있었기 때문에 그의 집을 찾는 것은 그리 어려운 일이 아니었다. 데미안 일행이 다가오자 정문을 지키고 있던 병사들이 긴장을 한 채 그들을 맞이했다.

"그라시아스 후작 각하의 저택입니다. 무슨 일로 찾아오셨는지요?"

"난 데미안 싸일렉스란 수련 기사로 후작 각하께 보고할 것이 있어 왔다. 후작 각하께 연락을 해주겠나?"

지독히도 아름답게 생긴 데미안의 모습에 잠시 얼이 빠져 있던 병사들은 재빨리 정신을 차리고는 안으로 연락을 취했다. 데미안 일행이 잠시 기다리는 동안 저택 쪽에서 누군가가 달려오는 모습이 보였다.

조금은 호리호리하게 생긴 40대 초반의 인물이었다. 각이 진 뾰족한 턱과 곱슬곱슬해 보이는 머리카락을 가진 조금은 신경질적으로 생긴 사람이었다.

"본인은 웨버 드 그라시아스 자작이다. 그대가 데미안 싸일렉스인가?"

"그렇습니다."

"아버님께서 기다리고 계신다. 나를 따라오도록."

말을 마친 웨버는 데미안 일행을 저택으로 안내했고, 다시 데미안과 함께 이층으로 올라갔다. 이층에 마련된 서재에서 넬슨이 뒷짐을 진 채 초조하게 방 안을 왔다갔다하는 모습이 보였다. 그러다 데미안의 모습을 발견하고는 반갑게 그를 맞이했다.

"오, 데미안. 어서 오게."

"후작 각하, 다시 만나뵙게 되어 영광입니다."

"하하하, 그런 딱딱한 인사는 집어치우게. 넌 그만 나가봐라. 그리고 아무도 이층에는 출입을 하지 못하도록 해라."

"알겠습니다, 아버님."

웨버는 대답을 하고 서재의 문을 닫고 나가면서도 혼란한 머리속을 정리할 수 없었다. 자신이 태어나 아버지가 누군가를 이렇게 반갑게 맞이하는 모습을 한번도 본 적이 없었다. 신경질적인 아버지의 모습을 어렸을 때부터 보고 자라온 웨버이기에 아직도 아버지를 대하는 것이 어려웠다. 그런데 그런 아버지가 저런 계집애처럼 생긴 애송이를 만나자마자 반갑게 맞이하질 않나, 웃음을 터뜨리질 않나, 도무지 모를 일이었다.

데미안과 마주보고 앉은 넬슨은 가만히 데미안의 얼굴을 바라보았다. 분명히 6개월밖에 흐르지 않았지만 데미안은 예전과는 또 다른 모습을 보여주고 있었다. 마치 폭풍우가 몰아치기 전의 바다와 같은 거대함과 잔잔함을 느낄 수 있었다.

왕립 아카데미를 졸업하고 6개월 사이에 무슨 일이 있었는진 모르지만, 그것이 데미안을 급격하게 성장시킨 것만은 분명해 보였다. 게다가 당시 소드 익스퍼트의 중급에 불과했던 검술 실력도 이제는 상급이 넘어 보이기까지 했다. 그 짧은 사이에 어떻게 그의 실력이 갑자기 늘었는지 그 이유를 알 수는 없지만, 그의 실력이 늘어난 것만은 사실이었다.

"일단 그 동안 있었던 일들을 보고드리겠습니다."

"아니, 말하지 말게."

그 말을 하는 넬슨의 얼굴은 단호했다. 잠시 긴장감 넘치는 시간이 흐르고서야 넬슨은 안색을 풀었다.

"먼젓번 자네에게 말했던 것처럼 이 일은 자네만 알고 있도록 하게. 그 일말고 다른 보고 사항이 있는가?"

넬슨의 말에 데미안은 그 동안 자신에게 있었던 일들을 간략하게 말했다. 특히 듀레스트에서 일어났던 일들을 상세하게 설명했다. 데미안의 보고를 들은 넬슨은 자신의 턱을 어루만지며 그에게 궁금하게 느낀 부분을 질문했다.

"그러니까, 자네 말은 스타인버그 자작이 의심스럽다는 말인가?"

"일단 그 여자 마법사에게 들었던 사실만으로 판단하면 그렇습니다. 특히, 그 여자 마법사와 같이 있던 산적 두목의 말에 의하면 저를 암살하려고 했던 자가 페인야드에서 왔다고 했습니다. 그런 것을 종합해 보면 이곳에 루벤트 제국에서 파견한 스파이들의 우두머리가 있는 것이 분명합니다."

"으음, 스파이들의 우두머리라……."

넬슨의 음성은 거의 신음에 가까웠다. 데미안이 가져온 정보는 자신들에게 더할 나위 없이 소중한 정보였다. 그 동안 자신들이 수집한 정보에도 모든 사건의 발생이 페인야드인 것을 보면 데미안의 말처럼 루벤트에서 파견된 스파이들의 우두머리가 페인야드에 있는 것만은 사실이었다. 그러나 그게 누구인지는 알 도리가 없었다.

"그래, 자네가 생각하기에는 누구인 것 같은가?"

"단순하게 제 생각을 말씀드려도 되겠습니까?"

데미안의 말에서 풍겨지는 묘한 냄새를 느낀 넬슨은 그의 얼굴을 바라보았다. 그러나 데미안의 얼굴에는 아무런 변화도 없었다. 속으로 감탄을 하면서도 넬슨은 무표정한 얼굴로 그에게 물었다.

"단지 내가 참고를 하려고 하니 자네의 생각을 말해 보게."

"그럼 말씀드리겠습니다. 제가 생각을 하기에는 아마 첩자는 기난 전하의 측근에 있는 것 같습니다."

"기난 전하의 측근?"

"그렇습니다. 만약 제로미스 전하의 측근 중에 첩자가 있었다면 아마도 제가 습격을 당했을 때처럼 그렇게 소수의 암살자만을 보내진 않았을 겁니다. 좀더 대규모로, 또한 공식적으로 움직였을 겁니다. 그리고 알렉스 전하의 성격이 소문에서 알려진 것처럼 온화하고, 조금은 소심한 분이라면 암살자를 보내기보다는 아마 저를 포섭하려고 했을 겁니다. 그러나 암살자는 저를 죽이려고 했고, 실제 제 동료들이 없었다면 아마 저는 죽었을지도 모를 일이었습니다."

"흐음."

"결국 남는 분은 기난 전하뿐입니다. 아마 그분께서는 이런 일이 있었다는 것조차 모르고 계실지는 모르겠지만, 가장 유력한 가능성을 가진 분은 기난 전하뿐입니다."

"그렇지만 다른 전하도 계시지 않는가? 기난 전하라고 단정을 짓는 건 너무 성급한 결정이 아닐까?"

넬슨의 말에는 그런 사실을 믿고 싶지 않아 하는 그의 내심이 담겨져 있었다. 그러나 데미안은 고개를 흔들었다.

"그러나 지금 정황을 보면 그렇지 않습니다. 만약 제로미스 전하께서 그들의 도움을 받았다면 벌써 왕위를 차지하셨어야 합니다. 게다가 그분께서는 귀족원의 막강한 지지를 받고 계십니다. 그리고 그분의 뒤에서 도움을 주시는 분은 루벤트 제국을 원수로 생각하고 계시는 안토니오 후작이십니다. 만약 그분이 루벤트 제국의 첩자가 아니라면, 절대 루벤트 제국의 첩자를 찾지 못했을 리 없을 겁니다."

데미안의 말에 넬슨은 그저 고개를 끄덕일 수밖에 없었다.

"그리고 알렉스 전하의 경우, 만약 그분 주위에 루벤트 제국의 첩자가 있었다면 벌써 어느 정도의 세력을 이루고 형님들이신 두 분 전하와 대치 상태가 되어 있어야 할 겁니다. 그러나 여전히 그분께서는 제로미스 전하를 피해 도주를 하고 계시니, 그분일 가능성은 거의 없습니다. 그렇다면 남은 분은 기난 전하뿐입니다."

데미안의 냉정한 말에 넬슨은 그저 감탄할 뿐이었다. 자신들이 지난 몇 년 동안 알아냈던 것을 데미안은 불과 6개월 사이에 알아낸 것이다. 그러니 넬슨이 어찌 감탄하지 않을 수 있겠는가?

"지금 그분 주위에 있는 사람들을 조사해 보면 알겠지만, 근래 몇 년 사이에 급격히 세력을 키운 상인들이나 신진 귀족들뿐입니다. 뿌리 깊은 지지 기반을 가진 두 분 전하에 비해서는 뭔가 급조해 만들어진 느낌이 드는 것을 피할 수 없습니다. 마치 누군가의 명령을 받은 것처럼 말입니다. 이건 제 생각입니다만, 기난 전하와 자주 만나는 자들 가운데, 아마 루벤트 제국의 첩자가 있을 겁니다."

"그렇지만 그것은 단지 자네의 짐작일 뿐, 확실한 증거는 없지 않은가?"

"후작 각하께서 걱정하시는 것이 뭔지 알겠지만, 이제는 루벤트 제국에게 그 동안 당한 것을 돌려줄 때라고 생각을 합니다. 일전에 후작 각하께서 저에게 두 나라 사이의 전력을 말씀해 주셨지만, 그것은 단순히 두 나라 사이의 전력 비교일 뿐, 일고의 가치도 없다고 생각을 합니다. 우리 트렌실바니아 왕국이 루벤트 제국에 비교하면 열세인 것은 분명한 사실이지만, 루벤트 제국은 네 개의 나라 중심에 있기 때문에 오히려 저희들보다 불리한 상황에 있습니다. 만약⋯⋯."

데미안은 말을 잠시 끊었다가 곧 다시 자신의 생각을 피력했다.

"만약, 루벤트 제국과 전쟁이 일어난다고 해도 루벤트 제국은 결코 트렌실바니아 왕국에 전력을 투입할 순 없을 겁니다. 그렇게 생각을 해보면 저희가 유리할 것도 없지만, 그렇게 불리할 것도 없다고 생각을 합니다."

"그럼 자네의 생각은 루벤트 제국을 둘러싸고 있는 네 개 나라가 연합을 해 루벤트 제국을 상대해야 한다는 것인가?"

"조금은 묘한 상황이기는 하지만 루벤트 제국의 주위에 있는 네 개 나라는 모두 루벤트 제국의 세력이 커짐에 따라 자신들의 땅을 빼앗긴 경험이 있는 나라들입니다. 그것은 루벤트 제국보다 더 커다란 바이샤르 제국 역시 마찬가집니다. 만약 루벤트 제국과 전쟁이 발생한다면 그들 네 나라가 힘을 합쳐 루벤트 제국을 상대할 것이고, 그렇게 된다면 아마 과거 자신들이 빼앗겼던 땅을 되찾을 기회를 잡을 수도 있을 겁니다. 그렇게 된다면 네 나라 모두 만족한 결과를 얻을 수도 있지 않겠습니까, 후작 각하?"

데미안의 엄청난 말에 넬슨은 어이가 없었지만 그렇다고 그의 말을 인정하지 않을 수도 없었다. 그러나 자신의 생각을 정리하는 것이 먼저였다. 그러려면 시간이 필요했다.

"이곳까지 오느라고 수고했네. 일단 피곤할 테니 쉬고 있도록 하게. 조금 있다가 나와 잠시 어디를 가야 하니까 말일세."

넬슨에 말에 데미안은 곧 자리에서 일어나 넬슨에게 목례를 하고는 서재를 빠져 나갔다. 그 모습을 보고는 다시 생각에 골몰하는 넬슨이었다. 그러나 이 문제는 분명히 자신의 선에서 결정을 내릴 수 있는 사항이 아니었다.

"역시 그분께 말씀을 드리는 것이 좋겠군."

넬슨은 그 말을 하면서 자신도 모르게 가슴에서 치미는 격정을 이기지 못하고 두 주먹을 불끈 쥐었다.

한편 아래층에 내려온 데미안은 일행들과 함께 아침 식사를 하고는 휴식을 취하고 있었다. 특히 로빈은 지난 며칠간의 피곤을 견디지 못하고 약하게 코까지 골며 잠 속에 빠져 있었다. 데보라 역시 별로 말을 하지는 않았지만 피곤한 기색이 역력했다. 외관상 멀쩡해 보이는 사람은 오직 라일뿐이었다. 하기야 얼굴 부분을 붕대 친친 감아 오직 눈만 내놓은 상태니 그가 피곤한지, 아니면 괴로운지 알 도리가 없었다.

데미안은 지그시 눈을 감고 명상에 빠져 있었다. 얼마 전 로빈의 도움을 받아 기억 봉인 마법이 깨진 탓인지는 모르지만 마나 홀에서 시작된 마나의 흐름은 거침없이 전신을 돌아다녔다. 마나 홀에서 시작된 마나가 왼손을 거쳐 왼쪽 발, 오른쪽 발, 오른손을 거쳐 머리를 통과해 다시 마나 홀까지 오기를 수차례 반복하는 동안 전신을 흐르는 마나의 흐름은 더욱 빨라지고, 더욱 강해졌다. 마나가 신체 속을 지날 때마다 잠들어 있던 세포들이 깨어나는 상쾌함을 느꼈다.

그렇지만 그러한 흐름이 여섯 번이나 일곱 번이 지나면 데미안으로서는 감당하기 힘들 만큼 빠르고, 강해지기 때문에 대부분 그 쯤에서 그만두는 것이 보통이었다. 데미안이 눈을 뜨자 그를 지켜보고 있던 라일이 데미안에게 입을 열었다.

"내가 검술을 익히고 난 후 너처럼 능숙하게 마나를 다루는 사람은 처음이구나. 내가 보기에도 하루하루가 다르다는 것을 충분히 느낄 수 있을 정도니, 네 또래에서 네 상대가 될 사람은 아마 거의 없을 게다."

"라일님, 제가 비록 데미안보다 몇 살이 많기는 하지만, 저도 그리 약하지는 않다고요."

"후후후, 누가 데보라 양이 약하다고 했나? 아마 데보라 양은 이 뮤란 대륙에 있는 여검사 가운데에서도 몇 째 가지 않는 훌륭한 검사일 거야."

라일의 칭찬에 그제야 데보라의 얼굴에 떠 있던 심통이 사라졌다. 데미안은 잠시 잠들어 있는 로빈의 얼굴을 찬찬히 지켜보았다. 요 며칠 동안 계속된 강행군에 조금은 핼쑥해진 로빈의 얼굴이 안쓰러웠다. 데미안이 흘러내린 로빈의 머리를 쓰다듬고 있을 때 방문이 열리며 웨버의 모습이 보였다. 조금은 못마땅한 표정으로 데미안을 노려보며 말했다.

"데미안 싸일렉스와 헥터 티그리스는 나를 따라와라."

헥터는 자리에서 일어나며 이상한 생각이 들었다. 데미안은 비밀 임무를 맡았으니 그를 부르는 것이 당연하지만, 자신은 무슨 이유로 부른단 말인가? 웨버의 뒤를 따라 걸음을 옮긴 헥터는 서재의 가운데 서 있는 넬슨의 모습을 발견했다. 자신을 바라보는 예리한 눈길에 헥터도 긴장하지 않을 수 없었다. 한참 동안 헥터를 바라보던 넬슨은 조금은 날카로운 음성으로 헥터에게 물었다.

"그대가 레토리아 왕국의 유일한 후작이었던 제롬 드 티그리스의 아들, 헥터 티그리스인가?"

"그렇습니다."

"그리고 데미안과 함께 토바실로 간다고 들었는데, 그게 사실인가?"

"맞습니다."

잠시 뒷짐을 지고 서재를 왔다갔다하던 넬슨이 갑자기 발걸음을 멈추고 헥터를 바라봤다.

"그 동안 우리가 입수한 정보에 토바실 지방의 중심 도시인 파웰에서 누군가가 저항군을 결성해 루벤트 제국을 상대로 게릴라전을 펼치고 있다는 사실을 접하게 되었네. 문제는 그 지도자가 상당한 검술을 소유하고 있는 레토리아 왕국의 유민이라는 정보지만, 유감스럽게도 그 사람이 누구인지 아는 사람이 한 사람도 없다는 것이네. 우리가 알고 싶은 것은 그가 누구인가 하는 점과 그가 우리와 뜻을 같이할 사람인가에 관한 것이네. 그 일을 자네가 알아봐줬으면 하는데, 자네의 생각은 어떤가?"

넬슨의 말을 듣는 동안 헥터는 왠지 가슴이 뛰는 것을 느꼈다. 아마도 몇 년 전 헤어져 소식도 모르는 아버지가 생각났기 때문일지도 몰랐다. 그런 생각을 하면서도 헥터는 고개를 끄덕였다.

"알겠습니다. 기꺼이 그렇게 하겠습니다."

"그럼, 자네 둘은 나를 따라오게."

방문을 닫은 넬슨은 한쪽에 잔뜩 책이 꽂혀 있는 책장으로 다가갔고, 책 중의 하나를 앞으로 뽑아내자 천천히 책장이 회전을 하며 그 뒤편에 빈 공간이 드러났다. 넬슨과 함께 들어가 보니 천장에 작은 마법등 하나가 밝혀져 있었고, 중앙에는 그리 크지 않은 마법진 하나가 그려져 있었다. 데미안이 살펴보니 비교적 근거리 이동을 위해 만들어진 마법진이라는 것을 확인할 수 있었다.

"자네들을 기다리고 계시는 분이 있네. 그분 앞에서는 말을 조심하도록 하게."

데미안과 헥터가 마법진의 중앙에 선 것을 확인한 넬슨은 짧게 시동어를 외쳤다.

"워프Warp!"

말이 끝나자마자 눈앞이 갑자기 어두워졌다가는 곧 밝아졌다. 조금 전보다 조금은 더 넓은 장소에 도착한 것을 확인한 데미안이 여기저기를 살피고 있을 때 넬슨은 이미 여러 번 와봤는지 침착하게 벽면의 한곳을 눌러 비상 통로를 작동시켰다. 데미안과 헥터가 들어간 곳은 수수하게 꾸며진 작은 방이었다. 데미안들이 모습을 드러내자 미리 기다리고 있던 작은 몸집을 사내가 허리를 숙여 인사를 했다.

"후작 각하, 어서 오십시오. 그렇지 않아도 주인님께서 기다리고 계십니다. 제가 안내를 하겠습니다."

말을 마친 사내는 곧 방을 빠져 나가 아래층으로 향했다. 데미안은 전체적으로 어둡고 긴 회랑을 지나 커다란 문이 서 있는 것을 발견했다. 작은 몸집의 사내는 조심스럽게 문을 두드리고는 나직한 음성으로 입을 열었다.

"주인님, 그라시아스 후작께서 도착하셨습니다."

그리고는 조용히 문을 열었다. 그러자 훈훈한 열기가 방으로부터 전해졌다. 데미안이 슬쩍 방 안을 보니 엄청난 숫자의 서적들이 방의 좌우에 진열돼 있었고, 한쪽 편에는 커다란 책상이, 그 반대쪽엔 벽난로에서 장작이 타고 있었다. 그리고 중앙의 탁자에서 두 사람이 대화를 나누던 것을 중지하고 열린 문 쪽으로 시선을 던졌다.

먼저 좌측에 앉은 사람은 약 160센티미터가 약간 넘을 만한 작은 키에 멋진 콧수염을 기른 40대 중반의 사내였고, 우측에 앉은 사람은 탐스러운 수염을 가진 60대 후반의 노인이었다. 사내는 평상복을 걸치고 있었고, 노인은 마법사들이 걸치는 후드가 달린 로브를 두르고 있었다.

그들에게 다가간 넬슨은 중년 사내에게 정중하게 허리를 숙여 인사를 했다.

"샤드 공작 각하, 그 동안 안녕하셨습니까?"

"그라시아스 후작, 만나서 반갑소. 저 청년이 싸일렉스 백작의 아들이오?"

"그렇습니다."

"이리 가까이 와보게."

"예, 공작 각하."

데미안은 자신도 모르게 긴장을 해 중년 사내, 샤드 앞에 부동자세로 섰다. 찬찬히 데미안의 모습을 살피던 샤드가 옆에서 데미안을 보고 있던 노인에게 말을 건넸다.

"경이 보기엔 어떻소이까?"

"훌륭합니다. 제가 알기로 불과 6개월 전에 왕립 아카데미를 졸업한 것으로 아는데, 벌써 소드 익스퍼트 상급 단계를 넘어서려 하다니, 제 눈으로 직접 보고도 믿을 수가 없군요."

샤드의 음성이 잔뜩 가라앉아 듣는 사람의 마음을 불안하게 만든다면, 반대로 노인의 음성은 따스함이 배어 있어 듣는 사람의 마음을 어루만지는 듯했다.

"경의 말대로 나도 조금은 믿기 힘들었소. 처음 그라시아스 후작이 그 말을 했을 때 그런 일은 불가능하다고 생각을 했는데, 이제 직접 눈으로 확인을 했으니 믿을 수밖에 없지 않소. 그래, 그동안 던전을 찾아다녔다고?"

"그렇습니다."

"수확은 있었나?"

샤드의 질문에 데미안은 자신도 모르게 옆에 서 있던 넬슨의 얼굴을 바라보았다. 그가 고개를 끄덕이는 것을 확인하고 샤드의 질문에 대답했다.

"그렇습니다."

"그럼, 어디 구체적으로 말을 해보게."

샤드의 질문에 데미안은 망설였지만 곧 대답했다.

"공작 각하의 명령에 따르지 못하는 것을 용서하십시오. 그날 전 후작 각하께 무슨 일이 있어도 비밀을 지키겠다고 맹세를 했습니다."

데미안의 느닷없는 대답에 샤드의 얼굴은 딱딱하게 굳어졌고, 순간적으로 위기를 느낀 헥터가 데미안의 곁으로 다가오며 검자루에 손을 올렸다. 그 모습을 발견한 넬슨은 기절할 듯이 놀랐다. 이제 겨우 소드 익스퍼트에 불과한 실력을 가진 데미안이 감히 소드 마스터인 샤드에게 반항할 생각을 하다니, 믿을 수 없었다. 물론 자신의 말을 따라주어 기분이 좋기는 했지만, 지금 데미안의 행동은 무모하기 이를 데 없는 짓이었다.

"데미안, 어서 공작님께 말씀을 드리게."

넬슨의 다급한 말에도 데미안은 침묵을 지켰다. 마치 시간이 멎은 듯한 무거움이 그들을 짓눌렀다. 샤드는 자신의 눈길을 마주치고도 전혀 피할 생각을 하지 않는 데미안의 모습에 뜻밖에도 미소를 지었다.

"좋아, 좋아. 맹세를 지키려는 자는 존중받아야 되지. 그렇지만 한 가지만은 알아야겠네. 골리앗은 발견했는가?"

"그렇습니다."

옆에서 초조하게 그 모습을 지켜보던 넬슨은 그제야 안도의 한숨을 쉴 수 있었다.

"그럼, 골리앗의 숫자가 얼마나 되는지 알려줄 수 있는가?"

"잠시만 기다리십시오, 플레임."

데미안의 나직하게 플레임을 부르자 그의 오른손에 끼여 있던 반지가 작은 빛을 내고는 붉은 머릿결을 가진 플레임이 허공에서 모습을 드러냈다. 오랜만에 밖으로 나온 것이 기쁜 듯, 허공을 몇 바퀴나 돌고는 데미안 앞에 몸을 세웠다. 그리고는 쫑알거렸다.

"데미안님, 너무하셨어요. 좀더 빨리 저를 불러주셨어야죠. 답답해서 죽을 뻔했어요."

그런 플레임의 모습을 헥터를 제외한 다른 사람은 신기한 눈으로 보았다. 일단 플레임을 진정시킨 데미안은 골리앗에 관한 것을 물었다.

"지금 그 신전에 골리앗이 얼마나 있지?"

"골리앗이라니? 메탈 시터를 말하는 건가요?"

"그래, 메탈 시터."

"만들어진 것이 40여 대, 미완성인 것이 20여 대, 그리고 40대 분량의 재료가 준비되어 있어요."

플레임은 허공을 날아다니다가는 데미안의 어깨에 앉았다.

"그리고 타울의 신전에서 메탈 시터를 발견한 사람은 여기 있는 헥터입니다."

"타울의 신전에는 모두 80대가 있었습니다."

"그럼 모두 180대의 골리앗이 있는 것인가?"

"데미안님, 저 공작님은 왜 저렇게 무식한 거죠? 메탈 시터보고 골리앗이래. 까르르르~"

플레임의 웃음 소리가 크지는 않았지만 그 웃음 소리를 듣지 못한 사람은 한 사람도 없었다. 샤드의 눈길에도 꿋꿋하게 버티던 데미안이 당황한 얼굴로 플레임의 입을 막으려 했지만 이미 늦어 버렸다. 샤드 역시 조금은 불편한 얼굴로 말했다.

"꽤나 시끄러운 정령이군."

"까르르르, 저 바보 공작님이 날보고 정령이래. 까르르르~"

플레임은 허공에 뜬 채 배를 움켜잡고 광란의 행동을 보였다. 넬슨과 헥터, 그리고 노인은 무의식중에 고개를 돌려 천장을 보며 표정 관리를 해야 했고, 데미안은 진심으로 미안한 표정을 지었다.

"죄송합니다, 공작 각하."

"끄응, 그건 됐고, 그곳의 정확한 위치를 알려주면 그곳의 골리앗을……."

 "또 골리앗이라고 부르네, 정말 바본가 봐. 메탈 시터예요, 메탈 시터."

 "……그래, 메탈 시터를 비밀 장소로 옮길 것이네."

 결국 소드 마스터인 샤드가 플레임의 수다에 두 손을 들고 말았다. 그리고는 옆에 있던 노인을 가리켰다.

 "그 일은 비밀리에 이 사람이 처리할 것이네."

 샤드의 말에 고개를 돌린 데미안은 노인을 보고는 혹시나 하는 생각이 들었다.

 "궁정 마법사인 유로안 디미트리히네. 인사하게."

 "수련 마법사인 데미안 싸일렉스입니다, 디미트리히님."

 데미안의 인사에 유로안은 빙그레 미소를 지었다.

제23장
토바실로 가는 길

　백작가의 자식이고, 수련 기사의 신분인 데미안이 굳이 수련 마법사라고 자신을 소개한 것은 유로안을 의식했기 때문이라는 것을 말할 필요도 없는 일이었다. 그런 데미안의 마음 씀씀이가 마음에 들었다.
　"앞으로는 유로안이라고 부르게. 만나서 반갑네. 자네에 대한 소문은 제자인 딜케를 통해서 자주 들었네. 아주 우수한 마법사가 될 소질을 가진 청년이라고 하더군."
　"그렇지 않습니다."
　데미안은 솔직히 말해서 마법보다는 검술에 신경을 써서 익혔었다. 당시 이스턴의 검술을 익히면서 마나를 움직일 수 있었던 것이 도움이 되지 않았다면, 아마 마법 시험은 통과할 수 없었을 것이다. 그런데 지금 새삼스럽게 그 일로 칭찬을 듣자 쑥스러웠다.
　"먼저 선더버드의 신전은……."

"지금 뭐라고 했는가? 선더버드의 신전이라고 했는가?"

"그렇습니다. 퀠른 산맥에 있던 신전은 선더버드의 대신관이었던 드미트리우스가 세운 신전이었습니다."

"선더버드의 신전이라……. 칼슨 그 친구가 지금 그 소리를 들었으면 기절을 했겠군. 우선 그 장소를 생각하게."

데미안은 유로안의 말을 이해하지 못하면서도 안개의 골짜기 정상에 있던 선더버드의 신전을 머리 속에 떠올렸다. 그 순간 유로안은 손을 들어 데미안의 머리 위에 가볍게 올려놓았다. 그리고는 재빨리 스펠을 캐스팅했다.

"리멤브런스 체이스(Remembrance Chase : 기억 추적)!"

그 순간 유로안의 손이 환하게 빛을 내고는 곧 원래대로 돌아갔다. 똑같은 방법으로 헥터의 기억까지 확인한 유로안은 묘한 미소를 지었다.

"두 사람 다 많은 고생을 했군 그래. 우선 자네들의 노고를 치하하는 바이네. 공작 각하께서 두 사람에게 작은 선물을 준비하셨네."

유로안의 말에 데미안과 헥터의 눈은 다시 샤드에게 고개를 돌렸다. 두 사람의 눈길을 받은 샤드는 변함없는 표정으로 말했다.

"이것이 두 사람의 노고를 대신할 수 있는 것은 아니지만 약소한 나의 선물이라고 생각하면 좋겠네. 데미안 싸일렉스에게는 자작의 작위를, 그리고 헥터 티그리스에게는 남작의 작위를 내리겠네."

당연히 자신의 말에 두 사람은 좋아하리라고 생각했던 샤드는 두 사람의 표정이 이상한 것을 발견하고 두 사람에게 묻지 않을 수 없었다.

"자네들은 작위를 받는 것이 마음에 들지 않는가?"

"그런 것은 아니지만, 전 제가 작위를 받을 만한 일을 한 적이 없다고 생각합니다. 그러니 그 말씀은 후일 공로를 세웠을 때 해 주십시오."

"전 데미안님께 충성을 바치기로 맹세했기에 위험으로부터 데미안님을 보호해야 할 입장입니다. 그럼으로 공작 각하의 말씀은 감사하지만 따르지 못함을 용서하십시오."

조금은 무뚝뚝하게 들리는 헥터의 대답을 들은 샤드의 얼굴은 조금 묘하게 변했다. 그러나 곧 처음의 표정처럼 무덤덤하게 변했다.

"자네들의 생각을 잘 알았네. 그건 그렇고, 자네들은 언제 토바실로 떠날 것인가?"

"공작 각하께 보고를 드렸으니 곧 출발할 겁니다."

데미안의 대답에 잠시 뭔가를 생각하던 샤드가 고개를 끄덕이자, 데미안은 자신이 평소 궁금하게 생각했던 일을 그에게 물었다.

"공작 각하에게 여쭤보고 싶은 것이 있습니다."

"뭔가?"

"제가 생각하기에도 지금의 상황은 상당히 복잡 미묘한 것으로 알고 있습니다. 왜 공작 각하께서는 방관만 하고 계시는 겁니까?"

"내가 방관만 하고 있다고 했나?"

"그렇습니다. 이 트렌실바니아 왕국이 트레디날이란 성씨를 가진 분들에 의해 다스려지고 있다는 것은 부인하지 않겠습니다. 그러나 그분들보다는 훨씬 더 많은 사람들이 이 땅에 살고 있지 않습니까? 만약 공작 각하께서 이 문제에 개입을 하신다면 이렇게 혼란스런 상황은 조기에 수습이 될 수도 있었을 텐데, 왜 방관하고 계신지 전 이해할 수 없습니다."

데미안의 말에 샤드는 눈을 가늘게 뜨며 데미안을 바라보았고, 옆에 있던 넬슨은 조마조마한 마음으로 지켜보고 있었다. 방금 데미안이 한 말은 감히 데미안 같은 수련 기사가 할 소리가 아니었다. 물론 속으로만 그런 생각을 품고 있다면 상관할 문제가 아니지만, 데미안이 한 말을 듣고 있는 상대가 샤드 공작이고 보면 조마조마한 마음을 감출 길 없었다.

"내가 누구의 편을 들어주어야 한다고 생각하는가?"

"전 그런 것에는 관심이 없습니다. 다만 이 일로 인해 국민들에게 어떤 피해라도 돌아간다면 방관만 하고 계신 공작 각하께서도 책임을 피할 수 없을 거란 생각을 했습니다."

"하지만 정치란 것은 그리 간단하지 않다네."

"정치란 나라를 다스리는 것이고, 그 나라를 이루고 있는 것이 국민이니, 결국 정치란 국민을 다스리는 것이라고 배웠습니다. 결국 국민의 평화스러운 생활을 지켜주는 것이 정치하는 분들의 일이라고 알고 있습니다. 그러니 지금처럼 공작 각하께서 방관하고 계시는 것은 직무 유기라고 생각합니다."

데미안의 말에 오히려 넬슨의 얼굴이 헬쑥해졌다. 그렇기는 유로안 역시 마찬가지였다. 샤드 공작이 외견하기에 왜소한 체격을 가지고 있지만, 그의 성질이 보통이 아니라는 것을 샤드 공작을 아는 사람이라면 누구든 알고 있는 사항이었다. 국왕 앞에서도 자신이 할말은 거침없이 하고, 결코 자신의 눈에서 벗어난 자들을 가만두지 않는 샤드 공작에게 감히 풋내기에 불과한 데미안이 충고를 하다니……. 넬슨은 조심스럽게 샤드 공작의 안색을 살폈다.

"제가 처음 왕립 아카데미에 들어갔을 때, 전 제가 사는 트렌실바니아 왕국이 제 생각보다 훨씬 작다는 생각에 분노했던 적이 있었습니다. 물론 그 생각은 지금도 마찬가지입니다. 트레디날 제국이 멸망하던 그때와 마찬가지로 다시 한 번 왕족이나 귀족들 때문에 국민들이 고통을 당하는 일은 절대 없어야 한다고 생각합니다."

"자네의 마음을 모르는 것은 아니지만 공작 각하를 함부로 매도하진 말게. 공작 각하께서는 누구보다 많은 아픔을 가지고 계신 분이시네. 루벤트 제국에게 일가 친척과 부인, 그리고 자식까지 잃으셨단 말일세. 그럼에도 불구하고 이 트렌실바니아 왕국이 평화와 안정을 위해 평생을 보내신 분이시네. 자네 같은 애송이가 함부로 말할 분이 아니란 말이야. 어서 공작 각하께 사과를 드리게."

"물론 저도 공작 각하께서 이 트렌실바니아 왕국을 위해 평생 동안 많은 일을 해오셨다는 것을 들어서 잘 알고 있습니다. 그렇지만 지금 공작 각하께서 명확한 태도를 취해주시지 않는다면 이 혼란은 계속될 것이고, 그로 인해 트렌실바니아 왕국은 뿌리째 흔들릴지도 모르는 일입니다."

데미안이 말을 마치자 넬슨은 샤드의 귓전에 대고 얼마 전 데미안이 보고한 사항을 다시 한 번 전해주었다. 넬슨의 말을 전해 들은 샤드는 데미안의 얼굴을 한동안 바라보았다.

"내가 태어난 것이 약 팔십여 년 전의 일이었네. 그때부터 난 이 트렌실바니아 왕국이 강해지는 일이라면 다른 사람으로부터 어떠한 비난을 들어도 그 일을 해왔네. 자네의 말처럼 내가 방관을 취하는 것은 나로서도 어떤 결론을 내리기 쉽지 않기 때문이네. 원칙대로 하자면 제1왕자이신 제로미스 전하를 옹호해야 하지만 그분의 성격이 워낙 호전적이라 나로선 결론을 내리지 못하고 있네. 자네의 말처럼 내가 해야 할 일이 있다면 누가 뭐라든 해야 겠지. 그럼, 자네는 내가 내린 결정이 어떠하더라도 따르겠는가?"

샤드의 말에 데미안은 무릎을 꿇고는 오른손 주먹을 왼쪽 가슴에 대고는 고개를 숙였다.

"비록 수련 기사에 불과한 저이지만 공작 각하께 충성을 맹세하겠습니다."

"후후후, 자네의 그 말은 내가 선택한 분을 직접 만나뵙고 자네가 직접 말씀을 드리도록 하게."

"명심하겠습니다, 공작 각하."

데미안은 대답과 함께 자리에서 일어났다. 데미안은 샤드 공작이 얼마나 트렌실바니아 왕국을 사랑하는지 묻지 않아도 알 수 있을 것 같아 자연스럽게 그에 대한 존경심이 생겨났다.

"자세한 것은 그라시아스 후작에게 듣도록 하고 임무가 끝난 다음에 다시 만나도록 하지."

"알겠습니다, 그럼 임무를 마치고 다시 뵙겠습니다."

데미안은 고개를 숙여 샤드에게 인사를 하고는 넬슨과 함께 방에서 빠져 나왔다.

* * *

제레니가 화단에서 소담스런 꽃망울이 맺혀 있는 꽃봉오리를 보고 있을 때, 그녀에게 다가오는 사람이 있었다.

"꽃을 무척 좋아하는 모양이군요."

"어멋!"

갑자기 들린 사내의 음성에 놀란 제레니가 뒤를 돌아보자, 알렉스가 다가오는 모습이 보였다. 제레니가 놀란 표정을 짓자 조금은 미안한 표정을 지으며 입을 열었다.
"저 때문에 놀란 모양이군요. 미안합니다."
"아니에요. 그보다 몸은 괜찮으세요?"
"덕분에 많이 좋아졌습니다."
깨끗한 옷을 입고 머리와 면도를 한 탓인지 알렉스에게서는 함부로 대할 수 없는 고고한 분위기가 느껴졌다. 그런 분위기는 인위적으로 만든다고 만들어지는 것이 아니라는 것 정도는 알고 있는 제레니였기에 그의 신분이 무척이나 궁금했다.
알렉스는 그녀의 얼굴을 보며 여전히 감탄했다. 소문으로 듣고, 또 저택에서도 여러 번 보았건만 볼 때마다 감탄을 금할 수 없었다. 서로 한마디 말도 없이 상대의 얼굴만 바라보고 있다가 눈빛이 마주치자 어색한 표정을 지으며 고개를 돌렸다. 잠시 난처한 표정을 짓던 알렉스가 조심스럽게 제레니에게 입을 열었다.
"저어, 싸일렉스 양."
"제레니라고 부르세요."
"흠흠, 제레니 양, 한 가지 묻고 싶은 것이 있습니다."
"그게 뭔가요? 제가 알고 있는 것이라면……."
부드러운 미소를 띤 채 대답을 하는 제레니의 모습에 알렉스는 용기를 내서 질문을 했다.
"혹시 동생이 보고 싶지는 않으십니까?"
"지금 데미안을 말씀하시는 건가요? 어떻게 데미안을 알고 계시는 거죠?"
"3년 전쯤 우연히 페인야드에서 한번 본 적이 있습니다. 무척이나 아름다운 소년이더군요."

알렉스의 말에 제레니의 얼굴에는 말로는 표현하기 힘든 그리움이 떠올랐다.

"3년 만에 돌아왔다가는 단 하루만 쉬고 다시 집을 떠났어요, 단 하루만 쉬고요."

그녀의 음성에는 희미한 원망이 어려 있었다. 그러나 알렉스는 그 말이 쉽게 이해가 가질 않았다.

"아니, 왜 하루 만에 집을 떠났다는 겁니까?"

"데미안이 맡은 임무가 무엇인지는 모르지만 그 임무 때문일 거예요. 그 임무가 뭔지 한마디도 하지 않았기 때문에 어떤 일인지도 모르지만, 무척이나 위험한 일인 것만은 분명한 것 같아요. 그것 때문에 걱정이 돼 마음이 편치 않아요."

제레니의 얼굴이 어두워지자 그 모습을 보고 있던 알렉스의 마음도 어두워지는 것 같았다.

"무슨 일인지 안다면 제가 도움이 될 수 있을지 모르는데 안타깝군요."

알렉스의 혼잣말처럼 중얼거리는 말에 제레니는 한참을 망설이다가 조심스럽게 말했다.

"제가 알기로는 전하들의 왕위 계승과 관련된 일 같아요."

"그, 그 문제는……."

제레니의 말에 알렉스는 한마디도 할 수 없었다. 바로 자신이 당사자인데 그녀에게 무슨 말을 할 수 있단 말인가.

"제로미스 전하께서는 계속 아버지께 사람을 보내시고, 기난 전 하는 아버지와 절 파티에 초대를 하시는데, 데미안은 트렌실바니아 왕국을 위한 비밀 임무를 수행하고 있다니 정말 불공평해요.

데미안보다 실력도 좋고, 능력이 있는 사람도 많을 텐데, 왜 데미안이 그런 일을 해야 하는 건지 모르겠어요."

그 말을 하면서 제레니의 얼굴에는 당장 수심에 잠겼다.

"제레니 양은 알렉스 왕자를 어찌 생각하시오?"

조금은 갑작스러운 말에 제레니는 당황했지만 곧 대답했다.

"그분을 직접 뵙지도 못했고 아는 것이라고는 소문으로 들었던 것뿐이지만 그분을 따르는 사람들이 꽤 많다고 들었어요. 만약 그분이 형님이신 제로미스 전하께 저항할 생각이 없다면 순순히 투항을 하든지, 그것이 아니라면 저항을 할 것인지를 빨리 정하셔야 된다고 생각해요. 자신을 믿고 따르는 사람들을 위해서도 태도를 분명해야 할 필요가 있을 거예요. 전 그렇게 하는 것이 여러 사람을 위하는 거라고 생각해요."

분명한 어조로 말하는 제레니의 태도에 알렉스는 조금은 당황하지 않을 수 없었다. 최대한 평온을 유지한 채 자신이 궁금하게 생각했던 것을 물었다.

"알렉스 왕자가 형님이신 제로미스 전하께 생명의 위협을 당해도 순순히 투항을 해야 한단 말이오?"

계속 알렉스가 자신의 이름을 거론할 때는 마치 친구의 이름을 부르듯 호칭을 하고 있었건만, 제레니는 데미안에 대한 걱정 때문에 미처 그런 사실을 알지 못했다.

"저도 그런 소문을 듣기는 했지만 그건 어딘가 잘못된 것이라고 생각을 해요. 같은 부모에게서 태어난 형제간인데 상대의 목숨을 노리다니……. 분명히 오해가 있을 거예요. 그렇지만 만약 그 말이 사실이라면 자신의 목숨을 보호하기 위해서라도 저항을 해야 한다고 생각해요. 그것이 그분을 믿고 따르는 사람들을 위하는 것이 아닐까요?"

제레니의 말에 알렉스는 자신도 모르게 긴 한숨을 쉬지 않을 수 없었다. 6개월 전부터 자신의 뒤를 따르는 자들이 있었고, 그들은 끊임없이 자신의 생명을 노렸다. 몇 번이나 그들의 기습을 받았고, 거의 기적적으로 그들의 손아귀에서 빠져 나오기를 반복하면서 형인 제로미스에게 적대감을 갖게 된 것은 사실이었다. 그러나 그것이 제레니가 말한 것처럼 오해가 아닌 '누군가의 음모가 개입한 것이라면' 이라는 생각이 갑자기 들었다.

물론 제로미스가 목적을 위해서라면 어떠한 희생이라도 치를 만한 인물인 것은 사실이지만, 그렇더라도 동생인 자신의 목숨을 노리지는 않을 거라는 생각도 들었다. 또, 자신을 따르는 사람들의 얼굴이 하나하나 눈앞을 스치고 지나갔다. 알렉스가 그런 생각에 빠져 있을 때 제레니가 가볍게 고개를 숙여 인사를 했다.

"그럼 저는 이만······."

미처 알렉스가 대꾸할 사이도 없이 제레니는 몸을 돌려 저택 안으로 들어가자, 이미 사라지고 없는 그녀의 뒷모습을 떠올리며 알렉스는 화단에 서 있었다.

    *   *   *

서둘러 페인야드를 떠난 데미안 일행은 열흘 정도가 흘러 늦은 밤이 돼서야 루벤트 제국과의 접경에 있는 작은 도시인 포타도르에 도착할 수 있었다. 포타도르시(市)는 행인들 가운데 병사들로 보이는 건장한 사내들이 자주 눈이 띄는 것과 또 술집이 많다는 것을 제외하면 트렌실바니아 왕국의 여느 도시와 다를 것이 없었다. 그러나 루벤트 제국과 국경을 접하고 있기에 도시 전체의 분위기가 경직되어 있다는 것을 확실히 느낄 수 있었다.

　데미안 일행은 개중 깨끗한 여관을 잡고는 자신들을 토바실 지방의 파웰까지 안내해 줄 사람을 찾아나섰다. 데미안과 데보라를 제외한 일행들은 여관에서 기다리기로 하고, 두 사람은 안내를 맡을 사람과 만나기로 한 술집으로 향했다.

　허름한 건물의 지하에 있는 술집은 술에 취한 병사들과 용병, 그리고 여행객들이 외치는 고함 소리, 노랫소리에 귀가 따가울 지경이었다. 가볍게 눈살을 찌푸린 데미안과 데보라는 바텐더가 있는 바Bar로 걸음을 옮겼다. 이미 그곳에도 몇몇 사내들이 술에 취해 엎어져 있거나, 동료들끼리 큰 소리로 대화를 나누고 있었다.

　데미안과 데보라를 발견한 바텐더는 두 사람의 미모에 깜짝 놀랐다. 그리고는 나름대로 친근한 미소를 지으며 두 사람에게 말을 건넸다.

　"두 분 레이디께서 이런 술집에는 무슨 일로 오셨습니까?"

　바텐더의 말에 두 사람의 거의 동시에 주먹을 날릴 뻔했다. 데미안은 자신을 여자로 보는 바텐더의 멍청함 때문이었고, 데보라는 자신을 향해 음흉한(?) 미소를 짓는 바텐더 때문에 공포를 느껴 순전히 자기 보호 차원에서 그런 것이었다.

　"여기 오면 '토끼'라는 사람을 만날 수 있다고 들었는데, 그 사람을 찾으려면 어떻게 해야 됩니까?"

　데미안은 자신이 남자였다는 것을 밝히려고 일부러 굵은 목소리로 말을 했건만, 바텐더에게는 통하지 않았던 모양이었다. 게다가 데미안이 찾는 '토끼'라는 사내는 극소수의 사람들만 알고 있는 비밀 사항이었기에 바텐더의 얼굴에 긴장이 어렸다.

바텐더가 잠시 머뭇거리는 사이, 술에 취한 사람들이 하나둘 가게를 빠져 나갔다. 잠깐 사이 가게 안에는 바텐더와 데미안, 그리고 데보라만 남게 되었다. 데미안은 여전히 바텐더를 보고 있었고, 데보라는 술에 취한 사람들이 하나둘 가게를 빠져 나가는 것을 느끼고는 가볍게 손목과 목을 풀고는 등에 메고 있던 브로드 소드를 언제든 잡을 수 있도록 긴장을 늦추지 않았다.
"왜, 그 사람을 찾는 거요?"
"그건 말할 수 없는데……."
"그렇다면 나도 레이디에게 그 사람의 행방을 말해 줄 이유가 없지 않겠소?"
"경고하는데, 날보고 레이디라고 부르지 마시오. 다시 한 번 그렇게 불렀다가는……."
"흐흐흐, 레이디보고 레이디라고 부르지 않는다면 누굴보고 레이디라 부른단 말이오? 그렇지 않소, 레이디?"
옆에서 그 말을 들은 데보라는 진심으로 바텐더의 명복을 빌지 않을 수 없었다. 하필이면 데미안이 가장 싫어하는 콤플렉스를 사정없이 건드리다니. 그녀가 그런 생각을 하고 있을 때 데미안은 왼손으로 바를 짚고는 간단하게 뛰어넘었다. 그리고는 바텐더의 턱을 향해 사정없이 주먹을 내질렀다. 데미안의 갑작스런 행동에 당황하던 바텐더는 재빨리 뒤로 물러나려고 했지만, 데미안의 주먹이 몇 배는 더 빨랐다.
퍽퍽퍽!
소리만 들어도 상당히 아플 것 같은 소리가 들리자, 데보라는 진저리를 쳤다. 어찌 생각해 보면 데미안을 여자로 착각한 것은 바텐더의 실수가 아닐 수도 있는 문제였다. 사건의 발단은 너무도 여성스럽고 아름답게 생긴 데미안 때문에 생긴 일이 아닌가? 데미안과 여행을 같이 하는 동안, 하도 데미안을 여자로 착각하는 사람이 많아 이제는 거의 만성이 될 만도 하건만, 데미안은 그때마다 지치지도 않고 화를 냈다.

갑자기 때리고 맞는 소리가 그치자 데보라는 고개를 돌려 두 사람을 보았다. 바텐더의 얼굴은 순식간에 오븐에 구운 빵처럼 부풀어올랐고, 곳곳에 시꺼먼 멍이 든 것이 보기만 해도 고통이 상당할 것 같았다. 그래도 바텐더가 꿋꿋하게 기절하지 않고 있는 모습에 데보라가 한마디했다.

"데미안, 너 주먹이 많이 약해진 모양이다."

그 말에 데미안은 여전히 화가 풀리지 않은 모습으로 퉁명스럽게 대꾸를 했다.

"약해진 것이 아니라 약하게 때린 거야. '토끼'란 자가 어디에 있는지 알아내는 것이 먼저잖아. 그리고 난 다음에……."

말을 하지 않아도 능히 짐작이 갔다. 바텐더는 데미안의 말에 당장이라도 도망을 가고 싶었지만 두려움 때문에 발이 떨어지지 않았다. 그 모습을 본 데보라가 다시 참견을 했다.

"그렇게 협박을 하면 어쩌자는 거야? 만약 겁을 먹고 대답을 안 하면 어쩔 거야?"

"그래? 그럼 온몸의 뼈마디를 모조리 부숴버리지 뭐. 내가 필요한 것은 이자의 기억뿐이니까, 나중에 마법으로 알아낼 수 있어."

데미안의 말에 바텐더의 얼굴에서 핏기가 사라져 창백하게 변했다. 바텐더의 눈에 데미안이 다시 주먹을 드는 모습이 보였다. 말을 해주고 싶어도 그자가 어디 있는지 자신도 모르는 일이기에 미칠 것만 같았다. 질끈 눈을 감은 바텐더의 귀에 천사(?)의 목소리가 들렸다.

"레이디, 바텐더를 그만 괴롭히지. 그는 내가 어디에 있는지 정말 몰라서 대답을 못 한 거니까."

갑자기 들린 굵은 사내의 음성에도 데미안과 데보라는 당황한 기색없이 고개를 돌려 음성의 주인공을 찾았다. 30대 후반으로 보이는 용병 차림의 건장한 사내였다. 빡빡 깎은 머리에는 몇 개의 문신이 새겨져 있었고, 드러난 사내의 팔에도 온통 문신투성이였다. 설마 180센티미터가 넘는 키에 우람한 근육을 가진 저 대머리가 자신들이 찾는 그 '토끼'란 사람일까? 데미안은 치미는 화를 억누르며 그에게 물었다.

"그대가 '토끼'란 자가 맞소?"

"그렇소이다, 레이디."

"그라시아스란 분을 아시오?"

"그럼, 당신들이?"

상대의 반응을 본 데미안은 그가 자신이 찾는 사람이 맞다고 판단을 하고는 공포에 떨고 있는 바텐더는 본 척도 하지 않은 채 걸음을 옮겨놓았다.

"당신이 내가 찾는 '토끼'가 맞고 안 맞고는 나중 문제고, 먼저 나와 해결해야 할 일이 있지."

난생처음 보는 데미안이 자신에게 해결해야 할 일이 있다는 말에 대머리 사내는 의아한 표정을 지었다.

"난 레이디를 처음 보는데, 무슨 용무가 있다는 말이오?"

"있지, 그것도 아주 많이."

데미안은 그에게 아주 화사한 미소를 지었고, 상대는 어리둥절한 표정을 지으며 데미안의 얼굴을 멍하니 바라보고 있었다. 잠시 후 술집에서는 듣는 사람의 심금을 울리는 아주 애처롭고 고통스러운 비명 소리가 한동안 흘러나왔다.

여관의 일층에 마련된 홀에서 데미안과 데보라를 기다리고 있던 일행들은 데미안이 늦어지자 슬슬 걱정이 되었다. 물론 데미안의 실력을 모르는 것은 아니지만, 그래도 걱정이 되는 것은 어쩔 수 없었다.
"라일님, 제가 그 장소에 잠시 다녀와야겠습니다."
"별일이야 없겠지만 나도 신경이 쓰이기 시작하는군. 장소를 안다면 같이 가도록 하세."
"저도 갈래요."
로빈의 말에 세 사람이 거의 동시에 자리에서 일어나 여관을 빠져 나가려 할 때, 데미안과 데보라, 그리고 인간의 형상이 아닌 괴상한 생물 하나가 여관으로 들어왔다. 헥터는 데미안이 무사하다는 것을 알고는 안도의 한숨을 쉬었다.
"데미안님, 왜 이렇게 늦으셨습니까? 저희 모두 상당히 걱정을 했습니다."
"미안해. 잠깐 교육이 필요한 작자가 있어서 좀 늦었어. 스승님, 죄송합니다."
"네 옆에 있는 저 작자가 너에게 교육을 받은 학생이냐?"
"그렇습니다. 앉아서 말씀을 나누시죠."
데미안의 말에 일행들은 다시 테이블에 둘러앉았고. 이상하게 생긴 생물은 엉거주춤한 자세로 서 있었다. 그 모습을 본 로빈은 도저히 참지 못하고 자리에서 일어나 그에게로 걸어갔다. 그리고는 그의 얼굴에 손을 얹고 나직이 주문을 외웠다.

"큐어(Cure : 치유)!"

순간 로빈의 손에서 푸른색의 밝은 빛이 흘러나와 대머리 사내의 얼굴을 감쌌다가는 곧 사라졌다. 그리고 대머리 사내의 얼굴에 있었던 멍 자국과 사정없이 부풀었던 얼굴이 빠른 속도로 원래의 모습을 찾아갔다. 그 모습을 확인한 로빈은 자신의 자리에 앉으며 데미안을 향해 퉁명스럽게 입을 열었다.

"하여간 데미안님은 너무 심하세요."

"뭐가?"

"아니, 사람을 이렇게 다치게 해놓고 뭐라니요? 저 사람이 얼마나 고통스러웠겠어요?"

"흥! 그러게 왜 가만히 있는 내 성질을 건드리는 거야? 내가 몇 번이나 주의를 주었는데도 날보고 레이디라고 부르다니······. 그건 살기가 싫으니 나더러 죽여달라는 거잖아."

데미안의 말도 안 되는 억지에 로빈은 할말을 잃었다. 평소에는 주위 사람들의 충고도 잘 받아들이고 농담도 잘 하다가도 누군가 자신을 여자로 착각하는 사람만 있으면 완전히 딴 사람으로 변해 버리는 통에 혼이 난 것이 한두 번이 아니었다. 게다가 그때는 스승인 라일의 말조차 듣지 않았다.

옆에서 서 있던 대머리 사내는 데미안의 말을 들으며 몸서리를 쳤다. 단지 말 한마디 잘못했다고 사람을 그렇게 잔인하게 패다니, 자신도 모르게 데미안에게서 뒷걸음질을 쳤다.

"거기서 한걸음만 더 물러서면 더도 말고 덜도 말고 아까의 딱 두 배만 더 때려주겠어."

그 순간 대머리 사내는 동태(?)처럼 굳어졌다.

"데미안, 저 사람이 우리가 만나야 할 사람이냐?"

"그렇습니다. 잠시만 기다려 주십시오."

잠시 말을 멈춘 데미안은 페인야드를 떠나기 전 유로안이 자신에게 가르쳐 준 몇 가지의 마법 가운데 하나를 캐스팅했다.

"앱솔루트 배큠(Absolute Vacuum : 절대 진공)!"

데미안이 시동어를 외쳤음에도 불구하고 주위에는 아무런 변화도 없었다. 데보라와 로빈이 조금은 의아한 얼굴로 데미안을 바라보자 데미안이 설명해 주었다.

"지금부터 나눌 대화를 딴 사람들이 들으면 곤란하잖아. 그래서 우리 주위에 진공으로 된 벽을 만들었으니 마음놓고 대화를 나눠도 괜찮아."

데미안은 대수롭지 않은 듯 말했지만 그렇게 간단히 펼칠 수 있는 마법이 아니었다. 적어도 4싸이클에 해당되는 마나를 움직여야만 펼칠 수 있는 마법이었다. 데미안이 명상을 통해 얻은 마나가 아니라면 꿈도 꿀 수 없는 마법이었지만, 마치 그런 것쯤은 아무것도 아니라는 듯 쉽게 이야기했다. 데보라와 로빈의 눈에 희미하게 감탄의 기색이 떠오르는 것을 보고 약간은 우쭐한 기분에서 대머리 사내에게 입을 열었다.

"이름이 뭐야?"

"예?"

"이름이 뭐냐니까?"

"스모니라고 합니다."

"그런데 왜 '토끼'라고 부르는 거지? 어디 한군데도 비슷한 곳이 없잖아?"

"저어 '토끼'는 제 암호명입니다."

"암호명? 어디 소속돼 있는 거야?"

토바실로 가는 길 85

데미안의 질문에 스모니는 잠시 망설였지만 그 시간은 그리 길지 않았다.

"쉐도우 기사단 소속 2급 기사가 제 신분입니다."

"쉐도우 기사단이라면 모든 것이 신비에 쌓여 있다는 그 기사단 말이야?"

"그렇습니다. 전 검술 실력이 떨어지기 때문에 주로 적의 진영에 잠입해 정보를 캐오는 임무를 맡고 있습니다."

스모니의 말에 헥터가 물었다.

"이곳 포타도르에서 파웰까지 가는 데 얼마나 걸립니까?"

"말을 이용한다고 해도 꼬박 15일은 걸립니다. 그렇지만 당당하게 모습을 들어내놓고 다닐 수도 없으니, 아마 시간은 더 걸린다고 봐야 할 겁니다. 게다가 토바실 지역은 거의가 평원 지역이기 때문에 몸을 피할 곳이 없습니다. 어떻게 하시겠습니까?"

"뭘 어쩐다는 거지?"

데보라의 말에 스모니는 쭈뼛거리며 대답했다.

"말씀드린 것처럼 파웰까지 가는 길이 거의 평원 지역이기 때문에 길은 편하지만 적들에게 발견되지 않는다는 보장이 없습니다."

"그럼, 어쩌자는 거야?"

조금은 짜증스러운 데미안의 말에 찔끔 놀란 스모니가 다급히 입을 열었다.

"제 생각을 말씀드리자면 우선 루벤트 제국의 경계가 허술한 디모시로 이동을 해 국경을 넘어 일단 토바실의 외곽에 위치한 바렉스로 향하는 겁니다. 그곳에는 저의 동료들이 거점으로 이용하고 있는 곳이 있으니 안전은 걱정하지 않으셔도 될 겁니다."

"그러니까 자네의 말은 토바실의 외곽으로 통과해 파웰까지 가자는 것인가?"

"맞습니다. 그 방법이 가장 안전할 것 같습니다."

"자네 말대로 그렇게 하면 시간이 얼마나 걸릴 것 같은가?"

"제 예상으로는 길게 잡아 약 한 달 정도가 걸릴 것 같습니다. 그러나 상황에 따라선 약간 좁혀 질 수도 있습니다."

"한 달? 뭐가 그렇게 오래 걸리는 거지?"

"토바실 지역은 이제 트렌실바니아 왕국의 땅이 아닙니다. 곳곳에 루벤트의 군대가 상주하고 있으니 그들을 피해서 이동을 하는 것은 상당히 위험한 일입니다. 저 역시 파웰까지는 한번도 가본 적이 없습니다."

"그건 그렇고 한 가지 물을 것이 있는데, 루벤트 제국 사람들 가운데 은발은 얼마나 되지?"

"예?"

데보라의 갑작스러운 말에 스모니는 아무런 말도 하지 못한 채 그저 눈만 껌뻑이고 있었다.

"루벤트 제국에서 은색 머리칼을 가진 남자 말이야. 이십대 중반에서 삼십대 중반까지의 잘생긴 남자 가운데 은발을 가진 남자가 얼마나 되냔 말이야?"

"그, 그걸 제가 어떻게 압니까?"

스모니는 억울한 듯 말을 했지만 데보라는 계속 질문했고, 여전히 상대가 대답을 하지 않자, 데보라의 얼굴이 조금씩 붉어졌다.

"내가 데미안보다 성질이 순한 줄 아나본데 나도 그리 만만한 성격은 아니야. 일단 당해보고 대답할 거야?"

데보라가 말과 함께 일어서자 스모니는 자신도 모르게 뒷걸음질을 쳤지만 데미안이 조금 전에 펼친 진공의 막에 가로막혀 더 이상 물러날 수도 없었다. 사실 데보라는 어쩌면 아마조네스의 배신자인 비앙카를 곧 만날 수 있을지 모른다는 생각에 상당히 조급해했다. 그래서 자신보다는 루벤트 제국에 대해 잘 알고 있을 스모니에게 질문을 한 것인데 스모니는 대답보다는 저항을 선택한 모양이었다.

데보라가 자리에서 일어나는 모습을 공포에 질린 눈으로 바라보던 스모니는 필사적으로 자신이 알고 있는 루벤트 제국에 대한 정보를 떠올렸다. 그리고 그 가운데에서 은발을 가진 사람들에 대한 정보를 다시 떠올렸다. 그러다 데보라가 말한 조건대로라면 은발을 가진 청년들의 숫자는 의외로 적다는 것을 알게 됐다.

그가 알고 있는 루벤트 제국 사람들 가운데 은발을 가진 사람의 숫자도 의외로 적고, 그 가운데 잘생긴 남자만을 추린다면 그 숫자는 얼마 되지 않을 것 같았다. 그런 생각을 하는 동안 데보라는 겨우 두세 걸음 떨어진 곳까지 다가왔다.

"자, 잠깐만 기다리십시오. 생각났습니다."

그 말에 데보라의 발걸음은 얼어붙은 듯 멈춰졌다.

"그 은발을 가진 사람의 검술 실력은 어떻습니까?"

"내가 알기로는 소드 익스퍼트에서도 상급의 실력을 가진 것으로 알고 있어. 그런데 그런 사람을 알고 있단 말이야?"

"제가 아는 대로 말씀을 드릴 테니, 제발 자리에 앉아서 제 말을 들어주십시오."

스모니가 덩치에 맞지 않게 겁에 질린 표정으로 부탁하자 데보라는 곧 자신의 자리로 돌아와 앉았다.

"루벤트 제국은 상당히 커다란 나라이지만 은발을 가진 사람의 숫자는 상당히 적습니다. 게다가 아까 저분이 말씀하신 대로 미남

에다가 소드 익스퍼트 상급의 검술 실력을 가지고 있다면 귀족이거나, 아니면 기사단에 소속된 자일 겁니다. 저에게 시간을 주시면 은발을 가진 미남 청년을 모조리 알아드리겠습니다."

스모니의 대답에 데보라는 말없이 고개만 끄덕였다. 그런 데보라의 심정을 일행들은 짐작할 수 있었기 때문에 그저 묵묵히 듣고만 있었다. 그런데 멍청한 스모니가 스스로 화약에 불을 붙이고 말았다.

"저어, 사랑하시는 분이 은발이신가 보죠?"

잠시 후 다른 사람에게는 들리지 않는 구슬픈 비명 소리가 오랜 시간 동안 울려퍼졌고, 로빈은 다시 한 번 스모니를 치료하지 않으면 안 됐다.

*　　　*　　　*

"하하하, 에린, 답답한 왕궁에서 빠져 나와 야외로 나오니 기분이 좋지 않소?"

만면에 미소를 머금은 제로미스의 말에 에이드리안은 조금은 불안한 표정을 지었다.

"전하, 호위병들이 아직 따라오지 못하고 있습니다. 천천히 가시지요."

"하하하, 뭐가 그렇게 걱정스럽소? 이 트렌실바니아 왕국에서 누가 나를 위험하게 할 수 있단 말이오? 하하하."

제로미스는 말을 이리저리 몰며 진심으로 기뻐했다. 자신의 연인인 제로미스가 미소를 짓자 에이드리안은 어쩔 수 없이 그를 따라 말을 몰았다. 두 사람이 그러고 있을 때, 멀리서 수십 명의 호위병들이 다가오는 모습이 보였다. 그리고 그 앞에는 안토니오와 근위 기사단장인 랄프 디오케의 모습이 보였다. 허겁지겁 달려온 두 사람은 앞으로 다투어 제로미스에게 말을 건넸다.

"전하, 이렇게 혼자 다니시는 것은 너무나 위험하옵니다."

"그렇습니다, 전하. 루벤트 제국의 킬러들이 잠복하고 있을지도 모르니 제발 저희와 함께 행동해 주십시오."

"하하, 두 분께서는 뭐가 그렇게 걱정스러우십니까?"

제로미스의 태연한 모습에 두 사람은 가슴만 태웠다. 그러나 제로미스는 자신들이 이렇게 조바심 내는 것을 전혀 이해하지 못하는 듯했다.

"자자, 그만 인상을 펴고 즐겁게 사냥이나 합시다."

그러고 보니 제로미스나 에이드리안은 사냥복을 걸치고 있었다. 제로미스는 롱 보(Long Bow:큰 활)를, 에이드리안은 작은 크로스 보(Cross Bow:석궁)를 들고는 일행들과 함께 숲으로 향했다. 그리고 얼마 가지 않아 그들은 수십 마리의 사슴 떼를 만날 수 있었다. 제로미스 일행들이 조심스럽게 접근을 해서인지 사슴들은 평화롭게 풀을 뜯고 있었다. 제로미스와 에이드리안은 각기 한 마리씩의 사슴을 겨냥하고는 숨을 죽였다. 그리고 잠시 후 활시위를 놓자 빠른 속도로 화살은 날아갔고, 사슴 무리에서 두 마리의 사슴이 공중으로 뛰어올랐다. 놀란 사슴들은 사방으로 도망갔고, 두 마리의 사슴들은 목에 화살을 박힌 채 피를 흘리며 바닥에 쓰러져 있었다. 제로미스는 만족스런 미소를 지었고, 일행들은 사슴을 회수하고는 다시 사냥감을 찾아 숲속을 돌아다녔다.

점심 때가 되어 일행들은 미리 준비한 음식과 제로미스들이 잡은 사슴으로 요기를 하고는 잠시 휴식을 가졌다. 안토니오는 나무

그늘에서 쉬고 있는 제로미스를 향해 입을 열었다.

"전하, 이만 왕궁으로 돌아가시지요."

"겨우 사슴 한 마리만 잡고 사냥을 그만두란 말이오? 그건 안 될 말이오. 이게 얼마 만의 사냥인데, 난 좀더 사냥을 해야겠소."

제로미스의 대답에 옆에 듣고 있던 랄프도 안토니오의 말을 거들었다.

"후작 각하의 말씀대로 더 이상의 사냥은 위험할 수도 있습니다. 그러니 어서 왕궁으로 돌아가시는 것이 좋겠습니다."

"하하하, 랄프 경은 뭘 그리 걱정하시는 거요?"

결국 그들 일행은 제로미스의 말대로 좀더 사냥터를 돌아다녀야 했다. 과거 트레디날 제국의 황제들은 호전적인 성격을 기르기 위해 일부러 일 년 가운데 상당한 시일을 사냥터에서 보내곤 했었다. 그러나 루벤트 제국의 침입을 받기 얼마 전부터 군대의 힘보다는 외교에 주력했기에 사냥터는 폐허로 변해버렸고, 결국 루벤트 제국에게 무릎을 꿇는 수치스러운 일이 벌어지게 된 것이다.

해가 서산을 향해 지기 시작할 때 제로미스 일행은 야트막한 언덕 위에서 오만한 자세로 서 있는 숫사슴 한 마리를 발견할 수 있었다. 보통의 사슴들에 비해 거의 1.5배는 되어 보이는 몸에, 하늘을 향해 솟아오른 멋진 뿔을 가진 사슴이었다. 그 사슴을 발견한 제로미스는 그 사슴이 자신이 찾던 사냥감이라는 생각에 침착하게, 그리고 조용하게 활시위에 화살을 걸고는 천천히 잡아당겼다. 롱 보가 거의 꺾어질 정도로 잡아당긴 채 겨냥을 하고는 활시위를 놓았다.

피잉! 휘휘휙!

활시위가 울리는 날카로운 소리와 함께 뭔가가 허공을 가르며 날아오는 소리가 들렸다. 옆에 있던 에이드리안이 제로미스를 덮치며 큰 소리로 외쳤다.

"위험합니다."

퍼퍼퍽!

일행들은 일순간 무슨 일이 벌어졌는지 영문조차 알지 못했다. 가장 먼저 정신을 차린 랄프가 부하들에게 재빨리 명령을 내렸다.

"저쪽에서 화살이 날아왔다. 어서 암살자를 찾아라."

랄프의 명령에 사십여 명의 부하들은 신속하게 달려갔고, 그제야 랄프는 제로미스의 상태를 확인했다. 제로미스를 마치 보호라도 하듯 에이드리안이 그 위를 덮은 상태였고, 그런 에이드리안의 어깨와 등에는 두 발의 화살이 꽂혀 있었다. 그제야 정신을 차린 안토니오가 손녀인 에이드리안의 부상보다는 밑에 있는 제로미스의 부상을 먼저 살폈다.

"전하, 괜찮으십니까?"

기절한 에이드리안을 옆에 비껴놓고 제로미스의 부상을 살펴보니 화살 하나가 그의 팔을 관통한 채 꽂혀 있는 것을 발견할 수 있었다. 다행히도 근육 부분에 꽂혀 있어 부상은 그리 심하지 않은 것 같았다. 자리에서 일어난 제로미스는 자신의 팔에 꽂혀 있던 화살을 우악스럽게 뽑아내고 기절해 있는 에이드리안을 바라보았다.

어깨와 등에 박힌 화살은 가녀린 그녀의 몸을 꿰뚫고 화살의 끝 부분이 앞으로 빠져 나와 있었다. 그 모습을 본 제로미스는 자신도 모르게 안토니오에게 사과를 했다.

"니컬슨 경, 정말 미안하오. 나 때문에, 나 때문에 에린이 다쳤소."

"아닙니다, 에린은 당연히 해야 할 행동을 한 것이니 전하께서

부담 가지실 필요는 없습니다."
　제로미스가 무사하다는 것을 알고서야 안토니오는 손녀에게로 눈을 돌렸다. 자신의 아들 내외보다, 아니, 자기 자신보다 더 사랑하는 손녀의 몸에 두 발의 화살이 박혀 있는 모습을 보며 안토니오는 가슴이 찢어지는 듯했다. 그러나 제로미스의 앞에서 그런 내색을 할 순 없었다.
　제로미스의 응급 처치를 마친 랄프가 조심스럽게 에이드리안의 몸에서 화살을 제거하고 가지고 있던 힐링 포션(Healing Potion : 치료약)을 뿌려 응급 처치를 마쳤다. 그리고는 동행했던 마법사에게 치유의 마법을 베풀도록 지시했다.
　그러는 사이 랄프의 부하들은 한 명의 암살자를 데리고 그들에게로 왔다. 약 170센티미터쯤으로 보이는 탄탄한 체구의 삼십대로 보이는 사내였다. 그는 자신이 붙잡힌 것이 무척이나 수치스러운 듯 이를 악물고는 제로미스를 노려보았다.
　"암살자는 이놈뿐이었나?"
　"아닙니다. 일행으로 보이는 자가 둘이 더 있었지만, 이놈이 저희들을 막는 동안 도주를 했습니다."
　"대체 몇 명이 갔는데 암살자 하나 제대로 못 잡는단 말이냐! 그리고도 네놈들이 근위 기사란 말이냐?"
　"죄송합니다."
　"시끄럽다! 왕궁으로 돌아가는 즉시 모두 내가 직접 다시 훈련을 시켜주마. 물러서라."
　랄프의 신경질적인 말에 부하들은 아무 소리도 못 하고 뒤로 물러섰다. 랄프는 그때까지 제로미스를 노려보고 있는 암살자의 옆구리를 그대로 내질렀다.

"크윽!"

암살자는 창자가 끊어지는 듯한 고통이 자신도 모르게 신음을 토하며 바닥을 뒹굴었다. 그 모습에도 아랑곳하지 않고 랄프는 몇 번의 발길질을 더 하고 질문을 던졌다.

"누구냐? 제로미스 전하를 암살하라고 지시를 내린 자가 누구냔 말이다!"

"난 모른다. 왕국의 안정을 위해 제로미스가 사라져야 한다고 생각을 했기 때문에 스스로 결정해서 저지른 일이다."

"이놈이?"

화가 머리끝까지 치민 랄프는 검집을 들어 암살자의 어깨를 내리쳤다. 그러자 어깨에서 뼈 부러지는 소리가 소름 끼치게 들려왔다. 암살자는 부들부들 떨면서 이를 악물고 고통을 참아내고 있었다.

"흐흐흐, 좋다. 네놈의 인내심이 얼마나 강한지 내가 직접 알아보겠다. 이놈을 끌고 가도록 해라."

"알겠습니다."

기사들이 자신에게 다가오는 모습을 본 암살자는 다시 한 번 제로미스를 노려보고는 크게 외쳤다.

"알렉스 전하 만세!"

그리고는 나직하게 뭔가를 중얼거렸다. 그러자 암살자의 머리가 마치 풍선처럼 부풀어오르더니 그대로 터져 버렸다. 갑작스런 사태에 사람들은 굳은 듯 그 자리에서 꼼짝도 하지 못하고 암살자의 선혈을 그대로 뒤집어써야 했다. 그러나 곧 제로미스와 안토니오, 랄프의 얼굴은 분노와 격정으로 시뻘겋게 달아올랐다.

"알렉스! 네가 감히 나에게 암살자를 보내?"

"제로미스 전하, 이건 도저히 묵과할 수 없는 일입니다. 빨리 왕궁으로 돌아가 대책을 마련해야 합니다."

"좋소, 나도 될 수 있으면 그 아이에게만은 손을 쓰고 싶지 않았는데……. 상대가 먼저 나를 공격한다면 나도 더 이상 참지 않겠소. 돌아갑시다."

제로미스가 에이드리안을 안고 말에 오르자 안토니오도 말에 올라 근위 기사들과 함께 왕궁으로 돌아갔다. 뒤에 남은 랄프는 뭔가 이상한 생각이 들었다. 왜 자살할 결심을 한 자가 죽어가면서 알렉스 왕자의 이름을 외친 것일까? 생각이 복잡해진 랄프는 곁에서 자신의 명령을 기다리고 있던 근위 기사단 소속 마법사에게 지시를 내렸다.

"저자가 마지막에 자살한 것이 마법에 의한 것인가?"

"그렇습니다. 셀프 블레스팅(Self Blasting : 자폭)이란 마법으로 주로 자살할 때 사용하는 마법입니다."

"내가 보기에 이자는 검사 같은데 마법사가 아니어도 사용할 수 있단 말인가?"

"셀프 블레스팅은 겨우 1싸이클의 마법입니다. 게다가 마나도 거의 이용되지 않기 때문에 누구든 스펠만 알면 사용할 수 있습니다. 그렇지만 요즘은 거의 이용하지 않는 수법입니다. 적에게 발견되는 즉시 독약을 복용하거나 자살하면 되는데, 누가 스펠을 캐스팅하겠습니까? 더군다나 이 스펠은 상당히 긴 편이어서 스펠을 캐스팅하는 동안에 적에게 사로잡힐 가능성이 많아 사장(死藏)되었던 마법 스펠입니다."

마법사의 대답에 랄프는 더욱 이상하게 느껴졌다.

제24장
만나야 될 사람

데미안 일행은 스모니의 안내를 받으며 포타도르를 출발해 디모시를 거쳐 바렉스까지 도착하는 데 꼬박 열흘이 걸렸다. 낮에는 숨어 지내고 주로 밤에만 사람들의 눈을 피해 이동을 하려니 시간이 걸릴 수밖에 없었다. 게다가 사람들의 눈을 피하기 위해 부득이 변장을 하는 수밖에 없었다. 그런데 그것이 또 문제였다.

스모니와 데보라, 헥터와 데미안이 부부로 변장을 하기로 한 것이다. 데보라야 배신자인 비앙카를 찾기 위해서는 무슨 짓이든 할 용의가 있었지만, 데미안은 죽어도 여장은 못 하겠다는 것이었다. 물론 그 의견을 꺼낸 스모니의 얼굴에 시커먼 멍이 생긴 것은 두말할 나위도 없었다.

결국 데미안은 난생처음 여장을 해야 했고, 그 모습은 몇 년 동안을 함께 생활한 헥터마저도 한눈에 반할 정도였다. 그저 여자 옷을 걸치고 가슴에 헝겊 뭉치를 조금 넣은 정도였지만, 일행들은 데미안이 제레니의 미모와 비교해도 조금도 떨어지지 않는다고 인정하지 않을 수 없었다. 라일은 불치의 병에 걸린 환자로, 로빈은 그들을 인도해 파웰에 있는 라페이시스의 신전으로 향하는 어린 사제로 변장했다.

데미안 일행이 바렉스를 출발해 파웰로 향하는 동안 수많은 사람들을 만났다. 그리고 사람들은 너무도 아름다운 여인들과 결혼을 한 헥터와 스모니를 진심으로 부러워했다.

특히 데미안의 미모에 반한 남자들이 줄을 잇자 헥터는 본의 아니게 여러 사람과 결투를 벌여야 했다. 게다가 거기에 재미를 붙인 데미안은 오히려 끈적끈적한 몸짓으로 헥터에게 달라붙어 사내들의 질투심을 유발시키곤 했다.

처음엔 어이없어 하던 데보라도 그 모습을 보고는 재미를 붙였는지 덩달아 헥터에게 매달렸다. 헥터는 두 사람의 장난에 그야말로 끔찍하게 혼이 났다.

해서 한시라도 빨리, 아니, 일 분 일 초라도 빨리 파웰에 도착하기를 꿈에서도 바랬다. 그리고 며칠 후, 드디어 헥터가 꿈에 그리던 토바실 지역의 중심 도시인 파웰에 도착할 수 있었다.

트렌실바니아 왕국의 최대 곡창 지대로 과거 트레디날 제국이 강해지는 데 버팀목이 되었던 토바실은 이제 루벤트 제국의 점령지가 된 지 109년을 맞이하고 있었다.

트렌실바니아 왕국 사람이나 루벤트 제국 사람이나, 외견상 차이가 나지 않아 두 나라 사람을 구분할 방법은 사실상 없었다. 그러나 조금 자세히 살펴보면 과거 토바실에 살던 트렌실바니아 왕국의 사람들 대부분은 허드렛일이나 소규모 장사를 하는 것이 고작이었다.

설사 그들이 장사를 해 많은 소득을 얻었다고 하더라도 그 수입의 대부분을 세금으로 바쳐야만 했다. 또, 농사를 짓는 농부들은 한해 동안 생산해 낸 곡식의 칠 할 이상을 세금으로 바쳐야 했다. 그렇게 부당한 대우를 받으면서도 감히 반항을 하지 못하는 것은 토바실 전역에 주둔하고 있는 루벤트 제국의 제2사단인 이글 기사단과 7, 8, 9군단 때문이었다. 게다가 그들의 힘을 등에 업은 용병들의 횡포 역시 보통이 아니었다.

파웰로 향하는 길에 데미안은 그런 광경을 눈이 아플 정도로 볼 수 있었다. 그러면서도 반항이나 항의라는 말은 아예 잊어버렸는지 체념과 폭력에 굴복해 힘없이 머리를 조아리는 동포들의 모습에 데미안은 그저 속으로만 분통을 터뜨려야 했다.

데미안 일행이 파웰에 도착한 것은 저녁 시간이 지나서였다. 일행들은 먼저 여관을 정해 쉬고 있는 사이, 스모니가 먼저 접선 장소로 갔다. 일행들이 간단한 요기를 마쳤을 때 스모니가 돌아왔다.

"언제 만날 수 있대?"

"마침 그 사람이 파웰로 오고 있는 중이랍니다. 그렇지만 루벤트 제국에서도 그 사람을 추적하고 있어 며칠이 지나야 만날 수 있을 겁니다."

"그럼, 또 며칠을 보내야 하는 거야? 대체 그 사람은 어떤 사람이야?"

"이쪽 저항군에게는 엄청난 존경을 받는 사람입니다. 제가 들은 이야기로는 이 토바실 전역에 아지트를 만들어 산발적으로 저항을 계속해 루벤트 제국의 신경을 잔뜩 긁어놓고 있답니다. 때문에 루벤트 제국에서는 후방에 있던 22, 23군단을 추가로 배치하기로 결정을 내렸다고 합니다."

스모니의 말에 데미안은 가볍게 눈살을 찌푸렸다. 도무지 그 저항군의 지도자란 사람의 행동을 이해할 수 없었다. 루벤트 제국의 이목을 피해도 시원치 않을 사람이 오히려 적들의 시선을 끄는 행동을 하다니……. 도대체 그 사람이 뭘 계획하고 있는지 알 도리가 없었다. 하여간 만나보면 알 일이었다.

옆에 그들의 대화를 듣고 있던 헥터는 왠지 가슴이 답답해졌다. 아버지와 헤어진 지 거의 8년 가까운 세월이 지났다. 소문대로라면 자신의 아버지인 제롬이 분명했지만, 소문이란 와전이 될 수도 있다는 것을 알기에 헥터는 초조한 생각마저 들었다.

"그런데 그 사람이 등장한 것이 언제야?"

"예? 무슨 말씀이신지?"

"갑자기 나타나지는 않았을 것 아니야? 몇 해 동안 저항군을 조직해 활동했다면 그 사람에 대해 입수된 정보도 꽤 많을 텐데, 언제부터 그 사람이 활동했는지조차 모른다면 문제가 있는 것 아냐?"

데미안의 날카로운 말에 스모니는 할말이 없었다. 그러나 그 저항군의 지도자는 진짜 어느 날 갑자기 나타났고, 그때를 즈음해 토바실 전역에서 조직적인 저항이 시작된 것이니, 스모니가 대답할 수 없는 것도 무리는 아니었다.

"할 수 없지. 그 사람을 만나기 위해 온 것이니 여기서 기다리자고."

*　　　*　　　*

"저자의 이름이 한스라고 했던가?"

"그렇습니다, 기난 전하."
"어디선가 들어본 이름 같은데, 기억이 안 나는군."
"헤헤헤, 전하같이 고결한 분이 어디서 저런 비천한 작자의 이름을 들어보셨겠습니까?"
옆에서 비조앙이 손을 비비며 대답을 했지만 기난으로서는 분명 어디선가 본 듯하다는 기억을 지울 수 없었다. 그의 눈은 여전히 지하 감옥의 벽에 매달려 있는 한스의 얼굴에서 떨어지지 않았다.
"문을 열게."
"전하, 뭣 때문에 저런 자를 직접 보시려는 겁니까?"
"그래도 저잔 싸일렉스 가문의 집사가 아닌가? 그걸 생각해서도 내가 이렇게 소홀하게 대할 수는 없지."
"그렇지만 싸일렉스 백작은 전하의 초청을 거부하지 않았습니까? 그런 자의 부하에게 왜 신경을 쓰시는 건지 저로서는 도저히 이해할 수 없습니다."
"후후후, 싸일렉스 백작은 제로미스 형이 부를 때도 안 가고 버틴 사람이야. 그런 사람이 내가 초청한다고 해서 온다면 그게 더 이상한 일이지. 그 사람은 그저 지금처럼 가만히 있어주면 돼. 알아본 바에 따르면 싸일렉스 백작이 저자를 꽤나 아끼는 모양이더군. 그런 자를 내가 데리고 있다면 싸일렉스 백작을 상대하는 데 상당히 유리하지 않겠나? 아니면 백작을 모함하는 데 쓸 수도 있을 테고 말이야."
"정말 탁월하신 판단이십니다. 역시 다음 번 왕위를 이어가실 분은 기난 전하밖에 안 계십니다."
비조앙의 아부를 들으며 기난은 어깨를 으쓱거렸다. 이윽고 지하 감옥의 문이 열리고 안으로 들어간 기난은 쇠사슬에 두 손목이 묶인 채 벽에 매달려 있는 한스의 평범한 얼굴을 쳐다보며 자신이 언제 본 적이 있는지 다시 한 번 생각해 보았지만 도무지 생각이 나질 않았다. 그러는 사이, 옆에서 손수건으로 코를 막은 채 불쾌한 인상을 짓던 비조앙이 조금은 작은 음성으로 기난에게 말했다.

"전하, 왕궁에 조금 이상한 소문이 돌고 있습니다."

"이상한 소문이라니?"

"제로미스 전하께서 의문의 암살자에게 암살을 당할 뻔했다는 겁니다."

"뭐? 형이 암살을 당할 뻔해?"

기난은 비조앙의 말에 깜짝 놀라면서도 아쉬워하는 표정을 지었다.

"대체 누가 그런 짓을 했단 말인가? 그것에 대한 정보도 알고 있는 것이 있는가?"

"자세한 것은 알 수 없고, 소문에 알렉스 전하께서 제로미스 전하의 횡포에 더 이상 참지 못해 반발을 한 것이라는 말이 떠돌고 있습니다."

"그 순하기 이를 데 없는 알렉스, 그 녀석이 제로미스 형을 암살하려고 했다고? 으하하하."

기가 막히다는 듯 웃음을 터뜨리던 기난은 갑자기 웃음을 그치며 말을 이었다.

"바보 같은 놈, 그런 일 하나 성공시키지 못하다니……"

"예?"

"아니, 자네는 더 이상 알 것 없고, 부하들을 시켜 은밀하게 그 소문을 시중에 퍼뜨리도록 하게."
"아, 알겠습니다."
비조앙은 기난의 말에 왠지 소름이 오싹 끼치는 것을 느껴야 했다. 그렇지만 자신에게는 또 다른 임무가 있지 않은가. 새로운 정보를 기난에게 알려주어야 했다.
"전하, 그리고 새로운 소식이 하나 더 있습니다."
"또 뭔가?"
"이번 일로 인해 7인 위원회가 움직이기 시작했다는 소문입니다."
"뭐? 7인 위원회가 움직여? 어떻게 말인가?"
"알렉스 전하께서 제로미스 전하를 암살하려고 했다는 소문의 진상을 파악하는 동시에, 어떤 일이 있어도 세 분 전하의 목숨을 보호하라는 샤드 공작의 엄명이 있었다고 합니다. 해서 소드 마스터인 세 명의 후작들로 하여금 세 분 전하의 목숨을 무슨 일이 있어도 지키라고 명령을 내렸다고 합니다."
"그럼, 나에게도 한 명의 후작이 내 목숨을 보호하기 위해 오겠군."
"그렇습니다. 제가 알아낸 바에 따르자면 아마 해리슨 드 다론 후작이 올 것으로 내정이 된 것 같습니다."
"다론 후작? 그 산적 같은 자가 과연 내 목숨을 구할 수 있을까?"
"전하, 다론 후작이 비록 외모는 산적처럼 생기기는 했지만, 그 역시 트렌실바니아 왕국의 일곱 명뿐인 소드 마스터 가운데 한 명입니다. 또, 샤드 공작의 명령에 절대 복종하는 인물이라는 것을 전하께서도 잘 알고 계시지 않습니까? 절대 전하를 위험하게 만들지는 않을 겁니다."

"알았네. 일단 제로미스 형과 알렉스에 대한 문제부터 해결해야 겠군."

"제가 앞장서겠습니다."

두 사람이 지하 감옥을 빠져 나가고 철문이 닫히자, 기절해 있는 줄 알았던 한스가 눈을 떴다. 그리고는 나직이 중얼거렸다.

"제로미스 왕자가 암살을 당하다니 대체 무슨 일이 생긴 거지? 게다가 알렉스 왕자가 암살자를 보내다니, 도저히 믿을 수 없는 일이군."

말을 마친 한스는 천천히 몸을 세워 몸의 상태를 점검했다. 마나의 흐름도 원활했고, 묶여 있다는 것을 제외하고는 불편한 곳도 없었다. 이상이 없다는 것을 확인한 한스는 씁쓸한 미소를 지었다.

"설마 기난 왕자가 나에게 수면 마법을 걸 줄은 상상도 못 했군. 일국의 왕자가 비겁하게 기습이나 할 정도로 소심하고 비열한 인물일 줄이야. 얼마나 시간이 지났는지 모르겠군."

말을 마친 한스는 자신의 손목에 마나를 보내 쇠사슬을 가볍게 끊어버렸다. 아마 자신이 소드 익스퍼트에서도 최상급의 검술 실력을 가지고 있다는 것을 저들이 알았다면 이렇게 허술하게 취급하지 않았을 거라고 생각하니 다행이라는 생각도 들었다.

그때 누군가가 복도를 통해 자신이 있는 지하 감옥으로 다가오는 발자국 소리가 들렸다. 인기척에 한스는 다시 쇠사슬에 손을 묶고는 기절한 척했다. 조심스럽게 다가온 그 사람은 발걸음을 멈추더니 철문에 난 창문을 통해 한스를 불렀다.

"한스 선생님, 한스 선생님."

자신을 선생님이라고 부른 상대에 대한 호기심에 한스는 겨우 정신을 차린 척했다.

"누, 누구?"

아마 데미안이 봤다면 가증스럽다고 했을 테지만 한스는 힘겹게(?) 고개를 들고 상대를 확인했다. 그러나 상대가 난생처음 보는 사람 같았다. 온통 수염투성이인 상대는 한스가 정신을 차리자 기쁜 듯 말했다.

"정신이 드셨습니까? 잠시만 기다리십시오."

철컥!

문이 열리는 소리가 들린 후 상대가 안으로 들어와서야 상대를 확인할 수 있었다. 건장한 체격에 얼굴에는 수염이 잔뜩 있었지만 어디선가 본 듯한 기억이 났다. 상대는 자신을 가리키며 입을 열었다.

"절 모르시겠습니까? 매일 사고만 치던 모리습니다."

"모리스? 아~ 매일 아이들을 괴롭히던 그 모리스인가?"

"예, 바로 접니다."

거의 20년 만에 만난 두 사람은 서로의 무사함에 진심으로 기뻐했다. 잠시 후 한스가 먼저 입을 열었다.

"그런데 자네가 여기 웬일인가?"

"실은 여기 간수로 있습니다. 오늘 아침에서야 선생님께서 여기 갇혀 계시단 말을 들었습니다. 어서 나가시지요."

"내가 나가면 자네가 곤란하지 않은가?"

한스의 걱정 어린 말에 모리스는 씨익 미소를 지었다. 그리고는 한스에게 조용하게 귓속말을 했다.

"가시기 전에 절 기절시켜 주시면 상관없습니다. 저도 여기서 잘리면 조금 곤란하거든요."

이제는 성숙한 어른이 된 제자의 모습에 한스는 아무런 말도 못 하고 그저 고개만 끄덕일 뿐이었다. 잠시 후 한스는 모리스를 기절시키고는 신속하게 지하 감옥을 빠져 나왔다.

기난이 자신의 거처로 삼은 이 성은 페인야드에서 남쪽으로 약 10여 킬로미터쯤 떨어진 곳에 있는 국왕의 별궁쯤 되는 곳이었다. 지하 감옥으로 들어가는 입구에서 잠시 주위를 살핀 한스는 곳곳에서 경계를 서고 있는 병사들의 모습을 발견할 수 있었다. 그러나 대부분 꾸벅꾸벅 졸고 있었고, 개중에는 술에 취한 병사들도 상당수에 달했다. 병사들의 그런 모습에 한스는 어이가 없었지만 그들 덕분에 자신의 탈출은 훨씬 용이해졌다는 것을 인정했다. 한스는 신속하게 이동해 곧 별궁을 빠져 나올 수 있었다.

외곽에서 근무를 서고 있는 병사들 역시 거의 마찬가지였다. 나무의 그늘을 통해 별궁을 벗어난 한스는 페인야드를 감싸고 있는 성벽 근처에 이르러서야 숨을 돌릴 수 있었다. 설마 기난 왕자는 그런 병사들을 믿고 왕위 계승을 하겠다는 것인지 믿을 수 없었다. 일단 자신을 걱정하고 있을 자렌토를 생각해 싸일렉스로 향했다.

*　　　*　　　*

지독하게 따분했다. 그 반란군의 지도자란 사람을 만나기 위해 여관에서만 죽친 지도 벌써 닷새가 지나자, 데미안은 더 이상 참지 못하고 여관을 빠져 나갔다. 그런 데미안을 보고 헥터와 데보라가 뒤따랐고, 잠시 후 그들이 도착한 곳은 지금은 한적한 곳에 위치한 허름한 술집이었다.

지저분해 보이는 벽에는 술과 음식물 찌꺼기가 뿌려진 듯 얼룩덜룩했고, 지저분해 보이는 탁자와 다리가 성치 않은 의자가 놓인 술집에는 낮임에도 불구하고, 이미 사람들로 꽉 차 있었다.

데미안이 술집에 들어서자 무의식적으로 고개를 돌려 술집 안으로 들어온 사람을 확인하던 사람들은 마치 마법에라도 걸린 사람들처럼 그대로 굳어져 꼼짝도 하지 않았다. 그 모습을 발견한 동료들 역시 그런 신세가 되기는 마찬가지였다. 시장 바닥처럼 시끄럽던 술집을 초상집같이 조용하게 만든 사람은 다름 아닌 여장을 한 데미안이었다. 이제야 말을 하는 것이지만 처음 여장을 할 때 광분하던 때와는 달리, 요즘은 간단한 화장까지 하는 통에 일행들을 당황하게 만들 때가 한두 번이 아니었다.

사람들의 시선을 한 몸에 받으며 데미안은 천천히 걸음을 옮겨 바텐더에게로 걸음을 옮겼다. 의자에 가볍게 엉덩이를 걸친 데미안은 나긋나긋한 음성으로 바텐더에게 주문했다.

"저어, 독한 술말고 제가 마실 만한 술이 있을까요?"

데미안의 음성을 들은 바텐더는 그저 고개만 끄덕였다.

"그럼, 한잔 부탁해요."

바텐더는 데미안의 주문대로 약한 술을 찾기 시작했고, 술에 취해 있던 사람들은 데미안과 대화를 나눈 바텐더에게 강렬한 질투심을 숨기지 않고 드러냈다. 그 순간 헥터와 데보라가 술집 안으로 들어왔고, 사람들은 다시 데보라의 미모에 정신을 차리지 못했다. 헥터가 데미안에게 다가오자 데미안이 먼저 입을 열었다.

"어서 와요, 헥터."

가볍게 눈웃음을 지으며 데미안이 말을 꺼내자, 헥터는 소름이 오싹 끼치는 것을 느꼈다. 그가 머뭇거리자 옆에 있던 데보라가 자리에 앉으며 바텐더에게 주문했다.
"나도 같은 걸로 한잔 주세요."
평소 같지 않은 데보라의 태도에 헥터는 재빨리 그 자리를 벗어나려고 했다. 그러나 그보다 데미안의 말이 더 빨랐다.
"헥터, 여기 와 앉아요."
보는 것만으로도 황홀한 미소를 짓는 데미안의 태도에 헥터는 어쩔 수 없이 두 여자(?) 사이에 앉았다. 그 순간 헥터는 자신의 등뒤에서 전해지는 질투심이 섞인 살인적인 시선을 느끼지 않을 수 없었다. 게다가 두 사람이 한 모금의 술을 마시고는 마치 술에 취한 듯 헥터에게 슬며시 몸을 기대자 헥터는 등이 더욱 따가워지는 것을 느꼈다. 헥터는 당황한 나머지 서로 눈짓을 주고받으며 회심의 미소를 짓는 데미안과 데보라의 얼굴을 보지 못했다.
팽팽한 긴장감이 술집에 흘렀고, 결국 사내들 가운데 제법 덩치가 커다란 사내 하나가 자리에서 일어섰다. 그리고는 헥터에게 시비를 걸었다.
"이봐, 친구. 여기 있는 사람들은 여자 하나 없는데 친구만 둘씩이나 데리고 있다니, 이건 좀 불공평하잖아. 여러분, 그렇지 않소?"
"맞아, 너무 불공평해."
"여자들 가운데 하나를 우리에게 넘겨라."
"아니, 둘 다 우리에게 넘기고 넌 집에 가라."
덩치의 말에 사람들은 일제히 환호성을 터뜨렸다. 그 모습에 덩치는 의기 양양해 헥터를 바라보았다. 그러나 헥터의 입장에서는 정말 지겹기 이를 데 없는 일이었다. 데미안이 여장을 하고 난 후에는 가는 곳마다 이러니 헥터로서도 짜증이 나지 않을 수 없었다. 그러니 자연히 그의 입에서 나온 말이 고울 리 없었다.

"지금 내가 기분이 별로 좋지 않은 상태니까 건드리지 않았으면 고맙겠소이다만."

근육질의 헥터가 낮은 음성으로 그런 말을 하자, 그 분위기에 겁을 먹은 덩치는 자신도 모르게 움찔하며 뒤로 물러서려 했다. 그러나 주위에서 그 모습을 보고 있던 사람들이 다시 바람을 잡았다.

"왕년에 누군 분위기 안 잡아봤나? 내참, 더러워서."

"그러게나 말이야. 괜히 여자 앞에서 기분 내려다가 작살난 인간들 내가 여럿 봤지."

"이봐! 힘을 내라고."

사람들의 응원에 들은 덩치는 나름대로는 용기를 내서 한걸음을 내디뎠다. 그리고는 자신의 가슴을 치며 말했다.

"누가 네 덩치에 겁먹을 줄 알아? 덤벼, 덤비라고."

헥터가 보기에 이제 겨우 소드 스컬러 단계를 벗어난 주제에 까부는 덩치의 행동에 그의 인내심도 한계에 다다랐다.

"이제부터 발생하는 모든 불행한 일은 전적으로 귀하 때문에 일어난 일이오. 각오하시오."

헥터가 자리에서 일어서자 데미안은 가증스럽게도 헥터의 안위를 걱정하는 척했다.

"헥터, 조심해요."

그 소리를 듣는 헥터의 속은 그야말로 수백 수천 개의 화산이 폭발하고 있었다. 자신도 모르게 주먹을 불끈 쥔 헥터는 덩치 앞에 섰고, 덩치는 헥터의 위압스러운 모습에 잔뜩 긴장했다. 헥터가 막 덩치에게 뭐라고 말을 꺼내려는 순간, 덩치의 주먹이 날아왔다. 그런 주먹에 맞을 헥터도 아니지만 비겁한 덩치의 행동에 헥터도 화가 났다.

날아오는 주먹을 왼손으로 막고는 오른손을 뻗어 덩치의 멱살을 잡고는 그대로 밀쳤다. 커다란 덩치의 몸은 마치 공깃돌처럼 날아가 탁자에 엎어지며 탁자를 박살냈다.

그것이 시작이었다. 헥터 옆에서 그 모습을 지켜보던 사람이 자신의 탁자에 놓여 있던 술병을 들어 헥터의 머리를 향해 내리쳤다. 재빨리 한걸음 옆으로 물러선 헥터는 자신의 힘을 이기지 못해 비틀거리는 그자의 혁대를 잡고는 옆으로 던져 버렸다. 그 모습에 흥분한 사람들이 헥터에게 달려들었지만 헥터의 근처에도 접근하지 못했다. 여유있게 술을 마시며 데미안이 데보라를 향해 말했다.

"헥터의 움직임은 정말 예술이야. 그렇지 않아, 데보라?"

"그야 말하면 턱만 아프지. 그런데 왜 자꾸 사고를 치는 거야? 네 뒤처리를 해야 하는 헥터가 불쌍하지도 않아?"

"헥터도 이럴 때 쌓였던 것을 풀어야지 언제 풀겠어?"

태연하게 대답하는 데미안의 태도에 데보라는 어이가 없었다. 자기 때문에 헥터가 스트레스를 받는 것인데 그걸 남의 탓으로 돌리다니……. 보면 볼수록 데미안이 뻔뻔스럽다는 생각을 지울 수 없었다.

그러는 사이 술집 안은 대충 정리되고 있었다. 이십여 명에 달하는 사내들은 모조리 바닥에서 뒹굴고 있었다. 물론 크게 다친 사람은 한 사람도 없었다. 그들이 일어나지 않고 있는 것은 헥터의 엄포 때문이었다.

그가 말한 것은 간단했다. 만약 일어나는 사람이 있다면 먼저 한쪽 팔을 꺾어버릴 것이고, 그래도 일어난다면 다리를 꺾어버리겠다고 한 것이다. 헥터의 살벌한 말에 사람들은 그저 헥터의 눈치만 볼 뿐, 감히 일어날 생각을 하지 못했다.
　잠시 그 사람들의 모습을 본 헥터는 나직하게 한숨을 쉬었다. 순간적으로 치민 화를 참지 못하고 함부로 손을 쓴 자신에 대해 회의가 일었던 것이다. 고개를 서너 번 흔들고는 자신을 빤히 쳐다보고 있는 데미안에게 걸음을 옮겼다.
　"가시겠습니까?"
　헥터의 말에 데미안은 자리에서 일어나 그의 팔장을 끼고는 바닥에서 일어날 생각을 하지 못하고 있는 사람들을 향해 환한 미소를 보냈다.
　"덕분에 즐거운 시간이 되었어요. 그럼, 다시 만나요~"
　헥터의 양팔에 팔장을 낀 채 데미안과 데보라는 술집을 빠져나갔고, 그제야 사람들은 일제히 신음을 터뜨렸다.

　데미안과 두 사람이 여관으로 돌아오자 스모니가 데미안에게 말을 건넸다.
　"저항군 쪽에서 연락이 왔습니다. 오늘 자정 무렵에 만나기로 했습니다."
　"그래?"
　데미안은 풀었던 머리를 가죽 끈으로 질끈 묶으면서 생각에 골몰했다.
　"그런데 저쪽에서 우리측에 두 사람 정도만 나오라고 제의를 해왔습니다."
　"두 사람?"
　"예, 그들은 저희가 루벤트 제국의 첩자일지도 모른다고 생각을 하고 있는 것 같습니다."

"그들과 접촉한 우리측 사람을 믿지 않는단 말이야?"

"그런 것 같습니다."

"알았어. 일단 나와 헥터가 나가기로 하고…… 스승님."

"말을 하거라."

"괜찮으시면 저희들을 비밀리에 엄호해 주시겠습니까?"

"너도 그들을 믿지 않는 거냐?"

"믿지 않는다는 것보다는 일단 조심하자는 거죠."

"알았다. 걱정하지 마라."

"감사합니다, 스승님."

데미안의 말에 고개를 끄덕이는 사이, 스모니가 조심스럽게 입을 열었다.

"저쪽 저항군에 소속된 자들은 꽤나 거칠다고 알려졌습니다. 조심하도록 하십시오."

"걱정하지 마. 그리고 자넨 모르겠지만 헥터도 알고 보면 꽤 거친 사람이야."

데미안의 말에 스모니는 믿을 수 없다는 눈으로 헥터를 보았다. 지난 십여 일 동안 같이 지내다 보니 헥터처럼 기사도에 철저한 기사가 없다는 것을 알게 되었다. 그런 헥터가 거친 사람이라니……. 오히려 장난기 심한 데미안의 말을 신용할 수 없었다.

"그때까지 시간이 있으니 준비하도록 하거라."

"알겠습니다, 스승님."

대답을 한 데미안은 자신의 방으로 가서 천천히 바닥에 앉아 명상을 시작했다. 잠시 후 생각이 차분해지자 데미안은 천천히 호흡을 고르며 마나를 움직이기 시작했다.

천천히 데미안의 몸을 흐르던 마나의 속도는 시간이 지날수록 강해졌다. 특히 머리 부분을 지날 때마다 지난날에 대한 기억이 하나둘 되살아났다. 어린 시절 부모에게 강제적으로 배워야 했던 검술과 마법에 대한 기억이 떠오른 것이다. 특히 마법에 대한 경우 데미안이 왕립 아카데미에서 배웠던 것과는 상당히 달랐다. 마법을 캐스팅하는 방법이나 마나의 운용 방법 등, 거의 모든 부분이 달랐다. 그저 같은 것이라고는 룬어를 이용한다는 것 정도였다.

그런 생각을 하는 동안 몸 속을 흐르는 마나의 회전은 여섯 번을 지나 일곱 번째로 접어들고 있었다. 데미안은 천천히 호흡을 하며 마나의 속도를 줄이기 위해 정신을 집중했다. 그러는 사이 마나의 회전은 여덟 번째를 기록하고 있었다. 처음이었다. 눈을 뜬 데미안은 날아갈 것 같은 상쾌함과 바위라도 단숨에 부숴버릴 것 같은 강한 힘을 느꼈다.

그러나 한 가지, 지금도 이해할 수 없는 것은 왜 부모가 자신의 곁을 떠났느냐는 것이었다. 설사 인간이 아니더라도 십여 년 동안 함께 살 정도라면 나름대로의 애정은 가지고 있다고 봐야 할 것이다. 그런데 어느 날 갑자기 부모는 사라지고 자신은 기억이 봉인된 채 자렌토에게 발견이 된 것이다.

대체 무슨 일이 있었기에 자신이 버려진 것인지, 바로 그 점이 데미안을 괴롭히고 있었다. 괴로운 마음에 일부러 헥터에게 심한 장난을 한 것이지만, 괴로운 마음은 조금도 가시지 않았다. 그때 헥터가 방으로 들어오며 데미안에게 말했다.

"데미안님, 그들과 만나기로 한 시간이 됐습니다."

"헥터, 아까 술집에서는 미안했어."

"괜찮습니다. 그래서 데미안님의 괴로운 심정이 가셔진다면……."
 언제나 말없이 자신의 투정을 받아주는 헥터에게 데미안은 진심으로 고맙다는 생각을 했다. 데미안은 자리에서 일어나 헥터를 향해 그의 마음이 담긴 미소를 지었다.

 "얼마나 더 가야 되지?"
 "바로 저곳입니다."
 스모니가 손으로 가리킨 곳은 야트막한 언덕의 정상이었다. 주위에는 나무도 별로 없었고, 작은 바위와 풀이 전부였다.
 "전 여기서 기다리겠습니다."
 "알았어."
 데미안은 헥터와 함께 언덕의 정상을 향해 천천히 걸어갔다. 그 모습을 보며 스모니는 라일에게 입을 열었다.
 "라일님, 이렇게 사방이 뚫려 있어 엄호를 하는 것도 쉽지 않겠습니다."
 그러나 아무런 대답이 없자 스모니는 고개를 돌렸지만, 이미 라일은 사라지고 없었다. 그제야 소리도 없이 사라져 버린 라일이 상당한 검술 실력을 가진 사람이라는 것을 깨달았다.
 데미안은 걸음을 옮기며 헥터에게 대수롭지 않은 투로 이야기를 건넸다.
 "헥터, 긴장되지 않아?"
 "예? 예, 솔직히 긴장이 됩니다."
 "난 그 저항군의 지도자란 사람이 헥터의 아버지였으면 좋겠어. 이건 진심이야."
 "그런 생각을 하지 않은 것은 아니지만, 그래도 제 눈으로 직접 보기 전에는 알 수 없는 일입니다."
 헥터는 일부러 무심한 척 이야기를 했지만, 그의 음성은 자신도 깨닫지 못할 정도로 떨리고 있었다. 이윽고 언덕에 도착한 데미안은 주위를 둘러보았다. 비록 눈에 보이지는 않았지만 여러 사람이 곳곳에 숨어 있다는 느낌이 들었다. 데미안이 그들의 위치를 파악하고 있을 때 헥터의 음성이 들렸다.
 "아마 저들인가 봅니다."
 헥터가 가리키는 곳을 보니 언덕의 아래쪽에서부터 두 사람이 걸어오는 모습이 보였다. 비록 달빛이 그리 밝지는 않았지만 한 사람은 당당한 체격을 가진 남자고, 또 한 사람은 가냘퍼 보이는 여자라는 것을 쉽게 파악할 수 있었다.
 "아버님……!"
 헥터의 입에서 떨리는 음성이 흘러나오는 것을 듣고 그 당당한 체구의 사내가 레토리아 왕국에 군의 통수권을 가지고 있던 소드마스터, 제롬 드 티그리스 후작이라는 것을 깨달을 수 있었다. 두 남녀는 잠시 후 데미안이 서 있는 곳으로 다가왔다. 사내는 자신과 만나기로 한 데미안이 뜻밖에도 나이 어린 청년이라는 것을 깨닫고 조금은 의아한 표정을 지었다.
 "자네가 나와 만나길 원했던 사람인가?"
 "그렇습니다, 티그리스 후작님."
 "날 아는가?"
 "헥터에게서 자주 이야기를 들었습니다."
 데미안의 말에 제롬은 고개를 돌려 감격스러워하고 있는 헥터의 얼굴을 무심한 시선으로 보고는 말을 건넸다.
 "우리끼리의 이야기는 잠시 후에 하도록 하자."

너무도 건조한 음성이었다. 그런 제롬의 태도에 헥터는 흠칫 놀
라지 않을 수 없었다. 물론 자신의 아버지인 제롬이 그리 다정한
성격의 소유자가 아니라는 것은 누구보다 잘 알고 있었다. 그렇지
만 8년 만에 만난 아들을 마치 어제 만난 사람처럼 대할 사람은
아니었다. 그런 제롬의 태도에 놀란 것은 데미안과 제롬과 함께
온 여자 역시 마찬가지였다. 그러나 제롬의 얼굴은 아무런 변화가
없었다. 데미안은 일단 자신이 이곳에 온 이유부터 제롬에게 설명
했다.
 "제가 티그리스 후작님을 만나러 온 이유는……."
 "그냥 제롬이라고 부르게. 티그리스 후작이란 성은 레토리아 왕
국과 함께 사라졌네."
 "알겠습니다. 제가 제롬님을 만나러 온 이유는 두 가지입니다.
한 가지는 제롬님께서 하시는 일에 만약 도움이 필요하다면 트렌
실바니아 왕국에서 비밀리에 지원을 하겠다는 약속을 드릴 수 있
다는 것이고, 다른 한 가지는 8년 만에 헥터를 만나게 해드리는
것입니다."
 "호호호."
 제롬은 듣기에 조금은 껄끄러운 웃음을 터뜨렸다. 데미안은 그
런 제롬의 태도에 조금씩 기분이 나빠지려고 했다.
 "자네의 신분이 무엇인가? 트렌실바니아 왕국의 공작이라도 되
는가?"
 "그렇지 않습니다. 수련 기사의 신분입니다."
 "수련 기사가 한 말을 나보고 믿으라는 말인가?"
 "제 신분이 수련 기사인 것은 사실이지만, 전 트렌실바니아 왕
국의 공작이신 에이라 폰 샤드 공작 각하의 밀명을 전하고 있는

것입니다. 그럼으로 지금까지 제가 한 말은 샤드 공작 각하의 뜻이라고 생각하셔도 무방합니다."

제롬의 태도 때문인지 데미안의 말투도 딱딱해졌다. 잠시 상대를 노려보듯 하는 두 사람 사이에 옆에 서 있던 여자가 끼여들었다.

"두 분 다 일단 진정하시지요. 제롬 후작님, 이분은 저희에게 도움을 주고자 위험을 무릅쓰고 국경을 넘어 오신 분이 아니십니까. 그리고 트렌실바니아 왕국에서 오신……."

"데미안입니다. 데미안 싸일렉스."

"혹시 싸일렉스 백작 가문의……."

"그렇습니다."

"만나뵙게 되어 영광입니다."

"아니 오히려 제가……."

그제야 고개를 돌린 데미안은 상대를 확인했다. 자신의 누나인 제레니와는 달리 보호 본능을 자극하는 연약함을 지닌 여자였다. 상대 역시 데미안의 아름다운 얼굴을 발견하고는 깜짝 놀란 표정을 지었다. 그리고는 조금 당황한 음성으로 자신을 소개했다.

"전 레베카 레토리아라고 해요."

"성이 레토리아라면……."

"그래요. 레토리아 왕국의 마지막 왕녀예요. 그리고 저분, 헥터 님의 약혼녀이기도 하고요."

데보라와 헥터는 그녀의 마지막 말에 깜짝 놀랐다. 데미안이야 그렇다 치더라도 당사자인 헥터는 자신이 언제 공주와 약혼했었는지 도무지 기억해 낼 수 없었다. 설마 공주가 뭔가 착각을 한 것은 아닐까? 그 모습을 본 레베카가 천천히 설명했다.

"약혼은 국왕이신 아버님과 제롬 후작님 두 분이 비밀리에 결정을 하신 일이세요. 저도 레토리아가 멸망하고 난 후 후작님께서 전해주신 아버님의 편지를 보고서야 알게 됐어요."

"트렌실바니아 왕국, 싸일렉스가의 장자 데미안 싸일렉스가 레베카 레토리아 공주님을 만나뵙게 되어 무상의 영광입니다."

"나라가 없는 공주도 있나요? 어서 일어나세요."

서글픔이 가득한 레베카의 말에 데미안은 말없이 그 자리에서 일어섰다. 그러는 사이 헥터는 아버지 제롬의 얼굴을 바라보고 있었다. 8년이란 세월이 물론 짧은 세월은 아니다. 그렇지만 자신을 보고도 냉정하게 말할 줄은 전혀 상상도 못 했다.

그에게 왜 그렇게 변했는지, 또 그 동안 무엇을 했는지, 어떤 일이 있었는지, 여러 가지를 묻고 싶었지만 무표정한 그의 얼굴을 보면 도저히 입이 떨어지지 않았다.

"트렌실바니아 왕국은 레토리아 왕국의 슬픔을 깊이 동감하고 있습니다. 만약 귀국에서 도움을 요청하신다면 제가 그 뜻이 최대한 반영될 수 있도록 최선을 다하겠습니다."

"정말 고마워요, 데미안님."

진심 어린 데미안의 말에 레베카는 아릿한 아픔이 전해지는 슬픈 미소를 지으며 대꾸했다. 레베카의 말에 끝나자 제롬이 다시 입을 열었다.

"무엇을 어떻게 돕겠다는 건가?"

"무기가 필요하시다면 무기를, 사람이 필요하시다면 사람을 지원하겠습니다. 다만 루벤트 제국에게 효과적인 대응을 하기 위해 저희와 긴밀한 협조 체제를 유지해 주셨으면 합니다. 그 외에 후작님 마음대로 조직을 지휘를 하실 지휘권도 넘겨드리겠습니다."

"그러나 트렌실바니아에서 여기 파웰까지 무기나 사람이 도착하려면 상당한 시일이 걸릴 텐데, 그것은 어떻게 해결을 하겠는가?"

도움을 주겠다는 자신들의 뜻을 거부하는 것도 아니면서 왜 그리 꼬치꼬치 따지는 것인지 데미안으로서는 도저히 이해할 수 없었다. 이건 마치 도움을 받아달라고 사정하는 꼴이 아닌가? 무표정한 제롬의 말에 데미안은 치미는 화를 억누르며 미리 지시받은 대로 계획을 전달했다.

"만약 저항군이 거점으로 삼고 있는 아지트가 있다면 그곳에 워프 게이트(Warp Gate : 공간 통로)를 만들어 그곳을 통해 이곳에 필요한 물자와 인원을 공급할 겁니다."

"트렌실바니아 왕국에서 우리에게 그런 지원을 해주는 속셈이 무엇인가? 설마, 우리의 힘을 빌려 이 토바실 지역을 루벤트 제국에서 독립시키자는 것인가?"

무감정한 제롬의 질문에 드디어 참고 참았던 데미안의 화가 폭발하고 말았다.

"그럼, 티그리스 후작 각하께서는 왜 자신의 고국이신 레토리아 왕국이 아닌, 이 토바실에서 저항군을 조직하신 것입니까? 비록 백 년 전 루벤트 제국에게 빼앗겼지만 이 토바실 지역은 분명 트레디날 제국의 땅이었습니다. 이 땅에서 살고 있는 사람들도 분명 과거 트레디날 제국의 땅에서 살던 그들의 후손입니다. 다시 묻겠습니다. 티그리스 후작 각하께서 이곳에 저항군을 조직하신 이유는 뭡니까?"

데미안의 말에 제롬의 얼굴도 딱딱해졌다.

"저희가 티그리스 후작 각하를 지원하는 이면에는 토바실 지역을 되찾았으면 하는 마음이 있다는 것을 숨기지는 않겠습니다. 그러나 그냥 받겠다는 것이 아니라 티그리스 후작 각하와 공주님께서 레토리아 왕국을 다시 찾을 때 잊지 않고 지원해 드린다는 나름대로의 계획도 가지고 있습니다."

"레토리아의 기사는 결코 비겁하지도 않고, 싸움에서 물러서지도 않는다. 그것이 타울의 정의다."

갑자기 들린 음성에 네 사람의 시선이 자연스럽게 한쪽을 향했고, 그곳에는 오랜만에 완전 무장을 한 라일이 말 위에서 일행들을 바라보고 있었다. 라일이 들고 있는 방패의 문장을 발견한 제롬은 믿을 수 없다는 표정을 지었다.

"저 문장은 틀림없이 페리우스 공작 가문의 문장인데……."

"그대가 티그리스 가문의 장자인 제롬 티그리스 후작인가?"

"그렇소이다. 그런 말을 하는 그대는?"

"아버님, 이분은 이백여 년 전 소드 마스터이셨던 라일 폰 페리우스 공작 각하십니다."

"라일 폰 페리우스? 그분이 돌아가신 지가 벌써 언제인데 아직도 살아 있단 말인가? 난 도저히 믿을 수 없다."

제롬의 말에는 아랑곳하지 않고 천천히 말에서 내린 라일은 천천히 레베카 앞으로 가서는 한쪽 무릎을 꿇고 고개를 숙이며 인사를 했다.

"페리우스 가의 라일 페리우스가 레베카 레토리아 공주님께 인사를 드립니다. 이런 불쾌한 모습으로 인사를 드리게 되어 죄송스러우나 양해해 주시길……."

"정말 레토리아 왕국의 전설이었던 그 라일 페리우스님이 맞나요?"

"국신(國神) 타울의 이름에 걸고 맹세하겠습니다. 다만 마법사의 저주 때문에 이런 모습이 되었지만, 전 틀림없는 라일 페리우스입니다."

"어서 일어나세요, 라일님."

레베카의 말에 자리에서 일어선 라일은 제롬을 바라보았다. 헤드피스(Head-Piece : 투구) 안에서 번쩍이는 붉은 눈빛이 제롬을 금방이라도 꿰뚫을 듯 노려보고 있었다.

"그대는 타울의 기사도에 어긋나지 않는 행동을 했다고 자신할 수 있는가?"

"이미 레토리아 왕국은 무너졌소이다. 귀하가 아무리 과거에 명성을 날렸다고는 하지만, 지금은 귀하의 가문도, 또한 내 가문도 남아 있질 않소. 내가 귀하의 질문에 대답을 해야 할 이유가 없지 않소?"

제롬의 도전적인 말투에 라일은 한동안 아무런 말도 하지 않았다. 그리고 옆에서 제롬의 말을 들은 다른 사람 역시 아무런 말도 못 한 채 멍하니 그의 얼굴만 바라보고 있었다.

"호호호, 티그리스 가문에서 대단히 훌륭한 기사께서 나오셨군. 자네의 말처럼 이미 망해버린 나라의 공주와 함께 다니는 이유는 뭔가? 인질로 끌고 다니는 건가? 아니면 과시용으로 끌고 다니는 건가? 그렇지 않으면······."

"닥쳐!"

쾅—!

요란스러운 소리가 들리며 제롬의 검은 라일의 방패에 가로막혔다. 그렇지 않아도 연약해 보이던 레베카는 그 소리에 깜짝 놀라며 자신도 모르게 그 자리에 주저앉아 버렸고, 헥터는 레베카를 보호하기 위해 그녀 앞을, 데미안은 그녀의 옆에 서서 긴장된 눈으로 두 사람을 바라보았다.

왼손의 방패로 제롬의 공격을 막은 라일은 오른손을 뻗어 제롬의 멱살을 잡아 그대로 자신 앞으로 당겼다. 제롬은 저항하려 했지만 라일의 잡아당기는 힘이 훨씬 강했다.

"왜 자신을 속이려는 거지? 왜 도움을 순수한 의미에서 받아들이지 못하는가? 저 나이 어린 청년은 자네에게 단지 몇 마디의 말을 전하기 위해 목숨을 걸고 이곳까지 왔다. 그렇게 편협한 생각으로 쓰러진 나라를 되찾을 수 있을 줄 아는가?"

"압니다, 저도 잘 안단 말입니다. 그렇지만 두 번 다시 배신을 당하기는 싫습니다. 단 한 번의 배신이 레토리아 왕국을 멸망시켰습니다. 그 배신으로 수많은 사람들이 목숨을 잃었고, 레토리아 왕국은 무너졌습니다. 또다시 사람을 믿기에는 너무도 커다란 아픔이 있었기 때문에 그러는 겁니다."

제롬의 처절한 외침에 라일은 잡았던 그의 멱살을 풀어주었다. 그리고는 몸을 돌리며 말했다.

"그래도 자네는 인간으로서의 삶을 살고 있지 않은가?"

자조적인 라일의 말에 제롬은 무슨 말인지 이해할 수가 없었다. 헥터가 제롬에게 라일이 저주에 걸린 이유를 설명하자 제롬은 고개를 떨구었다. 잠시 라일과 대화를 나눈 데미안은 헥터를 향해 조금은 큰 소리로 말했다.

"헥터, 난 스승님과 함께 먼저 여관으로 돌아갈 테니까, 헥터는 아버님과 함께 지내도록 해. 내일 보자고."

말을 마친 데미안은 라일과 함께 그 자리를 떠났고, 뒤에 남은 세 사람은 한동안 아무런 말도 하지 않은 채 조각상처럼 서 있었다.

제롬이 입을 연 것은 한참의 시간이 흐른 뒤였다.
"그 동안 잘 지냈느냐?"
"예."
그제야 헥터는 자신의 아버지가 원래의 모습을 찾았음을 직감적으로 깨달을 수 있었다.

제25장
후작 납치하기

　아침 식사를 마친 데미안 일행은 헥터를 기다리고 있었다. 거의 점심 때가 다되어서야 아버지인 제롬과 레베카와 함께 나타났다. 레베카를 처음 본 데보라와 로빈은 보호 본능을 자극하는 그녀의 연약함에 자신도 모르게 안타까운 생각이 들었다.
　헥터는 두 사람에게 아버지와 레베카를 소개했다. 두 사람은 연약해만 보이는 그녀가 설마 레토리아 왕국의 공주일 줄은 상상도 못 했기 때문에 당황하며 그녀에게 인사를 했다. 그렇기는 레베카 또한 마찬가지였다. 너무도 건강해 보이는 데보라의 정체가 여인국이라고 알려진 아마조네스의 족장일 줄은 꿈에도 생각하지 않았기에 깜짝 놀라며 마주 인사를 했다.
　데보라는 레베카의 연약함을, 레베카는 데보라의 강인함을 부러워했다. 두 여자가 서로에게 막연한 동경심을 가지는 동안, 일행들은 저항군의 아지트가 있는 곳으로 향했다. 앞서가는 제롬이 당당한 반면, 오히려 데미안 일행이 더 조심스럽게 행동을 했다.

아지트에 도착한 사람들은 곧 회의에 들어갔다. 먼저 제롬이 부하들에게 아무도 접근하지 말라는 지시를 내렸고, 다시 데미안은 마법을 펼쳐 아무도 그들의 대화를 듣지 못하도록 했다.

"우리는 그 동안 이 토바실 전역에서 소규모 저항 운동을 계속해 왔습니다. 물론 소기의 목적을 달성한 적도 있었지만, 커다란 피해를 입은 적도 적지 않습니다."

제롬의 말에 레베카의 얼굴이 당장 어두워졌다.

"어제 데미안이란 청년이 말한 대로 토바실에서 저항 운동을 펼쳐 일정 지역을 우리가 차지할 수 있다면, 그것으로 트렌실바니아 왕국과 타협을 해 레토리아 왕국을 다시 찾는 데 도움을 받으려고 했던 것이 사실입니다. 다행히 우리가 그런 요구를 하기 전, 먼저 그런 점을 밝혀주어서 다행입니다."

그런 생각은 데미안도 마찬가지였다. 만약 제롬이 원하는 것이 다른 것이었다면 다시 샤드 공작과 연락을 취해 상의를 했어야지 데미안이 단독으로 처리할 수 있는 일은 아니었다.

"우리는 앞으로 정확히 5일 후 자정, 이 토바실 전역에서 봉기할 겁니다."

"왜 하필 5일 후인가요?"

데보라의 질문에 제롬이 굳은 얼굴로 대답했다.

"루벤트 제국의 입장에서는 지하에서 암약하고 있는 내가 무척이나 마음에 들지 않는 모양이오. 해서 후방에 있던 지원 군단인 22, 23군단을 추가로 배치하기로 했다는 정보를 입수했소. 적의 숫자가 많아지면 아무래도 행동에 제약이 있기 때문에 그들이 도착하기 전에 일을 끝낼 생각이오."

"좀더 상세히 말씀해 주시겠습니까?"

"여기 이 지도를 잘 보시오."

제롬은 탁자 위에 커다란 지도를 펼쳐서는 몇 개 지역을 손으로 가리켰다.

"조금 전 내가 가리킨 곳은 이 토바실을 다스리고 있는 7, 8, 9군단이 주둔하고 있는 곳이오. 그리고 이 중앙에 그들 세 개 군단의 군단장들에게 지시를 내리고 있는 이글 기사단의 단장 트레이스 카룬 후작이 있소. 먼저 3개 군단의 관할 지역 몇 군데에서 수십 건의 크고 작은 사건이 발생할 것이오. 동시 다발적으로 생기는 사태를 수습하려면 어쩔 수 없이 3개 군단의 정예와 이글 기사단의 일부가 출동하지 않을 수 없을 것이오. 그때 우리가 카룬 후작을 사로잡는다는 계획이오."

"만약 카룬 후작을 지키는 자들의 숫자가 생각보다 많다면 어떻게 할 겁니까?"

데미안의 질문에 제롬은 조금은 어두운 얼굴로 대답했다.

"우리가 카룬 후작을 사로잡기 전, 후작의 저택에 두 차례의 공격이 있을 거요. 그때의 혼란한 틈을 타 카룬 후작을 공격해 사로잡아야 하오. 만약 그 단 한 번의 기회를 놓친다면 다시는 그런 기회가 오지 않을 거요."

제롬의 치밀한 계획에 데미안은 감탄을 금치 못했다. 다만 그의 계획대로라면 많은 희생자가 나오는 것이 조금 신경 쓰였다. 그렇지만 성공한다면 많은 사람들의 안전을 확보할 수 있을 것만은 확실한 일이었다.

"이번 일에서 가장 중요한 일은 무슨 일이 있어도 카룬 후작을 사로잡는 일입니다. 해서 라일님과 헥터, 그리고 데보라 양과 나,

이렇게 네 명이 기습을 할 생각입니다."

"왜 저는 빼는 겁니까?"

"내가 가장 신경을 쓰는 부분이 바로 저들에게 얼마만큼의 골리앗이 있느냐는 것입니다. 이글 기사단 소속의 기사들에게도 상당한 숫자의 골리앗이 있을 것이고, 세 개 군단에 소속된 골리앗도 꽤나 많을 겁니다. 데미안, 자네가 해줄 일은 우리가 카룬 후작을 잡을 때까지 시간을 벌어주는 일일세. 자네가 충분한 시간을 벌어주어야 우리가 카룬 후작을 잡을 수 있을 것이네. 물론 여기 계신 라일님과 함께라면 그리 어렵지는 않을 것이네. 해줄 수 있겠는가?"

"걱정하지 마십시오. 여러분이 카룬 후작을 잡을 때까지 어떻게든 제가 시간을 벌어보겠습니다."

씩씩한 데미안의 대답에 제롬은 고개를 끄덕였다.

"우리도 후작을 잡는 대로 자네를 도울 테니, 그 동안을 부탁하네."

"알겠습니다."

데미안의 대답에 일행들의 얼굴도 조금씩 굳어져 갔다.

*   *   *

페인야드를 출발한 한스는 전속력으로 싸일렉스를 향해 돌아가던 중이었다. 물론 기난 왕자의 부하들이 있는가 끊임없이 주위를 살피면서 움직여야 했기에 이동하는 것은 주로 야간이었다. 이제 싸일렉스까지는 불과 하루 거리가 남았을 뿐이었다. 허름한 여관을 선택해 요기할 것을 주문하고는 홀에 앉아 있는 여행객들을 둘러보았다.

 여관이 허름한 탓인지는 모르지만 손님이라고는 용병과 마법사로 보이는 청년 두 사람, 상인으로 보이는 네 명의 중년 사내들, 부부 사이로 보이는 중년의 남녀, 그리고 한스가 전부였다. 청년들을 제외하고 다른 사람들은 검술을 모르는 평범한 사람들일 뿐이었다.

 용병인 듯 보이는 청년의 덩치는 상당했다. 게다가 상당히 단련이 된 듯, 겉으로 드러난 청년의 팔은 움직일 때마다 근육들이 물결치듯 꿈틀거렸다. 거구인 청년의 체격에 맞게 탁자에 기대어 있는 바스타드 소드도 상당한 크기였다. 그 청년과 마주보고 대화를 나누고 있는 청년의 체격은 보통 체격이었지만, 걸치고 있는 복장은 마법사들만이 걸치고 있는 로브였다.

 물론 싸일렉스가 트렌실바니아 왕국의 최남단은 아니었다. 그렇지만 더 내려가 봐야 작은 어촌 마을이 있을 뿐 도시라고는 찾아볼 수 없다. 그럼에도 불구하고 용병과 마법사가 무슨 일로 여행을 하는 것일까? 호기심이 인 한스는 식사를 하며 두 사람의 대화에 귀를 기울였다.

 "우리를 기억하고 계실까?"

 "하하하, 파이야, 왜 데미안님이 널 잊었을까 봐 걱정돼?"

 "아니, 그런 건 아니지만 왠지 데미안님과 함께 보낸 2년 3개월보다 그분을 보지 못한 6개월이 훨씬 길게 느껴졌어."

 "파이야, 너 정말 데미안님을 좋아하는구나? 하기야 나도 그분을 흠모하기는 마찬가지지만 말이야. 하하하!"

 슈벨만은 그 말을 하면서 쑥스러운지 웃음을 터뜨렸다. 두 청년이 뜻밖에도 데미안에 대한 이야기를 나누자 한스는 순간적으로 움찔했지만, 누구도 그의 그런 행동을 눈치 챈 사람은 없었다.
 "얼마 전에 그분을 페인야드에서 봤다는 사람이 있었는데, 너도 그 소문 들었어?"
 "게다가 데미안님의 하인으로 있던 헥터란 사람도 함께 있었다고 하니까 맞는 것 같은데, 왜 우리를 찾지 않고 그냥 가셨을까?"
 "나름대로 사정이 있으니까 그러셨겠지. 자아, 그만 하고 올라가서 자자고. 내일 아침 일찍 출발해도 저녁이나 돼서야 도착할 수 있을 거야."
 "내일 자네들이 가는 곳이 싸일렉스 백작가인가?"
 갑자기 들린 음성에 파이야는 옆에 세워두었던 검을 들어 상대에게 겨누었다. 설마, 거구인 파이야가 그렇게 빠를 줄은 몰랐는지 한스도 조금은 놀랐다. 게다가 옆에 있던 슈벨만의 양손에는 두 개의 파이어 볼이 허공에서 맹렬하게 타오르고 있었다. 그 모습에 여관 안에 있던 사람들은 놀라 밖으로 도망쳤고, 여관 주인은 울상이 된 채 세 사람을 바라보았다. 한스는 일단 두 사람을 진정시켰다.
 "그렇게 경계하지 않아도 좋네. 자네들에게 해를 끼치기 위해 질문을 한 것이 아니니 말일세."
 한스의 말에도 두 사람은 여전히 경계의 빛을 풀지 않았다. 그 모습에 한스는 다시 입을 열었다.
 "두 사람은 무슨 일로 싸일렉스 백작가를 찾는 것인가?"
 "우리가 귀하에게 왜 그 이유를 밝혀야 하오?"
 파이야가 여전히 검을 겨눈 채 되묻자, 한스는 어쩔 수 없이 자신의 정체를 밝혔다.
 "난 싸일렉스 백작가의 집사인 한스라고 하네."

한스는 자신의 말을 들은 두 사람이 당연히 경계를 풀 것이라고 생각을 했다. 두 사람의 태도에는 여전히 변화가 없었지만 얼굴에는 많은 변화가 있었다.

의혹과 불신, 혼란, 경계…….

"그럼 귀하가 한스 맥리버란 말이오?"

"그래, 내 이름이 한스 맥리버야. 데미안님께서 내 이야기를 한 모양이지?"

한스의 말에 파이야와 슈벨만은 서로의 얼굴을 마주보고는 고개를 갸우뚱했다. 그 모습을 본 한스는 더 이상 참지 못하고 두 사람에게 물었다.

"내 이름까지 알면서 왜 내 말을 못 믿는 거지?"

"우리가 아는 한스 맥리버는 싸일렉스 백작가의 집사가 아니라 마구간 청소를 잘하는 한스란 말입니다."

파이야의 대답에 한스의 얼굴은 참혹하게 일그러졌다. 그와 동시에 자신도 모르게 주먹을 불끈 쥐고는 치밀어 오르는 화를 억누르기 위해 어금니를 악물어야 했다. 파이야와 슈벨만 두 사람이 보기에 지금 한스의 모습은 마치 간질 환자가 발작하기 바로 직전의 모습 같아 보였다.

얼마나 이를 갈았는지 나중엔 현기증까지 날 지경이었다. 심호흡을 하고 난 후 두 사람에게 자신에 대해, 또 싸일렉스 백작가에 대해 설명해 주었고, 왜 그런 말을 데미안이 하게 된 것인지를 설명하고서야 두 사람의 의심이 조금은 풀렸다. 그러나 아직도 완전히 그를 믿는 것은 아니었다.

두 사람이 데미안과 함께 왕립 아카데미에서 같이 생활했었고, 얼마 전 졸업해서 데미안을 찾아가는 중이었다는 사실을 알게 되었다. 가만히 그 이야기를 들은 한스가 파이야에게 말을 건넸다.
 "자네들 두 사람이 데미안님께 충성을 맹세했다는 것이 사실인가?"
 "그렇습니다만……."
 "그럼 그분을 위해 한 가지 일을 해주게."
 한스의 말에 파이야와 슈벨만은 서로의 얼굴을 보고는 다시 한스의 얼굴을 보았다.
 "말씀해 보시지요."
 한스는 왕자들의 왕위 계승이 문제가 되는 지금 싸일렉스 백작가가 처한 상황을 상세히 설명을 한 후, 기난 왕자가 근래 들어 갑자기 세력이 커진 것에 나름대로 이유가 있을 것이라 전제했다.
 "내가 설명한 대로 기난 전하의 세력은 세 분 전하 가운데 가장 보잘것없었네. 그런데 불과 1년도 안 된 시간 만에 제1왕자이신 제로미스 전하와 거의 비슷할 정도까지 세력을 키웠으니 좀 이상하지 않은가? 알려진 대로의 그분이라면 욕심만 많고, 능력은 떨어져 그런 세력을 가질 만한 인맥도, 능력도 없을 텐데 이상하지 않은가?"
 "그것은 좀 이상하군요."
 "그래, 자네도 이상하다는 생각이 들 것이네. 그래서 자네가 비조앙 드 모린트 남작을 비밀리에 조사해 주었으면 하는 것이네."
 "모린트 남작 말씀입니까?"
 "그래. 모린트 남작은 원래 귀족 가문 출신이 아니라 상인 가문 출신이었는데, 막대한 황금을 바치고 귀족이 된 자라네. 내가 그 동안 알아본 바에 따르면 기난 왕자와 접촉하는 자는 그자밖에 없었네. 결국 그자를 조사해 보면 기난 왕자가 어떻게 세력을 키었는지 알 수 있지 않겠는가?"

한스의 말을 들은 파이야는 나름대로 생각을 해보고는 고개를 끄덕였다. 그리고는 슈벨만에게 말했다.

"슈, 난 다시 페인야드로 돌아가겠어."

"파이야, 나도 같이 갈게."

"아니야. 내가 생각해도 그 모린트 남작에게 뭔가 있는 것 같아. 어차피 우리가 데미안님께 충성을 바친 것도 그분이 하시는 일에 조금이라도 도움을 드리기 위한 거잖아. 난 여차하면 충분히 도망칠 수 있으니 걱정하지 마."

파이야의 말에 슈벨만은 어떤 이유를 들어서라도 같이 가고 싶었지만, 만약의 사태가 발생할 경우 자신은 파이야의 짐밖에 되지 않는다는 것을 알기에 어쩔 수 없이 고개를 끄덕였다.

"그럼, 전 지금 출발하겠습니다."

"내일 아침에 출발해도 상관없네."

"아닙니다. 페인야드까지 거리가 상당히 되니, 조금이라도 빨리 출발해야 빨리 도착할 수 있습니다. 만나뵙게 되어 반가웠습니다. 그럼……"

파이야는 자신의 짐을 들어 어깨에 메고는 그대로 여관 문을 빠져 나갔다. 그 모습을 본 한스가 조금은 어이가 없다는 표정을 지었다.

"상당히 성미가 급한 친구로군, 그래."

"아닙니다. 파이야는 용병 훈련을 받았던 용병 후보생들 가운데 가장 냉정하고, 침착하다는 평가를 받았습니다. 다만 지금 출발한 것은 그 일이 데미안님께 도움이 되는 일이기 때문입니다."

슈벨만의 대답에 한스는 대체 데미안이 왕립 아카데미에서 어떻게 생활을 했기에 비슷한 또래의 친구와 동료들에게 존경을 받을 수 있었는지 상당히 궁금했다.

"저 역시 데미안님께 도움이 될 수 있는 일이 있다면 무슨 일이든 했을 겁니다."

"잘 알았네. 오늘 저녁은 쉬고 내일 백작가에 도착하면 백작님께 자네를 소개시켜 주지."

그 말에 슈벨만의 얼굴 표정이 조금 이상하게 변했다.

"그런데 정말 마구간 청소를 하는 한스가 아니란 말씀이죠?"

"으아~! 아~니~란~말~이~야~!"

그날, 단 한 번도 들어보지 못한 몬스터의 처절한 울부짖음이 한동안 여관에서 들렸고, 마을 주민들을 공포에 떨어야 했다.

*　　　*　　　*

데미안은 자신이 알고 있는 가장 강한 공격 마법의 룬어를 떠올리며 정신을 집중하고 있었다. 옆에서 그 모습을 보고 있던 로빈은 될 수 있으면 데미안을 방해하지 않으려고 했지만, 결국 참지 못하고 조심스럽게 입을 열었다.

"저어, 데미안님."

"응?"

"오늘 저녁에 있을 작전에 저도 참가시켜……."

"안 돼!"

데미안은 단호하게 로빈의 말을 잘랐다.

"난 네 스승인 프레드릭에게 분명히 널 보호하겠다고 약속했단 말이야."

"데미안님이 저를 보호해 주시는 것도 좋지만 제가 데미안님께 아무런 도움도 되지 못한다면 왜 저를 여기까지 데려오셨습니까? 그냥 싸일렉스에 있도록 하지 말입니다."

로빈의 강변(强辯)에 데미안은 꿀 먹은 벙어리처럼 아무런 말도 하지 못했다. 그 모습에 힘을 얻은 로빈이 말을 이었다.

"저에게는 치유의 힘이 있으니, 만약 데미안님께서 다치신다면 비록 작은 힘이지만 보탬이 되지 않겠습니까?"

한참을 고심하던 데미안은 어쩔 수 없이 플레임을 불렀다.

"플레임, 물어볼 것이 있는데……."

데미안의 말이 끝나기 무섭게 밝은 빛이 번쩍이더니 허공에서 플레임이 모습을 드러냈다. 그 모습에 로빈은 신기하듯 바라보았고, 플레임은 허공을 빙글빙글 돌다가 무엇을 느꼈는지 로빈이 들고 있던 치유의 구슬 위에 사뿐히 내려앉았다. 주위를 두리번거리던 플레임은 기쁜 듯 말을 했다.

"이 구슬에서 드미트리우스님의 분위기와는 다르지만 비슷한 힘이 느껴져요. 기분이 아주 좋아요."

말과 함께 눈을 지그시 감은 플레임의 모습이 마치 생각에 빠진 듯 보였다.

"플레임, 선더볼트에 두 사람이 탈 수도 있는 거야?"

"물론이에요. 데미안님의 의지와 저의 허락이 있어야 하지만 말이에요."

"그래? 그럼 됐어. 로빈, 네 말대로 데리고 가겠다."

데미안의 그 말에 로빈은 기쁨을 감추지 못했다. 그러나 데미안의 말은 끝난 것이 아니었다.

"그러나 네가 지켜주어야 할 것이 있다."

"그것이 뭔가요?"

"어떤 일이 있더라도 내 곁에 있을 것, 그리고 내가 어떤 위험에 처하더라도 결코 나서지 말 것. 이 두 가지를 지킬 수 있겠어?"

잠시 고민을 하기는 했지만 그 시간은 그리 길지 않았다.

"데미안님의 말씀대로 하겠습니다."

로빈의 말을 들은 데미안은 자리에 다리를 꼬고 앉아 눈을 감고는 명상에 빠졌다. 그 모습을 본 로빈이 데미안의 곁에서 조용히 기도를 드렸다. 그러자 치유의 구슬이 푸른빛으로 빛나더니 푸른색을 띤 광선이 조금씩 데미안의 몸으로 흘러 들어갔다.

데미안은 평소와는 달리 처음 마나의 회전을 시작하면서부터 마나의 힘이 강해진 것을 알고는 조금 당황했다. 그러나 곧 침착하게 마음을 안정시키고는 마나의 회전에 집중했다. 마나의 회전이 여덟 번에 이르러서야 데미안은 마나의 회전을 멈추고 눈을 떴지만, 지금까지 한번도 느껴보지 못했던 폭발적인 마나의 힘을 느꼈다.

로빈은 아무것도 모른 척 시침을 뚝 떼고 있어 데미안은 조금은 이상한 생각이 들었다. 데미안이 그 이유를 생각하고 있을 때 데보라가 방으로 들어왔다. 잠시 데미안의 얼굴을 바라보다가는 곧 입을 열었다.

"데미안, 출발할 시간이 거의 다됐어."

"알았어."

자리에서 일어나 출발할 준비를 하는 데미안에게 데보라는 걱정스런 음성으로 입을 열었다.

"데미안, 오늘 네가 맡은 일은 가장 어려운 일이야. 그러니 부디 몸조심하도록 해. 알겠어?"

데보라의 걱정이 섞인 음성에 데미안은 갑자기 싸일렉스의 있을 마리안느의 모습이 떠올랐다. 그러면서 데보라에게 진심으로 고맙다는 생각을 했다.

"데보라, 고마워."

싱긋 웃으며 데미안이 대답을 하자 데보라는 얼굴을 붉히며 황급히 방을 빠져 나갔다. 그 모습에 데미안은 영문을 모르겠다는 듯 고개를 갸우뚱거리자, 로빈이 답답함을 참지 못하고 데미안에게 말을 했다.

"데미안님, 그렇게 모르시겠어요?"

"내가 뭘 몰라?"

"데보라님은 데미안님을 좋아하고 계세요."

"그래, 나도 데보라를 좋아해."

데미안의 대답에 로빈은 어이가 없다는 표정을 짓다가 곧 말을 이었다.

"제 말은 동료로서 데미안님을 좋아하는 것이 아니라, 한 사람의 여자로서 데미안님을 좋아한단 말이에요."

"한 여자로서 나를 좋아해? 그럼 날 사랑한단 말이야, 데보라가?"

데미안의 태도에 로빈은 고개를 저으며 방을 빠져 나갔다.

"검술 실력만 좋으면 무슨 소용이 있어? 곁에 있는 여자가 자신을 사랑하는지, 아닌지도 모르면서 말이야? 에구에구, 사랑이 뭔지……."

애늙은이 같은 소리를 하며 로빈이 방을 빠져 나가자 데미안은 멍한 표정을 지으며 복잡 미묘한 표정을 지었다. 단 한 번도 데보라가 자신을 특별하게 생각하고 있다는 느낌을 받지 못했다. 아니,

그녀는 그런 감정 표시를 했는데 자신이 그런 사실을 깨닫지 못했는지도 모른다.

하여간 로빈에게서 그 말을 듣자 데미안은 갑자기 데보라가 의식돼 어색하기 이를 데 없었다. 묘한 표정을 지으며 데미안은 일행들이 기다리고 있는 곳으로 가자 제롬은 다시 한 번 계획을 종합적으로 점검했다.

"물론 여러분도 잘 아시겠지만, 이번 계획은 무엇보다 서로간의 믿음과 시간 엄수가 무엇보다 중요합니다. 모두 잘하실 것이라 믿고 이동하겠습니다."

제롬의 말에 모인 사람들은 자신들의 무기를 점검하고는 곧 아지트를 떠났다. 달도 없는 어둠 속이건만 일행들 가운데 어둠이 문제되는 사람은 레베카와 로빈뿐이었다. 해서 레베카는 제롬이, 로빈은 라일이 옆구리에 낀 채 엄청나게 빠른 속도로 이동했다.

그렇게 한 시간 이상을 이동해 일행들은 거대한 저택에 도착할 수 있었다. 저택은 마을에서 불과 20분 정도되는 거리에 있었지만, 일행들은 마을을 우회해 목적지인 저택에 도착한 것이었다. 예상대로 저택은 날카로운 랜스와 핼버드Halberd로 중무장한 병사들로 가득했다. 그 모습을 본 제롬이 일행들에게 주의를 주었다.

"이제 곧 마을에서 화재와 함께 소란이 발생할 것이오. 그렇게 된다면 저택의 병사들 가운데 일부가 빠져 나갈 것이고, 15분이 지나면 정문에서 1차 공격이 시작될 것이오. 그리고 다시 15분이 지나면 저택의 뒤쪽에서 2차 공격이 있을 것이오. 우리는 그때 측면으로 저택에 침입하는 것이오. 공주님께서는 위험하오니 이곳에서 저희를 기다려 주십시오."

제롬의 말에 레베카는 고개를 끄덕였다. 안심이 안 된 데미안은 신속하게 그 자리에 마법진을 만들고는 그곳에 레베카가 들어가 있을 수 있도록 했다.

"여기서 절대 움직이지 마십시오."

레베카가 고개를 끄덕이고는 마법진 안으로 들어서자, 그녀의 모습은 순식간에 사라졌다. 중인들이 조금 놀란 표정으로 자신을 보자 레베카는 의아한 생각이 들어 입을 열었다.

"무슨 일인가요?"

"아닙니다, 공주님."

제롬의 말에 안심한 레베카는 사람들을 향해 입을 열었다.

"여러분 모두 조심하세요. 무사하시길 빌겠어요."

그 말을 했을 때 갑자기 마을 쪽에서 커다란 불꽃이 치솟았고, 아련하게 사람들의 비명 소리가 들려왔다. 그러자 정문을 지키고 있던 병사들은 당황한 표정을 지으며 서로의 얼굴만 쳐다보았다. 그래도 개중에 정신을 차린 병사 하나가 저택 안으로 사라졌고, 얼마 지나지 않아 수십 명의 기사들과 병사들이 마을을 향해 달려갔다.

일행들이 잔뜩 긴장한 채 정문을 바라보고 잠시의 시간이 지나자 어디선가 수십 발의 화살이 날아와 경계를 서고 있던 병사들을 무자비하게 공격했다.

"크악!"

"적이다."

삐이익!

날카로운 호각 소리가 들리자 저택 안에서 수십 명이 넘는 기사들과 병사들이 쏟아져 나왔다. 그들은 저택 옆에서 화살을 날리던 일단의 사람들을 발견하고는 같이 화살을 날렸다. 그 모습을 본 제롬이 일행들에게 말했다.
"이제 후면에서 곧 공격이 있을 것이오. 우리도 그만 이동하도록 합시다."
일행들이 이동을 시작하자, 제롬은 보이지 않는 레베카를 향해 입을 열었다.
"공주님, 그 자리에서 저를 기다려 주십시오. 후작을 제압하는 즉시 오겠습니다."
"후작님, 조심하세요."
"걱정하지 마십시오, 공주님."
제롬은 자신 만만하게 대답을 하고는 곧 어둠 속으로 사라졌다. 혼자 남은 레베카는 두 손을 모은 채 기도를 올렸다.
"국신 타울이시여! 부디 저분들에게 힘을 주소서."

일행들이 저택의 측면으로 이동을 하고 얼마 지니지 않아 저택의 후면에서 다시 고함 소리와 함께 비명 소리가 들렸다.
"만약 일이 계획대로 진행되지 않는다고 느껴지면 서슴없이 후퇴해야 합니다. 계획은 다시 세워 진행시킬 수 있지만, 사람은 한 번 죽으면 그것으로 끝입니다. 만약 혼란 중 헤어지게 될 경우, 모이기로 한 장소로 신속하게 이동하시기 바랍니다. 준비가 됐다면…… 공격!"
제롬의 짧은 말에 일행들은 신속하게 담을 넘었다. 저택의 앞뒤에서 벌어진 전투 탓인지 그곳을 지키는 병사들의 모습은 보이지 않았다. 서로 눈짓을 주고받은 제롬과 데미안은 신속하게 두 방향으로 흩어졌다.
제롬과 일행들은 후작이 있을 것으로 짐작되는 저택의 3층으로,

데미안과 로빈은 병사들이 있을 것으로 예상되는 1층으로 향했다. 이미 건물에 대한 배치도는 숙지하고 있었기 때문에 데미안의 발길은 거침없었다.

 1층 응접실로 향하는 문을 열고 들어선 데미안은 응접실에서 서성이고 있던 기사 셋을 발견했다. 그들은 갑자기 응접실로 들어선 아름다운 데미안을 의아스러운 표정으로 보고 있었고, 데미안은 그 틈을 놓치지 않고 그들 사이로 재빠르게 뛰어들었다. 데미안의 바스타드 소드가 허공에서 커다란 원을 그리자 기사들의 목에서는 엄청난 선혈을 쏟았고, 그들은 곧 바닥에 쓰러져 꿈틀거리다 영원한 수면에 빠졌다. 주위에 다른 사람이 없는 것을 확인한 데미안은 다시 응접실을 빠져 나왔다.

 긴 복도에서 데미안을 기다리던 로빈은 그가 무사한 것을 확인하고는 안도의 한숨을 쉬었다. 주위를 둘러본 데미안은 재빨리 파이어 볼을 캐스팅했다.

 "파이어 볼 세퍼레이션!"

 데미안의 외침과 동시에 네 개의 불덩이가 사방으로 날아가 작렬했다. 펑! 하는 소리와 함께 불이 붙었고, 벽에는 커다란 구멍이 뚫렸다. 데미안은 평소 자신이 알고 있던 것보다 마법의 힘이 더욱 강한 것을 깨닫고는 다시 한 번 스펠을 캐스팅했다.

 "미티어 레인!"

 데미안의 양손에서는 거의 이십여 줄기에 가까운 빛줄기가 뻗어져 나왔고, 빛줄기는 사방으로 날아가 모든 것을 파괴시켰다. 옆에서 그 모습을 지켜보던 로빈은 그만 눈이 휘둥그레졌다. 요란한 폭음 소리가 들리자, 각 방에 있던 기사들과 병사들이 쏟아져 나왔다. 대략적인 눈짐작만으로도 거의 50명은 넘어 보였다.

"로빈, 내 뒤에서 떨어지면 안 돼."

"걱정하지 마세요."

그들이 그런 대화를 나누는 동안 기사들은 각기 자신의 무시를 든 채 데미안을 향해 무서운 속도로 달려들었다.

"상대는 마법사다. 공격할 틈을 주지 마라."

"좀더 빨리 저 여자 마법사를 잡아라."

기사들의 외침에.

"빌어먹을, 여기서도 여자로 오해받는군. 지겹다, 정말. 에라, 이거나 먹어라. 매직 미사일!"

데미안의 말이 끝나자 그의 주위에 있던 마나가 급속하게 뭉쳐지더니, 밝은 빛을 뿌리는 서너 개의 막대로 변했다. 그리고 그 막대는 데미안의 손짓에 따라 그를 공격하던 기사들에게 날아갔고, 매직 미사일에 적중된 기사들은 비명 소리와 함께 뒤로 날아갔다. 그러나 데미안을 공격하는 기사의 숫자는 데미안이 만든 매직 미사일보다 많았다.

데미안의 공격을 피한 기사들은 데미안이 스펠을 캐스팅할 시간을 주지 않기 위해 데미안의 곁으로 다가오기 위해 필사적이었다. 그들이 한 가지 신경 쓰지 못한 것은 데미안이 만약 마법사라면 왜 검을 두 자루나 가지고 있는 것인지, 그 이유를 생각하지 않았다는 것이었다.

기사들이 불과 다섯 걸음 떨어진 곳에 온 것을 발견한 데미안은 폭발적인 힘으로 바닥을 박차고는 그들에게 향했다. 그리고는 자신의 바스타드 소드에 마나를 있는 대로 집어넣고는 그대로 휘둘렀다.

갑작스런 데미안의 태도에 자신도 모르게 멈칫한 기사들은 데미안의 공격에 속수무책으로 당할 수밖에 없었다. 자신도 모르게 들어올렸던 검은 데미안의 바스타드 소드와 부딪치자 맥없이 잘려나갔고, 그들의 목 역시 덤으로 잘려 나갔다.

손에 느껴진 감촉으로 적들을 물리쳤다는 것을 깨달은 데미안은 아직 정신을 차리지 못하고 있는 다른 기사들을 향해 신속하게 움직였다. 그리고 그들을 향해 재차 검을 휘둘렀다. 뒤쪽에 서 있던 기사 하나가 자신도 모르게 비명을 질렀다.

"마법사가 아니라 소드 익스퍼트다. 조심해!"

기사의 말은 이어질 수 없었다. 세상에 아무리 희한한 일이 많다고는 하지만 목이 날아가고도 멀쩡하게 말을 할 수는 없는 일 아닌가? 순식간에 십여 명의 기사들의 생명을 빼앗은 데미안은 자신을 공포에 질린 눈으로 바라보는 병사들을 바라보며 스펠을 캐스팅했다. 그가 병사들을 향해 막 손을 쓰려고 할 때 데미안의 뒤에서 날카로운 고함 소리가 울렸다.

"페인트(Faint : 기절)!"

그와 함께 푸른색의 빛이 복도에 서 있던 병사들을 휘감았고, 병사들은 마치 마법에라도 걸린 양 맥없이 그 자리에서 쓰러졌다. 데미안이 뒤를 돌아보니 로빈이 고개를 숙이고 자신의 눈치를 보고 있었다.

"데미안님, 저들을 꼭 죽이지 않아도 되잖아요."

"그래서 손을 쓴 거냐?"

"예, 그런데 제가 잘못한 건가요?"

"아니다, 잘했다."

말을 마친 데미안은 조심스럽게 복도를 지났다. 그러자 이층으로 올라가는 나선형의 계단을 만났고, 누군가가 다급하게 내려오는 모습이 보였다. 나이는 이십대 중반이나 후반쯤으로 보였고, 고급스러운 옷을 걸친 청년이었다. 검은색의 머리가 짧게 깎여져 있었고, 약간 각이 진 턱이 고집스럽다는 인상을 주는 청년이었다. 데미안의 모습을 발견한 청년은 계단에서 걸음을 멈추고는 자신을 바라보고 있는 데미안을 향해 싸늘하게 외쳤다.

"너는 웬놈이냐?"

그 말에 데미안은 뛸 듯이 기뻐했다.

"너 내가 남자로 보이는 거야? 로빈, 너도 틀림없이 그렇게 들었지?"

데미안의 말에 청년도, 또 뒤에서 듣고 있던 로빈도 어이가 없었다. 그리고는 반가운 친구를 만난 것처럼 미소를 띠며 자신을 소개했다.

"난 데미안이야. 넌 이름이 뭐지?"

"나, 난 스캇이다."

"스캇, 만나서 반가워."

너무도 친근한 데미안의 표정에 청년 스캇도, 또 로빈도 어이가 없어 할말을 잃었다. 사방에 시체가 쌓여 있고, 또 건물이 불타오르건만 자신을 남자라고 봐준 적에게 호감을 느끼다니, 로빈은 도저히 데미안의 정신 세계를 이해할 수 없었다.

"대체 넌 왜 카룬 후작의 저택에 침입한 거지?"

"그야 물론 카룬 후작을 납치하기 위해서지. 넌 카룬 후작과 무슨 관계지?"

"그건 알 필요 없고, 네가 그런 뜻에서 난입한 것이라면 나를 쓰러뜨려야 그를 만날 수 있을 거다."

스캇은 말과 함께 자신의 롱 소드를 뽑아 들었다. 그 모습을 본 데미안은 조금은 서글픈 표정을 지으며 입을 열었다.

"날 처음으로 알아준 너와 싸우고 싶지 않은데……."

데미안은 말과 함께 들고 있던 바스타드 소드를 가슴 앞에 세웠다. 그와 함께 데미안의 표정은 언제 그런 말을 했냐는 듯 냉정하게 변했다. 로빈은 마치 카멜레온처럼 변화 무쌍한 데미안의 태도에 정신을 차릴 수 없었다. 그러나 데미안의 지금 태도는 완연히 적을 대하는 태도였기에 조금은 안심할 수 있었다.

약 5미터쯤 떨어진 두 사람은 조금도 방심하지 않은 채 서로의 검을 노려보고 있었다. 왠지 조급함을 느낀 스캇이 먼저 공격을 시도했다. 그의 롱 소드가 푸른색으로 빛나는 것을 보고 데미안도 바스타드 소드에 마나를 집어넣고는 스캇의 롱 소드를 막아냈다. 그런데 뜻밖으로 스캇의 공격은 매서웠다.

뒤로 물러서면서 데미안은 재빨리 회전을 하며 스캇의 허리를 노렸다. 그러나 스캇은 이미 그런 데미안의 공격을 짐작했는지 한 걸음 앞으로 다가들며 데미안의 머리를 향해 롱 소드를 날렸다. 데미안은 재빨리 몸을 숙이며 레이피어를 뽑아 스캇의 옆구리를 향해 사정없이 찔렀다.

스캇은 난데없는 데미안의 왼손 공격에 너무 놀라 혼이 달아날 지경이었다. 재빨리 몸을 회전시켰지만 데미안의 레이피어는 이미 그의 옆구리를 스치고 지나갔다.

찌이익!

스캇은 자신의 살이 아니라 옷이 찢어진 것을 신에게 감사하며 롱 소드를 왼손으로 옮겨쥐고는 그대로 내리쳤다. 데미안은 바스타드 소드와 레이피어를 엇갈려 스캇의 롱 소드를 막아내며 천천히 몸을 일으켰다. 팽팽하게 맞서던 두 사람은 각자 자신의 검에 힘을 주어 힘껏 밀었다. 반발력 때문에 뒤로 밀린 두 사람은 서로를 바라보며 미소를 지었다.
"제법인데."
"너도 마찬가지야."
천천히 숨을 고른 데미안은 레이피어를 집어넣고, 조용히 스펠을 캐스팅했다. 그리고는 재빨리 외쳤다.
"버추얼 이미지(Virtual Image : 허상)!"
외침과 동시에 데미안은 앞으로 달려나갔고, 데미안의 몸은 순간 두 개로 나뉘어졌다. 갑작스런 상황에 스캇은 재빨리 뒤로 피하며 두 개의 데미안 중 하나를 향해 힘껏 롱 소드를 휘둘렀다. 그러자 스캇의 롱 소드에서는 눈에는 보이지 않지만 뭔가 막강한 힘이 쏟아져 나와 두 개의 데미안 중 하나에 적중되었다. 그러자 그 데미안은 맥없이 사라져 버렸고, 그 옆에 있던 데미안이 매섭게 바스타드 소드를 휘두르며 달려들었다.
이미 피할 시간이 없다는 것을 깨달은 스캇은 데미안을 향해 롱 소드를 휘둘렀다. 서로가 스치듯 지나간 후 스캇은 옆구리에, 데미안은 어깨에 상처를 입었다.
데미안은 자신의 회심의 공격에도 스캇이 멀쩡한 것을 보고 감탄하지 않을 수 없었다. 그만큼 자신있던 공격이었는데 그걸 막아내다니……. 그런 반면 스캇은 정신을 차릴 수 없었다. 데미안의 공격은 절대 정통적인 공격과는 거리가 멀었다. 상대에게 틈이 보이면 어떻게든 파고들어 자신의 공격을 성공시키는 상식을 파괴하는 검술이었던 것이다. 그때 데미안 곁에 내려서는 검은 그림자가 있었다. 스캇의 눈이 커졌을 때 칙칙한 로브를 걸친 자가 입을 열었다.

"데미안, 이미 카룬 후작은 잡았다. 가자."
"알겠습니다, 스승님. 이봐 친구, 다음에 다시 보자고. 그리고 내 이름 잊지 마."
 데미안과 로빈, 그리고 라일은 깨진 창을 통해 재빨리 나갔다. 그 모습을 멍하니 보고 있던 스캇은 자신의 옆구리에 생긴 상처를 보고는 잠시 생각에 빠졌다.
 분명 데미안의 바스타드 소드를 피하고 자신의 롱 소드가 데미안의 어깨에 상처를 내는 것까지 확인하고는 잠시 안심했다. 그런데 자신이 방심하는 바로 그 사이, 데미안의 레이피어가 뽑혀 자신의 옆구리에 상처를 낸 것이다.
 물론 상처가 깊은 것은 아니었지만 데미안이 공격하는 것을 보고도 피하는 것이 고작이었다는 사실이 스캇을 당황하게 만든 것이었다. 나름대로 검술에 자부심도 가지고 있던 스캇이었지만, 데미안만큼 빠른 검술을 가진 사람은 한번도 만나본 적이 없었다.
"데미안이라고 했던가? 오랜만에 적수를 만난 것 같군."
 스캇이 그 말을 중얼거렸을 때 십여 명의 기사들이 그에게 다가오며 황급히 입을 열었다.
"스캇님, 부상을 입으셨습니까?"
"별것 아니니 걱정할 필요 없다. 그보다 카룬 후작은?"
"카룬 후작님은 적도(賊徒)들에게 납치를 당했습니다."
"멍청한 작자 같으니라고. 어서 7, 8, 9군단장들에게 연락을 해 적도들을 쫓으라고 해라."
"알겠습니다, 스캇님."
 한 명의 기사가 연락을 하기 위해 움직이는 것을 확인한 스캇은 모인 기사들에게 지시를 내려 주위를 정리하기 시작했다. 대체 스캇의 정체가 무엇이기에 이글 기사단의 기사들에게 함부로 명령을 내릴 수 있는 것일까?

저택을 빠져 나온 일행들은 레베카를 챙겨 미리 피하기로 약속한 장소로 신속하게 이동하고 있었다. 이미 기절해 있는 후작이 깨어날 것을 염려해 데미안이 수면 마법을 걸었고, 다시 로빈이 신성 주문인 페인트를 걸었다. 불과 20분에 불과한 시간밖에는 걸리지 않았지만 일행들은 무척이나 오랜 시간을 보낸 듯한 극도의 피로함을 느끼고 있었다.

날이 어슴푸레하게 밝을 무렵 데미안 등은 후작의 저택이 있던 마을로부터 30킬로미터쯤 떨어진, 조금은 커다란 도시에 도착할 수 있었다. 약 2만여 명이 모여 사는 도시가 아직 잠에서 깨어나지 못할 때, 데미안 일행은 비밀 통로를 통해 도시로 숨어들었다. 그리고는 미리 마련된 저택에 도착해서야 겨우 숨을 돌릴 수 있었다. 일행들의 얼굴에는 피곤한 기색이 완연했다. 그러나 유독 데미안만은 뭐가 그리 기분이 좋은지 싱글거리고 있었다. 그 모습을 본 데보라가 물었다.

"데미안, 기분 좋은 일 있어?"

"그럼."

"뭐가 그리 기분 좋지? 물론 후작을 성공적으로 납치한 것말고 말이야."

"친구 하나를 사귀었는데 말이야, 무척 마음에 드는 친구더라고. 스캇이란 친군데, 정말 마음에 드는 친구야."

"스캇? 그게 누군데?"

데보라의 질문에 데미안 곁에 앉아 있던 로빈이 상황을 설명해

주었다. 로빈의 말을 들은 사람들은 너무도 황당한 사태에 아무런 말도 할 수 없었다. 간단하게 말해 자신을 남자로 봐주었기 때문에 친구로 여긴단 말 아닌가? 사람들 가운데 일부는 그런 데미안을 도저히 이해할 수 없다는 표정을 지었고, 또 일부는 자신이 여성스럽게 생겼다는 것에 대해 데미안이 얼마나 콤플렉스를 느꼈는지 이해할 수 있다는 표정을 짓고 있었다.

일단 일행들이 숨을 돌리고는 휴식을 취하는 동안, 제롬은 부하들에게 경과 보고를 받고 있었다. 몇 번이나 고개를 끄덕이던 제롬은 곧 일행들에게 경과보고를 했다.

"조금 신경 쓰이는 일이 벌어졌습니다."

"그게 뭡니까?"

"다름이 아니라 카룬 후작이 이 토바실에 주둔하고 있는 세 개 군단의 최고 책임자라고 생각을 했는데, 뜻밖으로 너무 조용합니다. 이글 기사단의 단장인 카룬 후작말고 또 다른 책임자가 있는 듯 보입니다."

제롬의 말에 사람들이 조금 허탈한 표정을 지을 때 데미안은 문득 스캇의 얼굴이 떠올랐다. 그리고 보니 그의 옷이 일반적인 기사들이 입는 기사복에 비해 엄청나게 고급스러웠던 것을 기억해 냈다. 게다가 자신과 대화를 나누던 가운데 카룬 후작을 지칭할 때 존칭을 사용하지 않았던 것까지 기억해 낼 수 있었다. 그 사실을 제롬에게 이야기했다.

"데미안의 말대로라면 그 나이에 후작이나 공작의 작위를 가지고 있을 확률은 거의 없을 것이고, 그렇다면 혹시 루벤트 4세의 숨겨논 자식이 아닌지 모르겠군."

"숨겨놓다니……? 왜 자기 자식을 숨겨요?"

데보라가 도저히 이해하지 못하겠다는 얼굴로 물었다. 그 질문에 제롬은 어색한 표정을 지으며 설명했다.

"이런 말을 하기는 좀 뭐 하지만 지금 황제인 루벤트 4세는 엄청나게 여자를 밝히는 인물이라오. 공식적으로 그의 자식으로 확인된 사람만 40명이 넘소. 28명의 왕자에 13명의 공주, 게다가 그 자식들의 어머니, 그리고 그들의 일가 친척들로 얽혀 있어 루벤트 제국의 황실은 복합하기 이를 데 없소. 그런 와중에도 황제는 열심히 여자를 쫓아다니고, 또 열심히 자식을 만들고 있소. 그런 상황이니 알려지지 않은 자식이 하나쯤 있다고 하더라도 그리 이상한 일은 아니지 않겠소?"

제롬의 말에 레베카는 얼굴이 홍당무처럼 붉어졌고, 애써 태연한 척하는 데보라의 얼굴도 붉어지기는 마찬가지였다.

"문제는 데미안의 말대로 그 스캇이란 청년이 루벤트 4세의 숨겨논 자식이라면 카룬 후작은 더 이상의 효용 가치가 없다는 점이오."

제롬의 말에 일행들은 자신도 모르게 구석에서 죽은 듯 잠들어 있는 트레이스 카룬 후작을 바라보았다. 생명을 걸고 한 일이 헛수고라니……. 비록 아무도 그런 말을 하지는 않았지만 사람들의 얼굴엔 그런 기색이 완연했다. 모두들 약간은 힘이 빠진 표정을 짓고 있을 때 누군가가 급하게 문을 열고 들어왔다.

"사령관님, 큰일났습니다."

"무슨 일인가?"

"저희 아지트 주위로 루벤트 제국의 군사들이 몰려들고 있습니다."

"뭐야?"

부하의 보고에 제롬은 조금은 당황한 모습으로 밖으로 달려나갔다. 잠시 후 돌아온 제롬의 얼굴은 딱딱하게 굳어 있었다.

"우리 조직 내에 저들의 스파이가 있는 모양이오. 우리의 아지트가 발각이 된 일은 한번도 없었는데……. 여러분을 위험하게 만들어 죄송하오."

제롬의 말이 끝나는 순간 일행들은 미약하지만 지면이 흔들리는 것을 느꼈다. 순간 일행들의 얼굴도 굳어졌다.

"설마?"

"골리앗까지 동원하다니……."

일행들은 자신도 모르게 서로의 얼굴을 바라보다가 제롬의 뒤를 따라 건물의 맨 위층으로 올라갔다. 일행들의 눈에 흙먼지를 일으키며 달려오는 루벤트 제국의 병사들과 독수리 문장이 오른쪽 가슴에 그려진 거대한 골리앗의 모습을 발견할 수 있었다. 그 모습을 발견한 제롬은 입술을 깨물며 주먹을 불끈 쥐었다.

제26장
최초의 전투

"경이 다론 후작인가?"

"그렇습니다, 기론 전하."

의자에 비스듬히 기댄 채 게슴츠레하게 눈을 뜨고 말하는 기난의 앞에는 190센티미터 이상은 돼 보이는 50대 중반의 사내가 서 있었다. 커다란 체구에 걸맞게 근육 또한 상당해 심장이 약한 사람은 보기만 해도 겁을 집어먹을 정도였다.

얼굴을 가로질러 난 상처는 덥수룩한 수염에 대부분 가려 큰 표시가 나지 않았지만, 그의 인상은 그의 인생이 그리 평탄치 않았다는 것을 쉽게 짐작케 했다. 그러나 기난은 뭐가 그리 마음에 들지 않는지 못마땅한 눈으로 해리슨 드 다론 후작을 쳐다보았다.

"내가 듣기로는 내 목숨을 보호하기 위해 경이 왔다고 들었는데, 그 말이 사실인가?"

"그렇습니다, 기론 전하."

무뚝뚝한 해리슨의 말에 기난은 얼굴을 찌푸렸다.
"만약 내가 경에게 다른 사람을 죽이라고 명령한다면 어떻게 하겠는가?"
"저는 왕위 계승에 대한 결정이 끝나는 날까지 기난 전하의 신변을 보호하라는 명령을 받았을 뿐, 그 이외의 일에 대한 지시는 받은 적이 없습니다."
해리슨은 뻣뻣한 자신의 허리를 자랑이라도 하듯 전면을 응시한 채 서 있었다. 그 모습에 기난은 이를 악물며 말했다.
"그러니까 내 경호를 제외한 다른 일은 할 수 없다는 그런 말인가?"
"그렇습니다, 기난 전하."
"끄응."
기난은 해리슨의 대답에 앓는 소리를 냈다. 옆에 도열해 있던 병사들은 대부분 해리슨의 모습을 처음 보지만, 왕자들 가운데 가장 성질이 더럽다는 기난 앞에서도 자신의 할말을 다 하는 해리슨의 남자다움에 존경심을 감추지 못했다.
"만약 제로미스 형이 나를 암살하려 한다면?"
"목숨을 걸고 막을 겁니다."
"그렇지만 적의 숫자가 너무 많으면 나를 제대로 보호할 수 없을 것 아닌가?"
"그럴 수도 있겠지요. 그렇지만 그런 일이 발생한다면 제로미스 전하께서는 영원히 왕위에 오르지 못하실 겁니다."
"영원히? 어째서?"
"기난 전하께서는 지금 이 트렌실바니아 왕국에 있는 군의 통수권을 누가 가지고 있는지도 모르십니까?"

퉁명스러운 해리슨의 대답에 기난은 어떤 표정을 지어야 좋을지 몰랐다. 그가 말한 내용은 자신을 흡족하게 만들었지만, 그 말을 하는 해리슨만큼은 정말 꼴도 보기 싫었다.

"경의 말은 잘 알았으니, 그만 물러가 쉬게."

"제가 여기에 온 목적은 전하를 경호하기 위해서지 쉬기 위해서가 아닙니다. 저에게 신경 쓰지 마시고 평소대로 생활하시면 됩니다."

"젠장, 뭘 평소대로 생활하란 말이야? 지금 다론 경은 나를 우습게 보는 건가?"

"기난 전하는 별로 우습게 생기지 않으셨습니다. 그리고 저에게는 저의 임무가 있으니 방해하지 말아주십시오."

"으드득! 내가 왕위에 오르면 제로미스 형이나 알렉스보다 경을 먼저 처리해 주지."

"감사합니다, 기난 전하."

역시 무뚝뚝한 대답을 한 다론은 기난이 앉은 의자 뒤편에 부동 자세로 서서 꼼짝도 하지 않았다. 기난은 다론이 자신의 뒤에 선 다음부터 왠지 뒷덜미가 간질간질한 것이 보통 신경 쓰이는 것이 아니었다. 그러나 상대는 말로 한다고 들을 상대가 아니기에 아까서부터 기다리고 있던 비조앙을 불러들였다.

"모린트 남작을 불러라."

기난의 말에 시종은 재빨리 기다리고 있던 비조앙에게 연락을 했고, 비조앙은 가만히 품 안을 몇 번 만져 본 다음에 조심스럽게 홀로 들어섰다. 조심스럽게 걸음을 옮긴 비조앙은 기난과 5미터 정도를 남겨두고 걸음을 멈추고는 천천히 왼쪽 무릎과 허리를 굽혀 인사를 했다.

"트렌실바니아 왕국을 비출 영원한 태양이 되실 기난 전하, 그동안 안녕하셨습니까?"

"별로 안녕하지 못하오."

"예?"

비조앙이 반문을 하자, 기난은 머리로 뒤에 부동 자세로 서 있는 해리슨을 가리켰다.

"그렇지만 다른 후작 각하께서는 전하의 안전을 지켜주시는 분이 아니십니까?"

조금 난처한 대답을 해야 하기 때문일까? 비조앙은 품에서 손수건을 꺼내 이마에 흥건한 땀을 닦았다.

"그것보다 갔던 일은 어떻게 되었소?"

"전하께서 염려해 주신 덕에 잘 해결되었습니다. 여기 있습니다."

비조앙이 한 통의 편지를 꺼내 시종에게 전달해 주었고, 시종은 다시 기난에게 전해주었다. 편지를 꺼내 든 기난은 뒤에 서 있는 해리슨이 보지 못하도록 몸으로 가린 채 편지의 내용을 확인했다. 편지의 내용은 상당히 긴 편이었고, 그 편지를 다 읽고 난 기난의 표정은 상당히 만족스러워했다.

"이렇게 많은 사람을 모으다니, 정말 고생이 많았소, 모린트 남작."

"아닙니다. 이 모든 것이 전하를 위한 일인데 고생일 리가 있겠습니까? 그 편지에 서명한 사람들 이외에도 제가 상인 시절 친하게 지냈던 많은 상인들이 앞을 다투어 전하께 군자금을 대주겠다고 했습니다."

비조앙의 말에 흐뭇한 미소를 짓던 기난이 갑자기 벌떡 일어서

더니 뒤에 서 있던 해리슨을 노려보았다.
"다론 후작."
"말씀하십시오, 기난 전하."
"방금 들은 이야기는 기밀 사항이오. 절대 다른 곳에서 발설하지 말도록 하시오."
기난의 말에 좀처럼 표정의 변화가 없던 해리슨의 얼굴에도 표정이라는 것이 생겼다. 해리슨의 얼굴에 원체 털이 많아 정확하게 파악하기는 쉽지 않았지만 거의 비웃음에 가까운 표정이었다.
"명심하겠습니다, 기난 전하."
"정말 말하지 않을 거지?"
"폐하의 이름을 걸고 맹세하겠습니다."
그 말을 들은 기난은 안심한 듯 자리에 앉아서 비조앙에게 말을 건넸다.
"모린트 남작, 그대가 이 사람들과 만날 수 있는 자리를 한번 만들어보도록 하게."
그 말에 비조앙은 다시 이마에 맺힌 땀을 닦으며 곤란하다는 표정을 지었다.
"저어, 전하, 지금 같은 상황에서 그런 자리를 마련하는 것은 그리 좋은 방법이 아닌 것 같습니다. 만약 이런 정보가 새나간다면 오히려 저희들이 곤란해질 수도 있습니다."
"누가 나를 배신한단 말인가? 그런 걱정은 하지 말게. 나에게 충성을 맹세한 사람들인데 내가 알아주지 않는다면 누가 알아주겠는가? 일단 자네는 그들에게 연락해 모두 모일 수 있는 자리를 마련하도록 하게. 나머지는 내가 알아서 하겠네."
'빌어먹을, 알아서 하긴 대체 뭘 알아서 한다는 거야. 능력도 없는 놈이! 젠장, 이 사실을 보고하면 보나마나 안 된다고 하겠지? 우라질, 내가 왜 그들의 꼬임에 넘어가서 이런 고생을 사서하는 거지?'

비조앙은 속으로 기난을 향해 한참 동안 욕을 하고는 공손하게 허리를 숙였다.

"알겠습니다. 그 일은 제가 알아서 하겠습니다."

"그래, 수고하시오."

기난은 한껏 거드름을 피우며 비조앙에게 말을 건넸다. 그러나 바로 뒤에서 해리슨의 눈빛이 빛나고 있었다는 것을 기난은 깨닫지 못하고 있었다.

*   *   *

"저들이 바로 루벤트 제국의 제2기사단인 이글 기사단이오. 전원 소드 익스퍼트 상급 이상의 실력을 가지고 있소. 40대의 골리앗을 가지고 있는 예비 기사단의 성격을 가진 기사단이오. 약 20대 정도가 보이는 것으로 보아 상당수의 이글 기사단이 몰려드는 것 같소."

제롬의 말에 사람들은 긴장한 채 몰려드는 루벤트 제국의 병사들과 골리앗을 보고 있었다. 제롬은 고개도 돌리지 않은 채 사람들에게 입을 열었다.

"저와 헥터에게는 골리앗이 있습니다. 다른 분들은?"

"저도 가지고 있어요."

데미안의 말에 사람들은 조금 놀란 표정을 지었다. 특히 데보라는 놀라 큰 소리로 물었다.

"데미안, 정말 골리앗을 가지고 있어? 나도 없는데?"

"데보라가 없다고 나도 없어야 돼?"

"아니, 그런 건 아니지만, 넌 나에게 골리앗을 가지고 있다고 한 번도 말하지 않았잖아?"

"쳇! 골리앗 하나 가지고 있다는 것이 뭐 그리 대단한 일이라고……."

"그럼 우리에게는 모두 네 대의 골리앗이 있는 셈이니 골리앗을 가지지 못한 부하들의 안전을 위해 우리가 적의 주목을 끌어야 하오. 먼저 난 공주님을 보호하고 북쪽으로 가겠소. 라일님은 데보라 양을 맡아 동쪽으로 가주시고, 헥터는 카룬 후작과 함께 남쪽으로 가거라. 그리고 데미안은 로빈과 함께 서쪽으로 가주게."

제롬의 말에 모두 고개를 끄덕이고는 재빨리 건물의 뒤편으로 가 각자의 골리앗을 호출했다.

"엔시아!"

"팬텀Phantom!"

"레오파드Leopard!"

"선더볼트!"

네 사람의 각기 다른 음성이 들리고 그들 앞에는 각기 다른 모양의 골리앗이 모습을 드러냈다. 제일 먼저 골리앗에 오른 사람은 제롬이었다.

"공주님, 불편하게 모셔서 죄송합니다."

제롬과 레베카에게 한 줄기 빛이 비추는 순간, 둘의 모습은 순식간에 사라져 버렸다. 그 뒤를 이어 헥터가, 또 라일과 데보라, 그리고 마지막으로 데미안과 로빈의 모습이 사라졌다.

난생처음 골리앗에 타게 된 로빈은 신기한 듯 사방을 바라보았지만, 바닥에 있는 거대한 황금색 마법진을 제외하고는 아무것도 보이는 것이 없었다. 그때 데미안이 플레임을 불렀다.
"플레임!"
데미안의 말이 끝나기 무섭게 붉은색 머릿결을 가진 플레임이 허공에서 모습을 드러냈다. 데미안은 플레임에게 지시를 내렸다.
"플레임, 정면을 보여줘."
데미안의 말이 끝나기 무섭게 전면의 어둠이 갈라지며 주위의 상황이 보였다. 이미 제롬과 헥터, 그리고 라일의 골리앗은 건물을 돌아가고 있었다.
"어떻게 움직이는 거야?"
"예? 그럼 데미안님은 골리앗을 조종할 줄 모르시는 겁니까?"
"조종할 줄 모르는 것이 아니라, 처음 조종하는 거야."
태연한 데미안의 대답에 로빈은 할말을 잃었다. 그사이 플레임에게서 몇 가지 사항을 전해 들은 데미안은 마법진의 중앙에 서서 정신을 집중했다. 그러자 데미안의 몸 주위로 희미하게 데미안이 타고 있는 선더볼트의 형태가 생겨났다. 데미안이 움직여야겠다고 생각하자 천천히 선더볼트가 움직이기 시작했다.
건물을 돌아가고 보니 이미 라일 등의 골리앗과 루벤트 제국의 골리앗이 치열한 격전을 벌이고 있었다. 그 틈을 타 루벤트 제국의 병사들이 건물을 향해 밀물처럼 밀려들고 있었다. 그 모습을 발견한 데미안은 재빨리 플레임에게 물었다.
"플레임, 이 선더볼트를 탄 채 마법을 펼칠 수도 있어?"
"마법이요? 글쎄요? 그건 저도 잘 모르겠어요."
들으나마나 한 소리에 데미안은 신속하게 스펠을 캐스팅했다. 그리고는 그대로 손을 하늘로 뻗은 채 크게 외쳤다.

"미티어 레인!"

데미안의 외침과 동시에 하늘로 향해 뻗어진 선더볼트의 손에서는 하늘을 향해 수십 줄기의 빛덩이가 쏘아져 갔고, 급격한 곡선을 그리며 루벤트 제국군의 머리 위로 쏟아져 내렸다.

쾅쾅쾅! 콰르르르―!

요란한 소리와 함께 주위는 온통 흙먼지로 뒤덮였고, 그 틈을 타 데미안은 북쪽으로 힘겨운 듯 이동을 했지만, 급격한 마나의 손실을 느꼈다. 한꺼번에 너무 많은 마나를 소비한 것이다. 평상시에 소모되던 마나의 양과는 비교도 할 수 없었다. 그런 사실을 안 플레임이 데미안에게 말을 했다.

"데미안님, 지금 데미안님은 엄청난 마나를 소비했어요. 조금이라도 보충을 하지 않으면 더 이상 이 선더볼트를 움직일 수 없어요. 일단 제가 선더볼트를 조종할 테니, 그 동안 마나를 보충하세요."

플레임의 말에 데미안은 거절하고 싶었지만 그럴 힘조차도 남아 있지 않았다. 마법진의 중앙에 앉아 마나를 보충하는 데미안의 모습을 본 로빈은 재빨리 자신이 알고 있는 신성 주문을 외웠다.

"레스터레이션 오브 비거(Restoration of Vigor: 원기 회복)!"

로빈의 기도에 따라 그가 들고 있던 수정 구슬에서 생겨난 밝은 빛이 천천히 데미안의 몸으로 흘러 들어갔다. 데미안은 여전히 눈을 감은 채였고, 플레임은 선더볼트를 공격하는 다른 골리앗을 피하기에 여념이 없었다. 그러나 그것도 곧 한계 상황에 닥쳤다.

선더볼트가 일반적인 골리앗보다 훨씬 빠르다는 것을 눈치 챈 이글 기사단의 골리앗들이 떼거지로 선더볼트의 주위를 둘러싼 것이었다. 그러나 쉽게 공격하지는 못했다. 골리앗의 가슴 부분에는 무한히 움직이며 마나를 모아주는 심장이 있어 골리앗의 주인이 공격을 할 때 모아두었던 막대한 양의 마나가 방출되는 것이다.

해서 실제 골리앗의 주인이 별볼일없는 실력의 소유자라고 하더라도 일단 골리앗에 올라타게 되면 같은 골리앗을 동원하지 않으면 상대를 저지하기 어렵다는 것을 모르는 사람은 없다. 그렇지만 그것은 일반적인 이야기다.

이글 기사단의 골리앗 라이더Goliath Rider들은 난생처음으로 골리앗이 엄청난 위력의 마법을 펼치는 것을 보았다. 바로 자신들의 눈앞에서 병사들 중 절반이 넘는 1개 대대 500여 명이 몰살을 당하는 광경을 목격한 것이었다. 골리앗이 마법을 펼칠 수 있다는 사실은 꿈에서도 생각해 본 적이 없었고, 들어본 적도 없었다. 골리앗 라이더들이 골리앗을 조종해 조금씩 포위망을 좁혀갈 때 루벤트 제국의 병사들은 모두 겁에 질린 채 뒤로 물러난 상태였고, 그 틈에 저항군들은 무사히 그 자리를 탈출할 수 있었다.

남은 것은 데미안과 일행들이 무사히 그 자리를 벗어나는 것이었지만, 그것은 그리 간단하지 않을 듯싶었다. 그들이 대치를 하고 있는 동안 이글 기사단의 나머지 인원들이 골리앗과 함께 달려오는 중이었다. 제롬과 라일의 손에 의해 박살이 난 4대의 골리앗을 제외한 나머지 골리앗은 여전히 일행들을 포위한 채 물러서지 않고 있었다.

정신을 차린 데미안이 주위를 보니 멀리서 달려오는 골리앗의 모습이 보였다. 게다가 호시탐탐 자신을 노리고 있는 네 대의 골리앗이 보였다. 그와 동시에 마법진 위에 서 있는 데미안의 주위에 희미하게 이글 기사단의 골리앗의 모습이 보였다. 데미안은 신중하게 등뒤에서 거대한 선더볼트의 검을 뽑아 들고 검에 마나를 집어넣었다.

좀 전에 마법을 사용할 때처럼 무작정 집어넣은 것이 아니라 일정한 양이 지속적으로 전해질 수 있도록 조절을 하면서 자신을 둘러싸고 있는 골리앗들을 보았다. 조금 전 자신이 사용한 마법을 의식해서인지 이글 기사단의 골리앗 라이더들은 쉽사리 공격하지 못했다.

잠시 마음을 진정시킨 데미안은 자신의 정면에 있는 골리앗을 향해 달려들었다. 거리상으로 10여 미터나 떨어져 있었지만 워낙 선더볼트의 움직임이 빨라, 움직이는 순간 그 앞에 도착한 것 같았다. 너무나 빠른 선더볼트의 기습에 선더볼트의 정면에 있던 골리앗 라이더는 그저 눈만 크게 뜰 뿐 미처 피할 생각도 못 했다. 그 모습에 선더볼트는 들고 있던 검을 무식하다고 할 정도로 단순하게 상대의 머리 부분을 내리쳤다.

쾅!

귀청이 찢어지는 듯한 굉음이 울렸지만 선더볼트의 공격이 성공하지는 못했다. 무방비 상태로 당할 것만 같았던 상대가 가까스로 검을 들어올려 선더볼트의 공격을 막아낸 것이다. 그러나 데미안은 개의치 않고 오른쪽에서 달려드는 골리앗을 향해 선더볼트를 몰았다. 허리를 숙인 상태에서 검을 앞으로 쭉 뻗었다. 상대의 골리앗은 미처 방어할 사이도 없이 가슴에 검이 틀어박혔다. 그러나 골리앗의 심장을 파괴하지는 못했다. 그러는 사이 왼쪽에서 달려든 골리앗의 검이 선더볼트의 등을 훑고 지나갔다. 그와 동시에 데미안은 등을 불로 지지는 듯한 통증을 느꼈다.

"으윽!"

"앗! 데미안님, 괜찮으십니까?"

"걱정하지 마."

데미안은 인상을 찌푸리면서도 재빨리 검을 회수해 왼손으로 옮겨쥐고는 크게 휘둘렀다. 데미안을 포위 공격하던 골리앗들은 일제히 뒤로 물러섰고, 데미안은 겨우 정신을 차릴 수 있었다. 데미안은 재빨리 플레임에게 물었다.

"플레임, 조금 전 내가 왜 통증을 느낀 거지?"

"선더볼트와 데미안님은 영혼으로 연결이 되어 있어요. 그래서 만약 선더볼트가 적과의 싸움에서 부상을 입으면 비록 상처는 나지 않지만, 데미안님도 똑같이 통증을 느끼게 돼요. 또 데미안님께서 부상을 입은 상태에서 선더볼트에 타게 되면 선더볼트 역시 데미안님이 부상을 입은 만큼 원래의 능력에서 제약을 받게 돼요."

"그건 이제 알겠는데 다른 사람들과 이야기를 하고 싶으면 어떻게 하지?"

"이야기하고 싶은 대상을 머리 속에 떠올리시면 돼요."

플레임의 말에 데미안은 라일과 제롬, 그리고 헥터를 머리 속에 떠올렸다. 그러자 세 사람이 마법진 위에 서 있는 모습이 보였다. 데미안은 재빨리 세 사람에게 말을 했다.

"저들이 완전히 몰려들면 아마 탈출하기 힘들 것 같습니다. 지원 부대가 도착할 때 제가 먼저 공격하도록 하겠습니다. 그때 모두 탈출하는 것이 어떻겠습니까?"

"어떻게 할 생각인가?"

"그건 저에게 맡겨주십시오."

말을 마친 데미안은 로빈을 향해 입을 열었다.

"로빈, 네가 나에게 전해줄 수 있는 힘을 모두 전해주겠니?"
"알겠습니다, 데미안님."

대답을 한 로빈은 곧 기도를 올리기 시작했고, 잠시 후 데미안은 몸 안에서 들끓는 마나의 기운을 느꼈다. 그러는 사이, 이글 기사단의 나머지 인원들이 속속 도착하고 있었다. 그 모습을 본 데미안은 재빨리 스펠을 캐스팅했다.

"파이어 스톰(Fire Storm : 불의 폭풍)!"

데미안의 외침과 동시에 선더볼트를 중심으로 사방을 향해, 마치 기름에 불을 지른 것처럼 폭발적으로 불길이 퍼져 나갔다. 거의 10미터에 가깝게 불길이 치솟으며 모든 골리앗이 불길에 휩싸였다. 치솟는 시뻘건 불길에 사방에 보이는 것은 온통 불길뿐이었고, 선더볼트와 얼마 떨어지지 않은 곳에서 골리앗끼리의 격전을 구경하던 루벤트 제국의 병사들은 순식간에 숯덩이가 돼버렸다.

라일과 제롬, 그리고 헥터가 불길을 뚫고 달려가는 것을 발견한 데미안은 극심한 마나의 소모를 견디지 못하고 기절했고, 플레임은 선더볼트를 조종해 엉뚱하게 서쪽을 향해 달려갔다. 선더볼트의 움직임을 주시하던 이글 기사단의 골리앗 중 하나가 재빨리 선더볼트의 뒤를 쫓아왔다.

플레임은 쉬지 않고 달렸지만, 두 골리앗의 거리는 점점 좁혀들었다. 두 골리앗의 거리가 10미터가 채 못 되자, 루벤트 제국의 골리앗은 지면을 박차며 선더볼트의 등을 공격했다. 플레임이 그 모습을 발견하기는 했지만, 그녀는 그 공격을 막는 방법을 알지 못했다.

결국 선더볼트는 루벤트 제국의 골리앗에게 공격을 허용해 어깨에 깊은 상처를 입었다. 그러나 그 충격으로 기절해 있던 데미안이 깨어났다. 데미안은 오른쪽 어깨를 어루만지며 조금은 힘없는 모습으로 전면을 응시했다. 눈앞의 골리앗이 거대한 검을 치켜들며 달려드는 모습을 본 데미안은 재빨리 플레임에게 말했다.

"옆으로 피해!"

데미안의 말에 플레임은 선더볼트를 옆으로 이동시켰다. 상대의 공격이 실패한 것을 본 데미안이 로빈을 불렀다.

"로빈, 어서 날 다시 회복시켜 줘."

그러나 로빈에게서 아무런 대답이 없었고, 고개를 돌린 데미안의 눈에 바닥에 쓰러져 있는 로빈의 모습이 보였다. 아마도 조금 전 탈출할 때 자신에게 마나를 불어넣어 주고는 그대로 정신을 잃은 듯했다. 이를 악문 데미안은 힘겹게 자리에서 일어섰다. 그러는 사이에도 상대의 공격은 끊이지 않고 계속되었다.

재빨리 자신의 마나를 점검해 본 데미안은 마나 홀이 텅 빈 것을 확인하고는 한숨을 쉬지 않을 수 없었다. 일반적이 용병이나 기사들이라면 마나가 조금밖에 남지 않았다고 하더라도 상대를 할 수 있지만, 골리앗 라이더들에게는 통하지 않을 것이 분명했다. 남은 방법은 기습을 하는 방법뿐인데, 그것도 마나가 온전할 때나 가능한 방법이었다.

재빨리 선더볼트를 조종해 옆으로 피한 후, 데미안은 플레임에게 말했다.

"내가 잠시 마나를 모으는 동안 선더볼트를 조종해 줄 수 있겠어?"

"그렇지만 선더볼트는 만들어지고 다른 골리앗과 싸우는 것이 처음이거든요. 그래서 골리앗끼리의 싸움에 대한 정보가 너무 없어요. 데미안님이 그 명상이라는 것을 하는 동안 선더볼트는 아마 견디지 못할 거예요."
"그럼 어떻게 하지?"
데미안은 고민이 아닐 수 없었다. 상대의 골리앗과 싸울 수 있는 골리앗이 있으면서도 경험 부족으로 한번에 너무 많은 마나를 소모해 버려 맥없이 당할 위기에 처한 것이다. 그때 로빈이 깨어났다.
"데미안님, 어떻게 된 거예요?"
데미안의 얼굴이 심각하게 굳어진 것을 발견한 로빈이 그에게 물었다. 데미안의 설명을 들은 로빈도 안타까운 생각이 들었다.
"저에게도 그저 워프를 한번 할 정도의 힘밖에는 남지 않았어요. 그것도 겨우 1킬로미터 정도에 불과해요."
로빈의 말을 들은 데미안은 고개를 끄덕였다.
"이 선더볼트가 사라지면 즉시 워프할 수 있겠어?"
"한번도 해보지는 않았지만 해볼게요."
로빈의 대답에 데미안은 고개를 끄덕이고는 남은 마나를 모조리 끌어올려 선더볼트의 검으로 집어넣었다. 그리고는 달려드는 이글 기사단의 골리앗을 향해 힘껏 찔렀다. 설마 반격하리라고 생각지 않았던 상대는 깜짝 놀랐지만, 이미 선더볼트의 검은 상대 골리앗의 심장을 꿰뚫고 있었다. 상대 골리앗은 점점 움직임이 느려지더니 마침내 완전히 움직임이 멎었고, 그런 골리앗 앞에 이글 기사단의 문장이 그려진 갑옷을 걸친 기사 하나가 롱 소드를 뽑아 든 채 선더볼트를 노려보고 있었다.
"프, 플레임, 어서 선더볼트를 움직여 저자를 죽여."
데미안은 그 말을 남기고 마법진 위에 힘없이 쓰러졌고, 플레임은 데미안의 말에 따라 선더볼트를 움직여 골리앗 라이더를 공격했다. 하지만 상대 기사는 엄청나게 빠른 속도로 움직여 선더볼트의 공격을 피했다.

플레임은 전투 경험이 전혀 없었기 때문에 어떻게 해야 효과적인 공격을 할 수 있는지를 몰랐다. 그러는 사이, 다시 이글 기사단의 문장이 그려진 두 대의 골리앗이 달려오는 게 보였다. 플레임은 당황해하며 데미안을 불렀다.

"데미안님, 두 대의 골리앗이 또 와요."

"플레임, 어서 도망 치도록 해."

데미안의 힘없는 말에 플레임은 선더볼트를 조종해 무작정 뛰기 시작하자, 그 뒤를 이글 기사단의 골리앗들이 따라왔다.

"데미안님, 계속 따라오고 있어요."

"로빈, 준비해."

로빈에게 말을 하고는 재빨리 선더볼트를 되돌려 보냈다. 갑자기 선더볼트가 사라지고 데미안과 로빈은 땅에 서 있었다. 잠시 어리둥절한 표정을 짓는 로빈에게 데미안이 말했다.

"로빈, 지금이야."

쓰러지기 직전인 데미안의 말에 로빈은 재빨리 신성 주문을 외쳤다.

"워프!"

순간 두 사람의 모습은 골리앗 라이더들의 시야에서 완전히 사라졌다. 두 사람이 사라진 장소에 도착한 골리앗에서 내린 두 사람의 기사는 주위를 둘러보았지만, 두 사람의 모습을 찾을 수는 없었다. 선더볼트에게 파괴된 골리앗의 주인이 달려오며 동료들에게 외쳤다.

"그 자식 찾았어?"

"벌써 도망치고 없네, 이 사람아."

"빌어먹을, 쥐새끼 같은 놈. 치사하게 기습을 하다니."

"이봐, 나중에 보고할 때 절대 그런 소리는 하지 마. 단장이 알면 자넬 씹어먹으려고 할걸."

골리앗을 원래 있던 곳으로 되돌려 보낸 기사들은 동료들에게로 돌아가면서 이야기를 주고받았다.

"그 저항군 놈들을 모조리 사로잡을 절호의 기회였는데, 아깝게 됐군."

"글쎄 말이야. 그건 그렇고, 자네들 우리가 포위했을 때 불길이 치솟은 것 봤지?"

"그야 나도 그 자리에 있었으니 못 봤을 리 없잖아."

"그 정도의 마법을 쓸 수 있으려면 거의 6싸이클의 마법을 마스터해야 하는 것 아냐?"

"그야 자네 말이 맞지만, 만약 그놈들에게 그런 마법사가 있었다면 왜 도주한 거지?"

"제길, 모르는 일투성이군. 그것보다 어서 보고나 하자고."

세 명의 기사는 투덜거리며 걸음을 옮겼다.

*　　　*　　　*

"한스, 수고 많았네."

"아닙니다. 당연히 제가 해야 될 일을 했을 뿐입니다."

한스의 대답에 자렌토는 미소를 지은 채 고개를 끄덕였다.

십여 년 전 자렌토가 루벤트 제국과의 전쟁에서 공로를 세우고 싸일렉스 영지로 부임하기 직전의 일이었다.

자렌토가 왕궁에서 열린 승전 기념 파티에 참석하고 돌아갈 때, 어디선가 격렬하게 검이 부딪치는 소리를 들었다. 비록 전시 상황이라 치안 유지가 제대로 되지 않는다고는 하지만, 왕궁 근처에서 싸움을 벌이다니, 있을 수 없는 일이었다. 자렌토는 마부에게 소리가 들리는 곳으로 가도록 명령을 내렸다.

도착해 살펴보니 거의 일방적인 상황이었다. 거의 20명이 넘는 청년과 중년의 사내들이 한 사내를 일방적으로 공격을 하고 있었던 것이다. 자렌토를 처음 비열한 사내들의 모습에 당장 검을 뽑아 뛰어들려 했다. 그러나 가만히 보니 자신의 예상과는 달리 공격을 받고 있던 사내는 놀랍도록 화려한 검술로 침착하게 상대의 공격을 일일이 막아내고 있었다.

삼십대 중반이나 후반 정도 됐을까? 눈에 띄는 특이한 점은 보이지 않았지만, 그의 침착함만은 자렌토도 감탄하지 않을 수 없었다. 그의 검술은 깨끗하고, 절도가 있었으며, 또한 화려했다. 저런 검술이 실전에 위력이 있을까 하는 생각도 들었지만, 사내는 그 검술로 자신을 공격하는 적들의 공격을 모두 막아내고 있었다.

침착하게 수비에 임하던 사내의 검에 갑자기 푸른빛이 어리더니 공격하는 상대의 검과 팔을 그대로 날려버렸다. 요란한 비명 소리가 들린 후 상황은 반전(反轉)되었다. 그리고 눈 깜짝할 사이에 20여 명의 사내들은 모조리 팔을 잃고 바닥에 쓰러진 채 신음을 토했다. 그리고도 사내는 멈출 생각이 없는 듯했다. 바닥에 쓰러진 자들을 향해 검을 높이 쳐 들었다.

"그만 하는 것이 어떻소?"

갑자기 들린 말에도 사내는 놀라지 않고 천천히 고개를 돌렸다.

자렌토를 보고도 그는 높이 치켜 든 검을 내릴 생각을 하지 않았다.
"누구십니까?"
평상시 상대의 음성이 어떤지는 모르지만 자렌토는 지금과 전혀 다르지 않을 것이란 예감이 들었다.
"난 자렌토 싸일렉스요."
"아, 이번 카렌티에 전투에서 루벤트 제국군을 물리치신 그 싸일렉스 백작이십니까?"
"그렇소. 내가 보기에는 그 정도 했으면 된 것 같은데……. 무슨 일인지 내가 알 수 있겠소?"
자렌토의 말에 한참 동안이나 침묵을 지키고 있던 사내가 입을 열었다.
"전 한스 맥리버라고 하고, 페인야드에서 작은 검술 학교를 운영하고 있습니다."
사내는 잠시 말을 멈추었다간 다시 말을 이었다.
"얼마 전 사람들에게 행패를 부리는 자를 혼내준 적이 있습니다. 그런데 그 일이 있고 얼마 후 물건을 사러간 아내가 실종되는 사건이 일어났습니다. 저는 미친 듯이 아내를 찾아 페인야드를 샅샅이 뒤졌고, 주위 사람들의 제보로 이자들이 아내를 납치했다는 사실을 알았습니다."
한스는 그 말을 하며 이를 악물었다.
"해서 찾아가 보니, 이미 아내는 저들에게 목숨을 잃은 후였습니다. 그리고 슬퍼하는 절 이자들은 무리를 지어 공격했습니다. 그래도 절 막으시겠습니까?"
한스의 말에 자렌토는 할말이 없었다. 막상 자신이 그런 경우를 당했다면 아마도 철저하게 복수를 했을 것이다. 하지만 정당성이야 인정을 받겠지만, 반항할 능력도 없는 자들을 살해했다는 죄책감을 평생 동안 느껴야 할 것이다. 비록 한스를 처음 보기는 하지만 그가 이런 쓰레기 같은 인간들 때문에 한평생을 그렇게 보낸다는 것은 너무도 안타까운 일이었다.

"비록 지금은 이렇게 작은 나라가 되었지만 트렌실바니아 왕국에도 분명히 법은 존재하고 있소이다. 이렇게 더러운 자들을 죽이고 벌을 받거나, 평생 숨어서 지내는 것은 귀하에게 너무나 불행한 일이오. 차라리 이자들을 모두 감옥으로 보내 법의 심판을 받도록 합시다. 내가 그때 당신을 돕겠소. 어떻소. 날 믿어보겠소?"

자렌토의 말에 한스의 얼굴은 심하게 흔들렸다. 물론 이 자리에서 바닥에 쓰러져 있는 자들을 모두 죽여버릴 수도 있는 일이었지만, 그렇게 된다면 자렌토의 말대로 평생을 숨어 지내야만 할 것이다. 생각은 길었지만 한스의 대답은 이미 정해져 있었다.

"백작님의 말씀을 따르겠습니다."

"정말 잘 생각했소. 이봐! 어서 가서 경비대장을 불러오도록 하게."

마부에게 큰 소리로 지시한 자렌토는 경비대장과 병사들이 올 때까지 한스와 함께 있었다. 그날 저녁 자렌토는 한스와 만취하도록 술을 마신 다음 함께 싸일렉스로 돌아갔다.

"그런데 자네는 누구인가?"

"데미안님과 함께 왕립 아카데미에서 마법 공부를 했던 슈벨만입다. 데미안님께서 졸업을 하게 되면 싸일렉스에 있는 백작님께 가 있으라고 말씀을 하셔서 왔습니다."

"그런가? 아무튼 잘 왔네."

슈벨만의 대답에 자렌토는 미소를 지으며 그를 환영했다.
"그리고 용병 훈련을 받은 파이야란 친구도 있는데, 제가 페인야드로 보냈습니다."
"페인야드에? 무슨 일로 보낸 것인가?"
"들어가서 말씀드리겠습니다."
자렌토의 서재로 자리를 옮긴 세 사람은 밀담을 주고받았다. 한스의 말을 들은 자렌토의 얼굴은 답답함, 그 자체였다. 긴 한숨을 내쉰 자렌토는 한스에게 물었다.
"그러니까 자네의 말은 기난 전하가 그런 세력을 만든 것이 의심스럽다 그런 말인가?"
"그렇습니다. 단지 그뿐이라면 다행이지만, 최악의 경우 루벤트 제국의 입김이 닿았을 수도 있습니다. 어디 있는지도 모르는 알렉스 전하는 그럴 가능성이 적지만, 갑자기 세력이 커진 기난 전하를 한번 정도는 의심해 봐야 할 것 같습니다."
한스의 말에 자렌토는 다시 한 번 한숨을 내쉬고는 말했다.
"어차피 나중에는 다 알게 되겠지만, 일단 자네들만 알고 있도록 하게. 알렉스 전하는 지금 싸일렉스에 계신다네."
"예?"
자렌토의 말에 한스는 크게 놀랐다. 자렌토는 손을 들어 창 밖을 가리켰다. 그곳에는 한스도 3년 전 한번 본 적이 있는 오웬이 제레니와 함께 서 있는 모습이 보였다.
"저 사람은?"
"왜, 저분을 뵌 적이 있는가?"
"3년 전 데미안님을 페인야드로 모시고 갈 때 페인야드에서 마주친 적이 있습니다. 그때 데미안님께 관심을 보이기에 얼굴을 기억해 두었는데, 설마 알렉스 전하일 줄은 꿈에도 몰랐습니다."
 그런 한스에게 자렌토는 알렉스가 어떻게 자신의 집으로 오게 된 것인지를 설명해 주었다. 옆에서 그 이야기를 듣고 있던 슈벨만은 꿈나라 이야기만 같았던 귀족들의 비밀스러운 이야기를 들으며 자신이 지금 이 자리에 있다는 것이 신기하단 생각마저 들었다. 그래서인지 갑자기 자신의 신분이 상승된 듯한 느낌을 받았으나, 이야기를 듣던 중 데미안이 비밀 임무를 수행 중이라는 말을 들었다.
 "그럼 이미 데미안님이 이곳을 들렸다 또 떠나셨단 말입니까?"
 그 말을 하는 슈벨만의 얼굴에는 엷은 실망감이 배어 있었다. 그 모습을 본 자렌토가 미소를 지은 채 대답했다.
 "머지않아 다시 올 테니, 곧 만나게 될 것이네."
 자렌토의 말에 슈벨만은 고개를 끄덕였다. 잠시 말을 끊은 자렌토는 얼마 전 데미안이 자신에게 한 말을 한스에게 들려주었다. 그 말을 들은 한스는 데미안의 정확한 예측에 감탄을 금할 수 없었다.
 "저도 데미안님의 말씀대로 기난 전하가 의심스럽습니다. 결론을 먼저 말씀드리자면 기회를 잡아 루벤트 제국의 스파이들을 한번에 잡는 것이 제일 좋습니다."
 "이건 내 생각이지만, 데미안의 말대로 일단 제로미스 전하와 기난 전하의 진영에 참가한다고 말을 한 후 시간을 버는 것이 중요하다고 생각하는데, 자네의 생각은 어떤가?"
 "저도 일단은 준비할 수 있는 시간을 버는 것이 중요하다고 생각합니다. 게다가 스타인버그 자작이 루벤트 제국의 스파이인 것을 생각해 보면 트렌실바니아 왕국 전역에 저들의 스파이가 상당

수 침투해 있다고 보이니, 조심하는 것이 좋을 것 같습니다. 그 다음 행동은 상대의 반응을 보고 준비하는 것이 좋을 듯싶은데, 백작님의 생각은 어떠십니까?"

"대략적으로 내 생각과 일치하는군. 그럼 자네는 내가 만든 RS(Raising Sun) Club의 모든 멤버들을 다시 한 번 세밀하게 체크해 보게."

"알겠습니다. 그런데 루안의 모습이 보이지 않는군요."

"루안은 지금 듀레스트에 가서 스타인버그 자작을 감시하고 있네."

"제 예상이기는 하지만, 분명 스타인버그 자작만이 아닐 겁니다."

"아마 그렇겠지."

말을 하는 한스의 얼굴도, 대답을 하는 자렌토의 얼굴도 어둡기는 마찬가지였다.

     *   *   *

"으윽!"

데미안은 온몸이 부서지는 듯한 통증을 느끼며 정신을 차렸다. 그때까지 데미안의 얼굴 주위를 빙빙 돌던 플레임은 반갑게 외쳤다.

"데미안님, 정신이 드세요?"

"으음, 여기가 어디지?"

"그건 저도 몰라요. 저기 저 사람이 몇 번이나 워프를 해서 여기까지 온 거예요."

플레임이 가리키는 곳을 보니, 로빈이 정신을 잃은 채 쓰러져 있었다. 그 모습을 본 데미안은 자신이 선더볼트를 원래의 자리로 되돌려 보내고 정신을 잃었단 사실을 그제야 기억해 낼 수 있었다.

몇 번이나 급격하게 마나를 방출한 탓인지 전신이 마치 물먹은 솜처럼 늘어져 조금도 힘을 쓸 수 없었다. 지금이라도 눈을 감고 쉬고 싶은 생각뿐이었다. 그러나 루벤트 제국의 병사들이 자신을 찾고 있을지도 모르는데 마냥 쉴 수는 없는 일이기에 데미안은 안간힘을 써서 자리에서 일어섰다.

고개를 돌려 주위를 바라보니 깊은 산중이었다. 멀리 보이는 능선은 끝없이 이어져 있었고, 빽빽하게 들어선 나무에 가려 햇볕조차 제대로 보기 힘들 지경이었다. 데미안은 마치 잠이 들듯 기절해 있는 로빈을 깨웠다.

"로빈, 로빈, 정신차려!"

데미안이 몇 번이나 뺨을 두들기며 깨우자, 로빈도 서서히 정신을 차렸다. 초점이 잡히지 않는 눈으로 주위를 둘러보다가 데미안의 얼굴을 보고는 고개를 흔들었다.

"정신이 들어?"

"데미안님, 무사하셨군요?"

"그래, 모두 로빈 덕분이야."

데미안의 인사에 로빈은 계속 흔들며 말을 이었다.

"혹시 루벤트 제국의 병사들이 뒤쫓아오지는 않나요?"

"글쎄, 난 보지 못했거든. 플레임, 주위를 한번 둘러봐주겠어?"

"알겠어요, 데미안님."

그렇게 대답을 하고는 하늘 높이 치솟는 플레임의 모습을 보고는 데미안은 주위를 다시 둘러보았다. 사람이 다닐 만한 길조차 뚫려 있지 않은 깊은 산속이었다. 사방에 보이는 것이라고는 오직 나무와 풀뿐, 숨이 막히도록 조용한 숲속이었다. 어디선가 간간이 들려오는 산새의 울음 소리가 아니라면 데미안은 아마 침묵의 숲에 들어왔다고 생각할 뻔했다.

"일어날 수 있겠어?"

"조금만 쉬면 될 거예요."

로빈은 힘겹게 대답을 하고는 눈을 감고 데미안으로서는 알아듣지 못할 나직한 주문을 외웠다. 그 모습에 데미안도 눈을 감고는 명상에 빠졌다. 마나 홀을 조사했지만 텅 빈 채 약간의 마나도 감지할 수 없었다. 데미안은 빠르게 호흡을 하며 사라진 마나를 보충하기 위해 안간힘을 썼다. 그러나 워낙 마나의 소모가 극심했던 탓인지 좀처럼 마나의 회전을 느낄 수 없었다.

거의 20분 이상이 지나서야 데미안은 자신의 몸 속으로 조금씩 마나가 흡입되는 것을 느꼈다. 흡입된 마나를 마나 홀로 보내며 마나의 회전을 시도했지만, 그러기에는 마나의 양이 너무나 형편없이 적었다. 데미안은 이를 악물고 다시 마나의 회전을 시도해 보았지만 결국 실패로 돌아갔다. 아쉬운 마음을 접어두고 눈을 떠 보니 이미 로빈은 완전히 정신을 차린 후였다. 그리고 얼마 후 플레임이 와서는 자신이 본 것을 데미안에게 보고했다.

"데미안님, 군인들의 모습은 보이지 않지만, 약 5킬로미터쯤 떨어진 곳에 마을이 있는 것을 발견했어요. 그렇지만 데미안님이 계신 곳으로 오는 사람은 발견하지 못했어요."

"로빈, 몇 번이나 워프를 했지?"

"처음 워프를 하고 다시 두 번을 더했으니까… 모두 세 번이었어요."

"거리상으로는 얼마나 떨어진 거야?"

"당시 저도 힘이 빠진 상태였기 때문에 멀리는 못 하고 1킬로미터씩 세 번을 했으니까, 저항군의 아지트가 있는 곳으로부터 대략 4킬로미터에서 5킬로미터쯤 떨어진 곳일 거예요."

"4에서 5킬로미터라……. 로빈 지금 움직일 수 있겠어?"

"예."

자리에서 일어선 데미안은 로빈과 함께 천천히 수풀을 헤치며 걸음을 옮겼다. 그 뒤를 따라가던 로빈이 데미안에게 물었다.

"데미안님."

"왜?"

"이런 말씀드리면 기분이 나쁘겠지만, 우리가 지금 어디로 가는지 알고 가시는 겁니까?"

"어디로 간다니?"

"제가 말씀드리는 것은 방향 말입니다."

로빈의 말에 데미안은 정말 기분 나쁜 표정을 지으며 로빈에게 대답했다.

"우리는 지금 서쪽을 향해 가는 거야."

"예?"

그래도 로빈이 이해를 못 한 얼굴을 하자, 데미안은 옆에 있던 나무를 단숨에 잘랐다. 그리고는 로빈에게 설명을 했다.

"로빈, 이리 와서 이 나무의 나이테를 잘 봐. 이쪽 방향의 나이테는 조밀하고, 이쪽은 여기에 비해 나이테의 간격이 넓지? 조밀한 쪽은 북쪽, 넓은 부분은 남쪽. 우리가 가는 방향이 이쪽이니까 서쪽이지 맞지?"

로빈은 고개를 끄덕이면서도 여전히 이해를 하지 못한 얼굴 표정을 짓고 있었다.

"그건 알겠는데, 왜 서쪽으로 가는 것인지는 말씀하지 않으셨습니다."

"우리가 그 아지트에서 빠져 나오며 다시 만나기로 한 장소가 서쪽에 있는 까닭도 있지만, 우리가 찾아야 할 신인들의 던전도 서쪽에 있단 말이야."

"그럼 데미안님은 계속 던전을 찾으실 생각이십니까?"

"당연하지, 그렇지 않으면 내가 왜 여기까지 왔는데……."

말을 마친 데미안은 다시 몸을 돌려 걸음을 옮겼고, 로빈은 고개를 흔들고는 데미안의 뒤를 따랐다.

제27장
파괴된 고대 유적

 어둠이 드리운 회의실의 중앙에는 커다란 원탁이 놓여 있었고, 누군가가 턱을 고인 채 고개를 숙이고 있는 모습이 보였다. 무슨 고심이 있는지 그 사람에게서는 한숨이 끊이지 않았고, 회의실은 그 사람의 한숨 소리로 가득했다.

 얼마나 그렇게 있었을까? 그 사람이 천천히 고개를 들었을 때 희미하게 빛을 뿌리고 있는 마법등의 불빛에 얼굴이 드러났다. 한숨의 주인공은 트렌실바니아 왕국의 최고 귀족이라고 할 수 있는 에이라 폰 샤드 공작이었다. 그가 다시 한 번 한숨을 내쉴 때, 조용히 회의실의 문이 열리며 누군가가 안으로 들어왔다.

 그 사람은 조금은 빠른 걸음으로 원탁으로 다가와서는 샤드의 맞은편에 털썩 앉았다. 상대가 앉을 때를 기다렸던 샤드는 침착한 어조로 입을 열었다.

 "오랜만이오."

"그렇군요. 적어도 세상 사람들이 알기로 우리 두 사람은 앙숙인 것으로 알고 있으니 말입니다."

샤드의 나이도 이제 겨우 40대 중반으로 보이지만 상대의 나이도 30대 후반이나 40대 초반 정도로밖에 보이지 않았다. 그러나 웨이브가 진 머리는 특이하게 눈처럼 하얀 백발이었다. 장난기가 가득한 눈이나 해석하기 힘든 미소를 머금은 사내의 볼에는 앙증맞은 보조개가 패여 있었다.

"그런데 무슨 일이 있기에 절 부르신 겁니까?"

"이제 상황을 종료할 때가 된 것 같소, 체로크 공작."

"그렇다면?"

상대의 반문에 샤드는 고개를 끄덕였다. 아니, 그것보다 저렇게 젊어 보이는 사람이 트렌실바니아 왕국의 단 두 사람뿐인 공작 가운데 한 사람이라니? 자신도 모르게 자세를 바로 한 단테스는 긴장한 듯 침을 삼켰다.

"그럼, 나머지 던전을 발견했단 말입니까? 아니, 그 던전에서 골리앗을 찾았단 말입니까?"

"그렇소."

"대체 누가 그런 일을 했단 말입니까?"

"그건 체로크 공작께서 모르는 사람이오. 작년에 왕립 아카데미를 졸업한 데미안이라는 청년이라오."

"아~ 그 네 과목을 동시에 이수했다는 친구가 던전을 찾은 장본인이라는 말입니까? 그러고 보니, 그 친구 싸일렉스 백작의 아들이라는 말을 들은 것도 같은데……."

"맞소이다. 본인은 그 친구가 조기 졸업 시험을 신청했다는 말을 듣고 그라시아스 후작을 보내 직접 확인하게 했소이다. 시험

담당관의 자격으로 참석한 그라시아스 후작은 그가 우리의 일을 비밀리에 처리할 적임자란 보고를 했고, 비밀리에 그에게 던전을 찾으라는 명령을 내렸소. 그다지 큰 희망은 걸지 않았는데, 뜻밖에 커다란 성공을 거두게 된 것이오."

샤드의 말에 단테스는 상당한 호기심을 드러냈다. 데미안에 관해서는 벌써 오래 전부터 듣고 있었다. 데미안의 미모 때문에 페인야드에 있는 거의 모든 여자들이 왕립 아카데미로 연서(戀書)를 보냈다는 둥, 한 달에 한번씩 외출을 할 때면 사람들이 그의 얼굴을 보기 위해 광장으로 모여든다는 둥, 하는 이야기를 들었다.

처음 그런 이야기를 들었을 때 단테스는 코웃음을 쳤다. 그러나 해가 바뀌어도 그 소문이 잦아들지 않자 궁금한 생각이 들기도 했다. 하지만 그가 관심을 가졌을 땐 이미 데미안은 조기 졸업 시험을 통과해 페인야드를 떠난 후였다. 조기 졸업 시험을 통과한 것만 해도 상당한 일인데, 하나도 아니고 네 개의 졸업 시험을 동시에 통과했다는 말에 대체 데미안이 어떤 인물인지 궁금해서 한동안 잠도 이루지 못할 정도였다. 그런데 그 데미안이 이번에는 비밀 임무를 훌륭하게 완수해 골리앗까지 찾아냈다지 않은가!

"놀라지 마시오. 그가 찾아낸 골리앗의 수는 무려 180여 대에 이르오."

"180여 대?"

단테스는 샤드의 말에 놀라지 않을 수 없었다. 발굴 전 트렌실바니아 왕국에는 겨우 20여 대의 골리앗밖에 없었다. 또 발굴 도중에 루벤트 제국에게 빼앗긴 것도 40여 대나 되지 않는가? 제로미스 왕자가 차지해 버린 80여 대의 골리앗을 합친다고 하더라도 겨우 100대 남짓인데 데미안 혼자 찾아낸 것이 180대에 이른다니, 단테스는 샤드의 말을 들으면서도 믿을 수 없었다. 물론 샤드의 평소 성격으로 보아 절대 거짓말을 할 사람은 아니라는 것은 분명한 사실이니 180대의 골리앗을 찾은 것은 틀림없을 것이다.

"이미 그 골리앗들을 회수했고, 또 300여 명의 기사들을 뽑아 비밀 장소에서 훈련 중이오."

"그렇다면 문제될 것이 없지 않습니까?"

"문제는 루벤트 제국의 스파이들이지 않겠소?"

그 말에 단테스도 씁쓸한 미소를 짓지 않을 수 없었다.

"결국 우리가 골리앗을 찾았다는 것을 루벤트 제국이 아는 것도 시간 문제겠군요."

"지금 이 사실을 알고 있는 사람은 나와 체로크 공작, 그라시아스 후작, 유로안 디미트리히 경, 보르도 백작, 그리고 데미안이라는 청년과 헥터라는 청년, 이렇게 일곱 명뿐이오."

"그래서 샤드 공작께서는 앞으로 어떻게 하실 생각이십니까?"

"이제 그만 루벤트에게 복수를 해야 될 때도 되지 않겠소?"

그 말을 하는 샤드의 얼굴에 엷은 미소가 떠 있었다. 적어도 지금까지 샤드를 보면서 그가 지금처럼 희미하지만 미소를 짓는 모습을 본 적이 한번도 없었다.

"계획이 있으십니까?"

"데미안이 나에게 힌트를 준 것이지만, 생각해 보니 좋은 방법이 있을 것도 같소."

좀처럼 자신의 기분을 밝히지 않는 샤드가 이렇게 자신만만한 모습으로 말하는 것도 무척이나 오랜만이었다. 그런 모습을 보니 10여 년 전 루벤트 제국의 침공을 받았을 때 전선의 병사들을 진

두 지휘하던 당시의 모습이 엿보이기도 했다. 왠지 가슴속에서 치솟아 오르는 열기를 느끼며 단테스는 샤드에게 질문을 했다.
"샤드 공작께서 생각하고 계신 복안은 어떤 겁니까?"
"일단 단테스 공작은 쉐도우 기사단 가운데 소드 익스퍼트 상급과 최상급의 검술 실력을 가진 사람들을 뽑아 비밀리에 나에게 보내주시오. 그들의 능력에 따라 골리앗을 지급할 것이고, 그들이 이 트렌실바니아 왕국의 앞날을 책임질 창과 방패가 될 것이오. 그런 다음 서로 상의해 봅시다."
"알겠습니다. 제가 직접 뽑아내도록 하겠습니다. 그건 그렇고, 그 데미안이라는 친구는 지금 어디 있습니까?"
"왜, 그 친구가 보고 싶소?"
말하는 샤드의 얼굴에는 희미하지만 만족해하는 미소가 떠 있었다. 그 모습을 보며 단테스 역시 미소를 지었다.
"보고 싶다 뿐입니까? 기회만 닿는다면 저희 쉐도우 기사단으로 끌어들이고 싶습니다."
"글쎄, 싸일렉스 백작이 과연 허락할지 모르겠소."
"그거야 두고 보면 알지 않겠습니까?"
"하여간 단테스 공작이 사람 좋아하는 것은 변하지 않는구려. 좋은 결과 있기를 바라겠소."
말을 하는 샤드도, 그 말을 듣는 단테스도 오랜만에 흐뭇한 미소를 지을 수 있었다.

     *   *   *

"데미안님, 대체 여기가 어딥니까?"

"나도 어딘지 모르니까 나에게 묻지 마."

퉁명스러운 데미안의 대답에 로빈은 할말을 잃었다. 무조건 따라오라고 할 때는 언제고, 이제는 모르니까 묻지 말라니……. 데미안에게 들리지 않을 정도로 작은 음성으로 계속 중얼거렸다. 그런데 로빈이 한 가지 생각지 못한 것이 있었다. 바로 데미안이 소드 익스퍼트 중에서도 상급을 넘어서는 검술의 대가라는 점이었다. 비록 로빈이 작은 음성으로 중얼거렸다고는 하지만, 데미안의 귀에는 하나도 남김없이 들리고 있었던 것이다.

"조용히 안 할래?"

"데미안님, 그러지 말고 좀 가르쳐 주세요. 어디로 가는지 정도는 가르쳐 줄 수 있는 것 아닙니까?"

"좋아. 우리는 지금 던전이 있을지도 모르는 지역으로 가는 중이야. 정확한 위치는 나도 몰라. 다만 토바실 지방의 서쪽 편에 있는 시오니스 산맥에 있다는 것 정도밖에는. 어차피 우리는 루벤트 제국군을 피해 도망을 쳐야 하는 입장이고, 설사 너에게 알려준다고 하더라도 걱정하게만 만들 뿐, 서로에게 아무런 도움도 되지 않잖아?"

"데미안님, 적어도 제가 이 파티에 들어온 것은 동료들을 믿고 아끼는 여러분들의 마음이 너무도 부러웠기 때문입니다. 그런데 단지 동료에게 걱정시키기 싫다는 이유로 아무런 말도 하지 않는다면, 그런 사람을 어찌 동료라고 부르겠습니까? 전 데미안님과 함께 모든 걱정과 고난을 같이하는 그런 동료가 되고 싶습니다."

로빈의 근엄한 말에 데미안은 아무 말도 할 수 없었다. 하는 말 한마디 한마디가 모두 맞는 말인데, 무슨 변명을 하겠는가?

"알았어, 알았다고. 앞으로 무슨 일이 있으면 너에게도 반드시 알려줄 테니까, 제발, 그런 늙은이 같은 표정 짓지 마."

데미안이 애원하는 듯한 말투로 이야기하자, 그제야 로빈은 표정을 풀었다.

"데미안님도 알고 계시겠지만 시오니스 산맥은 토바실과 몬테야 사이에 있는 산맥으로 길이만도 거의 300킬로미터가 넘는 엄청난 산맥입니다."

"무슨 말을 하고 싶은 거야?"

"제가 이야기를 할 땐 좀 들으세요. 그런데 던전이 대충 토바실의 서쪽에 있다는 정도만 알아서 찾아갈 수 있는 곳이 아니란 말입니다. 데미안님은 이 문제를 대체 어떻게 해결하실 생각이십니까?"

"그야, 뭐……."

"분명히 아무 생각도 하지 않으셨죠?"

급격히 애늙은이가 되어 가는 로빈의 모습에 데미안은 할말을 잃었다. 데미안이 자신의 얼굴만 쳐다보자, 로빈은 그럴 줄 알았다는 듯 고개를 저었다.

"이런 깊은 산중에, 게다가 봄까지는 아직도 멀었는데 무엇으로 식량을 삼으실 겁니까? 또, 던전까지는 어떻게 찾아가실 생각이십니까?"

"저번에 라페이시스의 신전에서처럼 신의 힘이 깃든 곳을 네가 찾아보면 되잖아."

"제가 치유의 구슬이란 아티펙트를 가지고 있다고 하더라도 능력에는 한계가 있는 겁니다. 라페이시스의 신전에서는 신의 힘이 깃든 곳이 한정이 되어 있어, 저의 보잘것없는 능력으로도 찾을 수 있었던 겁니다. 그러나 지금처럼 이렇게 넓은 지역에서는 저의 능력은 아무런 소용이 없을 겁니다."

로빈의 말에 데미안은 아무런 말도 못 했다. 비록 말을 하지는 않았지만 로빈의 능력에 은근히 기대를 했던 것만은 사실이었다.

"어쩔 수 없지. 일단 어느 정도만 찾아보다가 포기를 해야지. 내가 무슨 수로 이 시오니스 산맥 전체를 뒤져? 일단 요깃거리부터 찾자고."

말을 마친 데미안은 사냥을 시작했고, 곧 작은 토끼 두 마리를 잡을 수 있었다. 간단하게 식사를 마친 두 사람은 곧 잠 속으로 빠져들었다.

다음날 아침 데미안은 잠이 완전히 깨지 않은 상태에서 뭔가 따스한 것이 자신의 품 안에서 꿈틀거리는 것을 느꼈다. 처음에는 로빈이 잠결에 자신의 품에 안겼다고 생각을 했다. 그러나 산 정상에는 아직도 하얀 눈이 덮여 있는데 로빈이 미치지 않고서야 옷을 홀라당 벗고 잠이 들었을 리도 없지 않겠는가?

소스라치게 놀란 데미안이 벌떡 일어나 자신의 옆을 보니 짐승의 가죽으로 만든 짧은 반바지 같은 것을 걸친 정체 불명의 청년 하나가 자신의 곁에서 잠들어 있는 것이 아닌가?

데미안은 조용히 잠들어 있는 로빈을 깨웠다. 혹시 로빈이 깨어나면서 소리를 낼까 봐 그의 입을 막은 채 깨웠다. 잠에서 깨어난 로빈은 데미안이 자신의 입을 가로막자 처음에는 짜증을 내려다가 그가 손으로 가리키는 곳을 바라보니 이렇게 으스스한 날씨에 가죽으로 만든 반바지만 걸친 채 잠들어 있는 20대 가량의 청년을 발견할 수 있었다.

'저 사람은 대체 누구예요?'

라고 묻는 로빈의 눈빛에 데미안은.
'나도 몰라.'
하는 표정을 지었다.
여차하면 손을 쓸 작정으로 데미안과 로빈은 잠들어 있는 사람이 깨어나길 기다렸다. 잠결에도 옆에 데미안이 없는 것을 확인한 듯 사내는 벌떡 일어나 앉았다. 자신이 있는 곳에서 조금 떨어진 곳에 데미안이 자신을 보고 있는 것을 발견한 사내는 싱긋 미소를 지었다.
검은색의 긴 머리카락은 허리까지 늘어져 바람이 불어올 때마다 찰랑거렸고, 비록 근육질의 몸매는 아니었지만 무척 날렵해 보이는 몸매를 하고 있었다. 데미안을 보고 있는 얼굴은 남성다움보다는 여성스러움이 더 많이 느껴졌다.
거침없이 데미안 곁으로 다가온 사내는 아무 말도 없이 데미안의 품에 뛰어들었고, 데미안은 엉겁결에 사내를 안았다. 옆에서 그 모습을 보고 있던 로빈은 적지 않은 충격을 받은 듯했다. 데미안이 열심히 손을 흔들어 부정했지만, 이미 로빈은 데미안에게서 고개를 돌렸다. 그 모습에 은근히 화가 난 데미안은 사내의 어깨를 잡고 자신의 몸에서 조금 떼며 물었다.
"넌 누구지?"
"나? 레오."
"뭐? 네가 레오라고? 정말 레오야?"
사내의 대답에 데미안은 자기 눈을 믿을 수 없다는 듯 다시 한 번 사내의 얼굴을 찬찬히 살폈다. 정확하게 기억이 나지는 않지만 3년 전 페인야드에서 만났던 호인족(虎人族) 소년, 레오가 틀림없어 보였다.

데미안이 자신을 알아보자 레오는 기쁜 듯 다시 데미안의 품으로 파고들었고, 고개를 돌리던 로빈은 그 모습을 보고 다시 고개를 돌려버렸다.
"네가 어떻게 여기 있는 거지?"
"여기 내 집이다."
"이 시오니스 산맥이 네 집이었어?"
데미안의 질문에 레오는 열심히 고개를 끄덕였다. 비록 레오의 발음이 정확한 것은 아니었지만, 그렇다고 못 알아들을 정도는 아니었다.
"내가 여기 있는 것은 어떻게 알았어?"
"여기 내 땅이다. 침입자 죽인다. 데미안, 내 친구다."
대충 자신의 땅에 침입자가 있어 왔는데 상대가 데미안인 것을 보고 알아봤다는 내용 같았다.
"날 기억하고 있었어?"
"레오, 데미안 좋아한다. 냄새 기억한다."
레오의 대답에 데미안은 뭐라고 말을 해주어야 할지 몰랐다. 그리고 자신은 그 동안 레오를 까맣게 잊고 있었다는 사실이 부끄러웠고, 레오에게 미안했다.
데미안의 쳐다보며 미소를 짓고 있던 레오의 몸이 변하기 시작했다. 갑자기 근육이 물결치듯 꿈틀거리고, 관절 부분에서 뼈로 보이는 것이 불쑥 솟았다가는 원래의 자리로 돌아갔다. 때마침 고개를 돌리던 로빈은 그 모습에 자신도 모르게 비명을 지를 뻔했다.
그렇게 약 10분 정도가 지나자 믿을 수 없게도 레오는 스무 살 가량의 아름다운 여자로 변한 것이다. 두 손으로 가슴 부분을 가리고 있는 그, 아니, 그녀의 모습은 그야말로 환상적이었다. 멍하니 보고 있던 데미안은 재빨리 자신의 겉옷을 벗어 그녀에게 내 밀었다. 잠시 몸을 돌려 겉옷을 입은 그녀는 다시 돌아서서는 데 미안을 보고 싱긋 웃었다.

"레오, 데미안 좋아한다. 자식 가지고 싶다."

"뭐? 그게 무슨 소리야?"

"호인족, 숫자 적다. 나, 남자 여자 바꿀 수 있다. 데미안, 우리 자식 만들고 싶다."

난데없는 소리에 데미안은 너무도 당황한 나머지 레오에게 뭐 라고 말을 해주어야 좋을지 몰랐다. 아마 호인족은 종족의 숫자가 적어 스스로의 성(性)을 결정할 수 있는 모양이다. 그렇지만 3년 전에 두 살이었으니 이제 겨우 다섯 살에 불과하지 않은가? 아니, 수인족(獸人族)으로 따지면 자식을 가질 충분한 나이인지 모르겠 지만, 데미안은 꿈에도 생각하지 않았던 일이기에 무슨 말을 해야 좋을지 몰랐다.

"일단 앉아봐. 앉아서 이야기를 해보자."

데미안이 말을 하며 자리에 앉자 레오는 고개를 갸웃거리더니 입을 열었다.

"레오, 잠깐 갔다 온다."

데미안과 로빈이 잠시 얼이 빠진 모습으로 앉아 있을 때 레오 가 다시 돌아왔다. 그런 레오의 손에는 작은 멧돼지가 들려 있었 다. 어떻게 잡았는지 멧돼지는 상처 하나 없었다. 멧돼지를 땅에 내려놓은 레오가 오른손 검지를 펴자 손가락 끝에서 갑자기 길고 날카로워 보이는 손톱이 솟아났고, 레오는 그것을 마치 칼처럼 사 용해 멧돼지의 내장과 껍질을 제거했다. 그리고는 멧돼지 뒷다리 를 잘라 데미안에게 내밀었다.

"맛있다."

아마도 그 뒷다리를 먹으라는 이야긴 것 같은데 어떻게 생고기를 먹을 수 있겠는가? 데미안은 나뭇가지들을 주워 와 모아놓고 아주 약한 파이어 볼을 날려 불을 붙였다. 그리고는 레오가 내민 멧돼지의 뒷다리를 굽기 시작했다. 멧돼지의 뒷다리는 금세 구수한 냄새를 풍기며 익어 들어갔다. 그 모습을 조금은 이상하게 보던 레오는 앞다리를 잘라 로빈에게 내밀었다. 로빈이 그 다리를 받자 레오는 멧돼지를 뜯어먹기 시작했다. 상당히 배가 고팠는지 상당히 빠른 속도로 고기를 뜯어먹었다.

데미안과 로빈은 멍하니 그 모습을 바라보았고, 그러는 사이 두 사람의 고기도 거의 익었다. 조금은 기가 질린 모습으로 고기를 뜯어먹던 두 사람은 얼마 먹지도 못하고 포만감을 느껴 각자 잡은 멧돼지의 다리를 내려놓아야 했다.

레오는 거의 3분의 2 이상을 먹고야 입을 닦으며 뒤로 물러났다. 그리고는 또 데미안의 품으로 파고들었다. 무척이나 기분이 좋은 듯 지그시 눈을 감은 채 데미안이 손을 잡아 자신의 머리 위에 내려놓으며 움직이는 모습이 머리를 만져 달라는 것 같았다. 데미안이 머리를 쓰다듬어주자, 마치 어머니에게 어리광을 부리는 아이처럼 고개를 움직이며 좋아했다.

"데미안님, 뭐라고 불러야 하는지는 모르겠지만, 그 여자는 대체 누굽니까?"

"크아앙!"

로빈이 어리둥절한 표정을 감추지 못하고 데미안에게 묻자, 그의 품에 있던 레오는 갑자기 으르렁거리며 로빈을 위협했다. 그 표정이나 움직임이 얼마나 살벌하고, 위협적이었는지 로빈은 자신도 모르게 뒤로 물러나야 했다. 게다가 언제 솟았는지 레오의 입에는 호랑이 송곳니같이 예리하고 커다란 이빨이 솟아 있었다.

일단 레오를 진정시킨 데미안은 로빈에게 레오와 처음 만난 일을 설명해 주었다. 그의 이야기를 들은 로빈은 그제야 레오의 정체가 수인족 가운데에서도 가장 흉폭하고, 힘이 강하다는 호인족이라는 것을 알 수 있었다.

데미안이 다시 머리를 만져 주자 레오는 자신이 언제 화를 냈냐는 듯 데미안의 품에서 다시 어리광을 부렸다. 어이없다는 표정을 지은 로빈은 나직하게 중얼거렸다.

"아마 그 여자는 제가 데미안님 곁으로 가는 것이 싫은 모양입니다. 아마 그녀의 눈에는 제가 데미안님을 빼앗으려는 연적(戀敵)으로 보이는 것 같습니다."

로빈의 말에 데미안은 쓴웃음을 짓는 수밖에 없었다.

"언제까지 여기 있을 수 없으니, 일단 일어나 가자."

데미안의 말에 로빈과 레오는 자리에서 일어나 어딘지 모르는 곳을 향해 걸음을 옮겼다. 여전히 레오는 데미안의 팔을 잡고 늘어졌고, 로빈은 레오를 자극하지 않으려고 그들과는 몇 걸음 떨어져 걷고 있었다.

그렇게 한 시간쯤 걸었을 때의 일이다. 워낙 힘준한 지형이었기 때문인지 그렇게 많은 거리를 갈 수는 없었다. 겨우 평탄한 지형을 만나 숨을 돌리려는 순간, 갑자기 그들의 앞길을 가로막는 자들이 있었다. 수십 마리의 오크들이었다. 그들은 데미안 곁에서 아양을 떨고 있는 레오를 노려보더니 부드득 이를 갈았다.

"큰 발톱! 취익! 너에게 죽은 취익! 동료들의 복수를 취익! 하겠다!"

"취익! 옆의 두 놈도 같이 죽인다."

글레이브와 롱 소드로 중무장한 오크들의 숫자는 거의 50마리에 달했다. 데미안은 재빨리 바스타드 소드를 뽑아 들었고, 로빈도 데미안의 곁으로 다가와 치유의 구슬이 든 채 기도를 해 신성 주문을 사용할 준비를 했다. 그러나 레오만은 겁도 먹지 않았고, 긴장하지도 않았다.

"레오, 모두 죽인다."

그 말을 하는 순간 레오의 손등과 다리, 그리고 얼굴에 짧고 촘촘한 황금색의 털이 솟아났는데, 황금색의 털을 가로지르는 검은 줄 무늬는 완전히 호랑이를 연상케 했다. 게다가 레오의 손톱은 순식간에 30센티미터 이상 자라났다. 검고 번들거리는 그녀의 손톱은 흡사 다섯 자루의 대거를 붙이고 있는 것 같았다.

오크들이 서서히 포위망을 좁히는 순간, 레오와 데미안은 순식간에 앞으로 뛰쳐 나갔다. 그리고는 오크들을 향해 사정없이 손을 썼다. 데미안의 바스타드 소드는 커다란 원을 그리며 오크들을 향해 떨어졌다. 마나가 실린 데미안의 바스타드 소드는 오크들의 무기를 단숨에 잘라버리고 오크들의 몸에 깊은 상처를 냈다. 오크들은 비명을 지르며 사방으로 물러났지만, 데미안은 오히려 레이피어까지 뽑아 들고 오크들을 공격했다.

데미안의 반대쪽을 공격하던 레오의 몸놀림은 더욱 빨랐다. 그녀를 발견하고 오크들이 공격하려 하면 이미 그녀는 자리에 없었다. 마치 한 줄기 그림자가 오크들을 스치고 지나가는 것처럼 느낄 만큼 엄청나게 빠른 공격이어서 어찌 보면 오크들의 몸에서, 또 목에서 저절로 피가 솟구치는 것처럼 보이기도 했다. 레오의 공격은 무섭도록 잔인했고, 또 정확했다. 한번에 한 마리씩의 오크가 비명을 지르며 목숨을 잃었다. 그러나 너무 좁은 지역에서 싸웠기 때문일까? 레오가 몸에 걸친 데미안의 겉옷도 오크들의 무기에 찢겨져 나갔고, 몇 군데 크지 않은 상처를 입었다.

  30분 정도가 지났을 때 땅 위에 서 있는 오크는 단 한 마리도 없었다. 거의 3분의 2 정도가 목숨을 잃었고, 또 나머지는 죽어가고 있는 중이었다. 너무도 잔인한 광경에 로빈은 고개를 돌려버렸다.

  잠시 후 그 자리를 떠난 로빈은 두 사람의 상처를 살폈다. 데미안은 왼쪽 팔에 가벼운 부상을 입은 상태였고, 원래의 모습을 되찾은 레오는 몸 곳곳에 상처를 입었지만 벌써 거의 다 아물어 있었다. 데미안의 상처를 발견을 발견한 로빈은 치유의 구슬로 치료를 하려고 했다. 그러나 그것을 용납할 레오가 아니었다. 결국 로빈이 물러서는 것을 보고는 레오는 데미안의 상처를 혀로 핥아주었다. 그러자 곧 피가 멎고, 상처가 아물기 시작했다. 데미안은 레오의 머리를 쓰다듬어주며 말했다.

  "레오, 로빈은 내 친구야. 앞으로는 그러지 마."

  "데미안 친구?"

  "그래, 친구. 친구는 좋은 사람이야. 로빈, 이리 와서 네가 치료하는 모습을 레오에게 보여줘 봐."

  데미안의 말에 조심스럽게 다가온 로빈은 신성 주문을 이용해 그의 상처를 순식간에 낫게 했다. 그 모습을 본 레오는 눈이 휘둥그레졌다. 치유의 구슬이 빛나는 것을 발견하고는 신기한 듯 그것을 바라보았다.

  "데미안, 구슬 빛난다."

  "그래, 로빈이 이 구슬로 날 치료해 준 거야."

"레오, 이런 것 본 적 있다."

레오의 말에 데미안이 눈빛을 반짝였다. 레오가 본 치유의 구슬과 비슷한 것이라면 혹시 신의 힘이 깃든 물건을 말하는 것일까? 그렇다면 시오니스 산맥 전체를 뒤지지 않아도 신인의 던전을 찾을 수 있을지도 모르는 일이었다. 흥분된 마음을 억누르며 레오에게 물었다.

"레오, 이런 물건을 어디서 봤어?"

"저쪽 있다."

레오가 가리키는 곳을 바라보니 구름에 가려 산머리만 삐죽이 드러난 곳이었다. 바라보니 그리 멀지 않을 것 같아 데미안은 레오에게 부탁했다.

"레오, 우리를 그곳까지 안내해 줄 수 있어?"

데미안의 물음에 레오는 환한 웃음을 지으며 머리를 끄덕였다. 그녀는 데미안이 자신에게 말을 걸어주는 것만으로도 기쁜 것 같았다.

잠시 후 그녀는 앞장서서 달리기 시작했고, 데미안은 로빈을 옆구리에 낀 채 그녀의 뒤를 따랐다. 그리 멀지 않다는 그녀의 말만 믿고 달리기 시작한 것이 끝난 것은 거의 이틀을 꼬박 달린 후였다. 데미안이 거의 기절하기 일보 직전이 되어서야 목적지에 도착한 것이다.

"헉헉헉! 레오, 헉헉헉! 다온 거야?"

데미안의 질문에 레오는 환한 미소를 지으며 고개를 끄덕였다. 데미안의 옆구리에 매달려 오느라고 죽고 싶을 만큼 시달린 로빈의 눈물을 찔끔거렸지만, 그들이 도착한 장소는 숲속의 어디서나 흔히 볼 수 있는 아주 평범한 장소였다.

"틀림없지? 헉헉헉!"

데미안 역시 믿기 힘든지 레오에게 다시 한 번 물었다. 싱긋 웃던 레오는 근처에 가지가 꺾여진 나무 곁으로 다가갔다. 그리고는 그 나무 뒤로 숨는 순간, 그녀의 모습이 순식간에 사라졌다. 자신들의 눈앞에서 사라진 레오의 모습에 데미안과 레오는 숨을 헐떡이면서도 깜짝 놀랐다. 데미안은 설마 하는 마음에서 일어나 레오가 사라진 곳으로 다가갔다.

"디텍트 마나Detect Mana!"

데미안의 눈에 붉은 마나가 어렸고, 그 눈으로 데미안은 주위를 둘러보았다. 그의 눈에 주위의 나무와 풀을 둘러싸고 있는 희미하지만 푸른색 마나가 눈에 띄었다. 그렇지만 레오가 사라진 장소에는 마나가 검푸른색으로 보인 것이다. 그건 물어보지 않아도 그 장소에 비정상적으로 많은 마나가 모여 있기 때문이라는 것을 모를 데미안은 아니었지만, 그 정도의 마나를 모을 능력을 가졌다면 그 마법사는 거의 7싸이클을 상회하는 실력을 가진 대마법사일 가능성이 컸다.

만약 레오의 말대로 이곳에 로빈이 가지고 있는 치유의 구슬과 비슷한 물건이 있다면, 이런 장소를 만든 사람은 대신관급의 능력을 가진 사람이 분명했다.

곧 모습을 보인 레오는 데미안을 향해 손짓을 했다. 데미안과 레오는 천천히 레오가 사라진 곳을 향해 걸음을 옮겼고, 그들의 모습도 곧 사라졌다.

종아리까지 자란 풀숲을 헤치고 걷는 데미안과 레오, 그리고 로빈은 좀 전에 자신들이 있던 곳과 별다른 점을 느끼지 못했다. 그럼에도 불구하고 레오는 이미 여러 번 와봤는지 거침없이 데미안과 로빈을 안내해 산 정상으로 향했다.

그렇게 그들이 1킬로미터쯤 전진했을 때, 데미안의 눈에 허물어져 가는 낡은 건축물이 보였다. 얼마나 오래 전에 지어졌는지 대부분 비바람에 깎여 흐릿한 문양밖에 남지 않았고, 기둥 하나 온전히 서 있는 것이 없었다. 다만 건물이 암벽을 뚫고 간단한 외부 조형물만 세워놓은 것이라 내부 건물에는 별 이상이 없을 것도 같았다.

"데미안님, 이곳에서 강력한 신력(神力)이 느껴집니다. 라페이시스의 신전에서도 느껴보지 못한 강력한 힘입니다."

로빈의 말에 데미안은 다시 한 번 주위를 둘러보았다. 그러나 허물어진 건물의 파편 위에 피어 있는 풀과 나무들만이 보일 뿐, 이상한 점은 눈에 띄지 않았다.

데미안은 조심스럽게 건물 안으로 들어섰고, 그 뒤를 로빈과 레오가 따라왔다. 레오가 조심성 없는 행동을 할 때마다 오크와의 싸움에서 찢어진 옷 사이로 레오의 살결이 흘긋흘긋 보였지만 레오는 그런 사실을 알지 못하는지 데미안의 바로 뒤를 따라갔다. 오히려 곤란한 것은 로빈이었다. 레오의 뒷모습은 먼 훗날 '미니스커트'라고 불린 옷의 시조가 될 만했기에 어린 로빈이 감당하기엔 무리가 있었다.

동굴 안으로 들어서자 뜻밖으로 상당히 넓은 공간이 데미안 일행을 맞이했다. 데미안은 홀의 중앙에 서서 주위를 둘러보았지만 아무런 장식도, 또 정면에 보이는 문을 제외하면 어떠한 건축물도 발견할 수 없었다. 데미안이 그 정면에 보이는 문으로 다가서자 여태껏 그가 방문했던 여느 신전에서처럼 보이지 않는 벽을 느낄 수 있었다.
 데미안이 천천히 다가가 사방을 조사해 보았지만 역시 눈에 보이지 않는 막이 데미안을 가로막았다. 옆에 있던 로빈 역시 문으로 다가서려다가 투명한 막에 가로막혀 더 이상 다가가지 못했다. 그 모습을 지켜보던 레오는 그 모습에 이상하듯 고개를 갸웃거리고 있었다.
 "데미안님, 다른 신전에도 이런 것이 있었나요?"
 "그래. 그렇지만 그 신을 믿고 따르는 사람만은 들어갈 수 있었어. 그렇지만 이 던전은 누구를 믿는 신인의 던전인 줄 모르니 어떻게 해야 좋을지 모르겠군."
 데미안이 고심하는 표정을 짓자 그에게 다가온 레오가 데미안의 팔을 잡고는 갑자기 왼쪽 벽으로 끌고 갔다. 데미안은 레오가 무슨 이유로 자신을 끌고 가는지도 모른 채 거친 동굴의 돌이 삐죽 솟아 있는 벽으로 다가갔다.
 데미안이 잠깐 멍한 얼굴로 레오를 바라보고 있는 사이 레오는 거침없이 벽으로 다가갔고, 그녀의 모습은 조금 전 숲에서처럼 순식간에 사라져 버렸다. 천천히 벽으로 다가간 데미안은 천천히 손을 뻗어 벽을 만져 보았다. 벽은 마법으로 만든 것인 듯 쉽사리 통과할 수 있었다. 천천히 얼굴을 들이밀고 보니 인공적으로 사람이 깎은 듯한 동굴의 모습이 보였고, 그곳에 레오가 서 있었다. 어둠 속에서 그녀의 눈은 초록색으로 반짝이고 있었다.
 데미안과 로빈이 벽을 통과해 통로로 들어서자 어둠이 그들을 맞이했다. 데미안이야 이스턴 대륙의 검술로 단련된 시각과 청각이 있으니, 이 정도 어둠이야 문제될 것이 없었지만 로빈은 달랐다. 통로에 들어서는 순간, 마치 술 취한 사람처럼 비틀거리더니 그대로 통로의 벽에 헤딩을 해서 당장 이마에 커다란 혹이 생긴 것이다. 데미안은 로빈을 위해 스펠을 캐스팅했다.

"퍼머넌트 러스터(Permanent Luster : 영구적인 빛)!"

그러자 로빈의 앞에 밝게 빛나는 둥그런 물체가 생겨나 통로를 비추었다. 그들이 약 50미터쯤 전진을 했을 때 그들은 엄청나게 넓은 반원형의 지붕을 가진 장소에 도착할 수 있었다. 대충 눈대중으로 가름을 해봐도 5,600미터는 족히 되어 보였다. 바닥에는 거대한 원형의 마법진이 그려져 있었다. 데미안은 천천히 다가가 마법진에 쓰여진 문자를 확인해 보았다. 그러나 데미안으로서도 난생처음 보는 문자로 마법진은 만들어져 있었다.

한 가지 특이한 점은 마법진에서 방위를 가리키는 기호들이 모두 동쪽을 가리키고 있다는 점이었다. 천천히 걸음을 옮겨 거대한 마법진의 중심으로 향한 데미안은 중앙 부분에 완전히 부서진 석조물(石造物)을 발견할 수 있었다. 원래의 모습이 무엇인지 전혀 알 수 없을 정도로 철저히 파괴되어 있었지만, 부서진 파편이 사방에 널려져 있는 것으로 보아 상당한 크기를 가지고 있었던 것으로 보였다.

게다가 바닥 이곳저곳이 움푹 패여 있고, 심하게 훼손이 되어 있는 것이 엄청난 폭발이 있었다는 것을 쉽게 짐작할 수 있었다. 파괴의 흔적은 거의 100여 미터에 이르고 있었다. 그 정도의 폭발은 거의 8싸이클에 해당되는 마법 실력을 가진 대마법사가 아니면 절대 불가능한 일이었다.

한 가지 문제는 이제껏 뮤란 대륙이 만들어지고 난 후 8싸이클의 마법을 익힌 마법사는 단 한 번도 등장하지 않았다는 점이었다. 이론적으로 인간이 익힐 수 있는 마법은 7싸이클까지라고 알려져 있어 이곳을 파괴한 자는 인간일 가능성이 적었다.

그렇다면 남은 것은 엘프와 드래곤뿐이었다. 그렇지만 엘프들에게는 파괴 본능은 없다. 그렇게 따지고 보면 드래곤밖에 남지 않는데, 대체 무슨 이유로 드래곤이 이곳을 파괴한 것이란 말인가? 아무리 생각해 봐도 그 이유를 알 수 없었다. 대체 이곳에 무엇이 있었기에 드래곤이 이곳을 파괴한 것일까?

"없다."

"무슨 소리야, 레오? 그럼 네가 말한 물건이 저곳에 있었단 말이야?"

데미안이 무너진 돌무더기들 가리키며 묻자 레오는 고개를 끄덕였다. 그럼 레오가 말한 그 신의 힘이 깃든 아티펙트를 가지고 간 사람, 혹은 드래곤은 대체 무엇 때문에 이곳을 파괴한 것일까?

생각에 빠진 데미안을 레오는 쭈그리고 앉아 턱을 고인 채 바라보고 있었고, 로빈은 힘없이 그 자리에 주저앉아 지난 이틀 동안 데미안에게 매달려오며 쌓인 피로를 풀고 있었다. 자신을 들고 오느라고 데미안도 고생을 했겠지만, 자신의 의사와는 상관없이 흔들리며 매달려온 로빈은 멀미와 현기증 때문에 거의 기절하기 일보 직전이었다.

벽에 기댄 로빈은 자신도 모르게 잠에 빠져 버렸다. 로빈을 깨우려던 데미안은 생각을 바꿔 이곳에서 잠시 쉬었다 가기로 했다. 이제는 생활의 일부가 된 명상 자세를 취한 데미안은 천천히 눈을 감고는 호흡을 시작했다. 길고 조용하게 호흡을 할 때마다 데미안의 전신으로 천천히 주위의 마나가 몰려들었다. 그러나 밀려드는 마나의 양이 장난이 아니었다. 평소에 밀려드는 양의 거의 세 배가 넘었다.

마나 홀에 어느 정도 쌓인 마나는 데미안의 몸 속을 돌아다니며 그의 몸에 쌓인 나쁜 기운을 몰아내고 세포와 근육에 활력을 주었다. 그런 연후 마나 홀로 몰려들기 시작했다. 그러나 마나 홀에 마나가 채워진 것은 순식간이었다.

데미안은 희미하지만 자신의 몸 주위에서 마나가 회전을 하고 있다는 것을 처음으로 느꼈다. 그 회전은 시간이 지날수록 커졌고, 그럴 수록 데미안의 몸 안을 돌아다니는 마나의 힘도 점점 커졌다.

몸 안에서 마나의 회전이 일곱 번에 이르자 데미안은 마나의 회전을 멈추려고 했지만, 데미안의 의도와는 달리 마나는 그의 몸 속을 계속해서 돌아다녔다. 그러면서 외부에서 받아들인 마나와 합쳐지며 점점 더 빨라지고, 더 강해졌다.

마나의 회전은 여덟 번을 지나 아홉, 열, 열하나……. 점점 횟수가 늘 때마다 데미안은 몸 안이 터져 나가는 듯한 통증을 느꼈다. 자신도 이를 악물며 정신을 집중해 마나의 회전을 늦추려고 했지만, 마나의 힘이 워낙 강한 탓인지 좀처럼 그의 생각대로 멈출 수가 없었다. 그랬던 마나의 흐름이 열일곱 번을 지나자 갑자기 기세가 약해졌고, 열여덟 번째가 되자 신기하게도 마나 홀로 마나를 유도해 겨우 명상에서 깨어날 수 있었다.

걱정스럽게 데미안의 얼굴을 바라보던 레오는 데미안이 눈을 뜨자 그의 품으로 뛰어들었다. 그녀가 자신을 걱정했다는 것을 깨달은 데미안은 그녀의 머리를 쓰다듬어주며 그녀를 안심시킬 수 밖에 없었다. 그렇지만 데미안은 지금 단 한 번도 느껴보지 못한 힘이 전신에서 용솟음치는 것을 느꼈다.

가만히 레오를 밀어내고 자리에서 일어난 데미안은 바스타드 소드를 들고 섰다. 잠깐 심호흡을 하고는 마나 홀의 마나를 인도해 바스타드 소드에 힘껏 집어넣었다. 그러자 바스타드 소드는 당장 선명하게 붉은 마나에 휩싸이는 것이었다.

물론 예전에도 바스타드 소드에 마나를 보낼 수 있었지만 지금처럼 선명하게 붉은 마나를 본 적은 없었다. 다시 자신의 검술이 늘었다는 것을 깨달은 데미안은 레이피어와 바스타드 소드를 양손에 움켜쥐고는 천천히 움직이기 시작했다. 확실히 얼마 전에 비해 훨씬 가볍고 빠르게 움직일 수 있었다.

신이 난 데미안은 자신이 알고 있던 이스턴의 검술과 왕립 아카데미에서 배웠던 검술들을 차례로 펼쳐 보았다. 예전 같으면 가픈 숨을 몰아쉬었을 테지만, 지금은 호흡도 평온한 상태를 유지한 채 끝마칠 수 있었다. 검을 회수한 데미안은 자신이 유일하게 알고 있는 5싸이클의 마법을 캐스팅했다.

"체인 라이트닝(Chain Lightning : 연속된 번개 공격)!"

데미안의 손에서는 주위를 대낮같이 밝히는 번개가 전면을 향해 연속적으로 날아갔다. 번개가 날아간 곳은 파괴된 석조물이 서 있는 곳이었다. 요란한 폭음이 연속적으로 들리며 부서진 돌 조각들이 사방으로 튀었다. 그 모습을 보고 있던 레오는 입을 벌리고 놀란 표정을 감추지 못했다.

폭음 소리에 놀라 잠에서 깬 로빈은 소리가 들린 곳을 바라보았고, 그렇지 않아도 부서져 있던 석조물이 박살이 난 모습에 자신도 모르게 자리에서 벌떡 일어났다.

"데미안님."

"어? 로빈 깼어? 아, 나 때문에 깼구나. 미안해."

"그것보다 체인 라이트닝은 5싸이클에 해당되는 마법이 아닌가요?"

"그래, 맞아. 어떻게 된 것인지는 모르지만, 갑자기 5싸이클의 마법을 사용할 수 있게 된 거야."

데미안의 말에 로빈은 곧 고개를 끄덕였다.

"이곳이라면 그럴 수 있을지 몰라요. 이곳에는 비정상적으로 많은 마나가 모여 있으니까요. 이건 제 예상이지만 아마 그 마나가 데미안님이 명상하실 때 데미안님의 몸으로 빨려 들어간 것 때문이 아닐까요?"

그 말을 듣고 보니 오늘따라 감각도 예민해진 것 같고, 마나의 회전도 평소와는 달리 열여덟 번이나 회전을 했다는 사실을 깨달은 것이다. 그렇지만 평소 3싸이클의 마법도 연속적으로 펼칠 경우에는 3번 이상 펼치기 힘들었는데, 지금은 5싸이클의 마법에서도 파괴력이 강한 체인 라이트닝을 펼치고도 멀쩡하게 서 있는 자신을 스스로도 믿을 수 없었다.

"그래, 로빈의 말대로 이곳의 마나를 많이 받아들여 생긴 일 같아."

"그럼 데미안님, 혹시 한번 더 그 명상이라는 것을 해보시는 게 어떨까요? 더 많은 마나를 몸에 받아들일 수 있지 않을까요?"

"그럴지도 모르지."

데미안은 대답을 하고 다시 한 번 명상에 빠졌다. 그의 호흡이 길고, 안정된다고 느끼는 순간 데미안은 기분 좋은 느낌에 빠져들었다. 몸 안에서 마나의 회전이 시작됨과 동시에 데미안의 몸 주위에 있던 마나도 그를 중심으로 천천히 회전하기 시작했다.

시간이 지날수록 마나의 힘은 강하고, 빠르게 그의 몸 안에서 회전을 했으며 외부에서 마나가 그의 몸으로 흘러들었다. 그러나 마나의 회전이 열 번을 지나자 몸으로 들어오는 마나의 양이 슬슬 줄어들더니 열여덟 번째 마나의 회전 때 완전히 끊어졌다. 그와 동시에 몸 안에 있던 마나가 데미안의 전신 모공을 통해 빠져나가는 것이었다.

데미안은 당황했지만 외부로 빠져 나가던 마나를 어쩔 수 없었다. 그러나 그 흐름은 곧 끊어졌고, 데미안은 여느 때처럼 깊은 명상에서 깨어날 수 있었다. 그가 눈을 뜨자 로빈이 궁금한 듯 데미안에게 물었다.

"데미안님, 어떻습니까? 마나가 늘었나요?"

"그렇진 않은 것 같아. 예전보다 는 것은 사실이지만 아까와 마찬가지인걸."

말을 마친 데미안은 자리에서 일어나 레오에게 손짓을 했다. 그러자 레오는 단숨에 달려와 데미안의 품속으로 파고들었다. 데미안은 고개를 흔들며 레오에게 말을 했다.

"레오, 이제 우리는 떠나야 해. 그러니까 여기서 헤어지자."

데미안의 말에 레오는 잠시 움찔하더니 곧 대답했다.

"레오, 데미안, 같이 간다."

"그렇지만 여긴 레오의 고향이잖아."

"레오, 데미안, 같이 간다."

데미안은 그녀를 설득하기 위해 많은 노력을 했지만 레오는 꿈쩍도 하지 않았다. 거의 한 시간에 걸친 설득에도 불구하고 전혀 효과가 없었다. 옆에서 그 모습을 보다 못한 로빈이 레오를 거들었다.

"그러지 말고, 레오 양도 같이 가고 싶어하는 것 같은데 함께 가는 것이 어떻겠습니까?"

"그렇지만 레오의 집은 여기란 말이야. 그리고 지금 난 루벤트 제국군에게 쫓기고 있는 몸이란 말이야. 만약 나랑 있다가 레오가 다치기라도 하면……"

"레오, 싸움 잘한다. 같이 간다."

그 말을 하는 레오의 두 눈에는 희미하게 물기가 어렸다. 그 모습을 본 데미안은 마음이 약해지지 않을 수 없었다. 어머니인 마리안느의 눈물에 길들여진 탓일까? 여자의 눈물은 데미안이 제 아무리 소드 마스터가 된다고 하더라도 당해낼 수 없는 것이었다. 데미안이 고개를 끄덕이자, 레오는 데미안의 가슴에 머리를 마구 문지르며 좋아했다.

"그럼, 슬슬 출발하는 게 좋겠어. 어차피 이곳에는 아무것도 없는 것 같으니까."

말을 마친 데미안은 두 사람과 함께 그곳을 떠났다.

대체 이곳은 어디이고, 무슨 이유로 깨어진 석조물들이 널려 있는 것일까, 라는 궁금증을 뒤로한 채.

제28장
데미안과 데보라에게 자식이?

 루벤트 제국군과의 혼전 가운데에서 라일의 골리앗 팬텀에 올라탄 데보라는 난생처음 경험하는 골리앗끼리의 싸움에 정신을 차리지 못했었다. 그러다 데미안의 마법으로 주위가 온통 불바다로 변한 후엔 라일의 골리앗이 어디론가로 달려가는 것을 느끼며 문득 데미안이 무사한지가 걱정됐다.
 격전장에서 어느 정도 거리까지 몸을 피한 라일과 데보라는 루벤트 제국군의 움직임을 살폈다. 다행히도 적의 포로가 된 사람은 하나도 없는 것 같았다. 데보라의 표정이 어두운 것을 본 라일이 데보라를 위로했다.
 "데보라 양, 데미안은 무사할 테니 너무 걱정하지 않아도 될 것이네."
 뭐라고 대꾸를 하려고 하였지만 괜히 자신의 속마음만 들키는 것 같아 아무런 말도 하지 않았다. 그때 자리에서 일어서던 데보라의 눈에 제국군들 사이에 서 있는 은발의 청년 하나가 보였다. 그는 자신의 주위에 있던 병사들과 기사들에게 지시를 내려 주위를 수색하게 했다.
　그 은색 머릿결을 가진 청년의 모습을 발견하는 순간, 데보라는 그 청년이 5년 전 순결의 검을 가진 채 아마조네스의 땅을 벗어나 무녀와 함께 도망친 그 사내가 분명할 것이라는 예감이 들었다. 이 넓은 뮤란 대륙에서 은색 머리를 한 젊은 남자가 그만이 아니라는 것을 모를 데보라는 아니었지만, 그래도 왠지 그 사내가 배신자 비앙카와 함께 도망친 자가 틀림없을 거라는 생각을 버릴 수가 없었다.
　자신을 생각을 라일에게 말하자 라일도 잠시 생각해 보더니 곧 고개를 끄덕였다.
　"우리가 아지트에 모이기로 한 날짜에 며칠 여유가 있으니, 저 사내가 정 의심스러우면 일단 며칠 동안 감시를 해보는 것이 어떻겠나?"
　라일의 말에 데보라는 고개를 끄덕였다. 그렇게해서 시작된 추적은 그 사내가 소속된 제국군의 8군단에 도착할 때까지 계속되었다. 8군단은 트렌실바니아 왕국의 국경선 근처에 주둔하고 있고, 그런 탓인지 그들의 진지는 팽팽한 긴장감이 흐르고 있었다.
　은발 청년이 항상 주위 사람들에게 지시를 내리는 모습으로 보아 사내의 직위가 상당한 듯 보였다. 또한, 은발 청년의 주위에는 항상 많은 사람들이 있었고, 게다가 있는 곳이 병사들이 주둔하고 있는 진지다 보니 가깝게 접근할 기회를 도저히 잡을 수 없었다.
　데보라는 몇 번이나 진지에 잠입하려고 했지만 라일의 반대로 뜻을 이룰 수 없었다. 라일이 그녀를 만류한 이유는 말하지 않아도 알지만, 자신이 찾는 자일지도 모르는 은발 청년을 눈앞에 두고 바라보기만 해야 한다는 현실에 데보라는 미칠 지경이었다.

며칠을 그렇게 지켜보기만 하고 있을 때 기적같이 그녀에게 기회가 왔다. 부산하게 준비를 하던 은발 청년이 말을 타고는 10여 명의 병사들과 함께 진지를 떠난 것이다.

은밀하게 청년의 뒤를 따르기 시작한 라일과 데보라는 은발 청년이 진지에서 하루 정도 되는 거리로 멀어지자 손을 쓰기로 했다. 마침 점심 때가 되어 병사들이 식사 준비를 하는 동안, 은발 청년은 돌 위에 걸터앉아 있었다.

다시 한 번 주위에 그들을 제외한 사람이 없다는 것을 확인한 데보라와 라일은 천천히 은발 청년을 향해 걸음을 옮겼다. 처음 두 사람의 모습을 무심하게 바라보던 은발 청년은 뭐가 이상한지 계속 데보라의 머리를 쳐다보며 고개를 갸웃거렸다.

두 사람이 자신의 상관인 은발 청년에게 다가오는 모습을 본 병사들 가운데 일부가 재빨리 검을 뽑아 들고는 청년의 주위로 다가왔다. 그러나 데보라는 그런 광경을 보지 못한 듯 개의치 않고 청년에게 말을 건넸다.

"그댄 아마존Amazon을 아는가?"

데보라의 말에 은발 청년은 소스라치게 놀라며 자리에서 벌떡 일어섰다. 그가 놀라는 모습을 보며 데보라는 그가 바로 자신이 찾던 범인이라는 것을 확신했다. 사내 곁에 있던 병사들은 자세한 내막은 모르지만 데보라가 결코 좋은 뜻에서 자신들의 상관을 찾아온 것이 아니라는 것을 쉽게 짐작할 수 있었다. 은발 청년의 앞을 가로막은 병사들은 당장이라도 데보라와 라일에게 손을 쓸 것처럼 보였다.

"그럼 그댄 아마조네스인가?"

"그렇다. 난 데보라 칸이다."

"칸이라면 아마조네스의 족장?"

"후후후, 그 배신자가 여러 가지를 가르쳐 준 모양이군. 그렇다. 난 아레네스의 영원한 종, 아마조네스의 족장이다."

데보라는 대답과 함께 등에 메고 있던 무지막지한 크기의 브로드 소드를 뽑아 들었다. 옆에 있던 라일까지 롱 소드를 뽑아 들자 주위는 당장 팽팽한 긴장감이 흘렀다.

"배신자 비앙카는 어디 있느냐?"

데보라의 앙칼진 말에 은발 청년은 이를 악물고는 곧 대답했다.

"빌어먹을, 그년 때문에 내가 이 모양 이 꼴이 됐는데, 그년이 어디 있는지 말하라고? 난 몰라!"

은발 청년의 상스러운 대답에 데보라는 인상을 쓰지 않을 수 없었다.

"모른다니? 순결의 검을 훔쳐 함께 달아난 네놈이 모른다면 누가 안단 말이냐?"

"닥쳐! 비앙카 그년 때문에 내가 이곳까지 쫓겨왔는데, 그년을 가만히 놔둘 줄 알아? 호호호, 리벤즈에 가보면 그년이 어떻게 살고 있는지 똑똑히 알게 될 거야. 으하하하!"

은발 청년의 갑작스러운 웃음 소리에 데보라는 불길한 생각과 함께 난생처음 은발 청년을 갈가리 찢어 죽이고 싶은 충동이 일었다. 브로드 소드를 잡은 그녀의 손이 분노로 부들부들 떨렸다.

"세상에 태어난 걸 후회하도록 해주마."

데보라가 한걸음 앞으로 걸어나오자 은발 청년의 앞으로 가로막고 있던 병사들이 데보라와 라일에게 달려들었다. 재빨리 데보라의 앞으로 나선 라일이 데보라에게 말했다.
"병사들은 내가 맡을 테니, 데보라 양은 저자를 맡게."
"라일님, 감사합니다."
데보라의 대답에 라일은 들고 있던 롱 소드에 마나를 집어넣고는 그대로 병사들을 향해 휘둘렀다. 누가 소드 마스터의 검을 막을 수 있단 말인가? 하기야 그런 실력이면 병사로 있지도 않겠지만.
데보라의 앞을 가로막던 병사들 서넛이 맥없이 쓰러지자 은발 청년은 당황하지 않을 수 없었다. 후드로 얼굴을 가리고 있는 정체를 알 수 없는 괴인의 검술이 이렇게 강할 줄 미처 예상하지 못한 것이다.
은발 청년이 당황하는 사이 데보라는 무표정한 얼굴로 그에게 다가갔다. 서둘러 자신의 롱 소드를 뽑은 은발 청년은 놀란 가슴을 진정시키며 데보라의 기습에 대비했다. 데보라는 천천히 브로드 소드를 머리 위로 들어올리고는 단숨에 거리를 좁혀 은발 청년의 머리를 향해 힘껏 브로드 소드를 내리쳤다.
재빨리 롱 소드를 들어올려 데보라의 공격을 막은 은발 청년의 얼굴은 사정없이 일그러졌다. 브로드 소드 자체의 무게만도 상당했고, 거기에 데보라의 전혀 여자 같지 않은 힘까지 실려 있으니 은발 청년이 받은 충격은 엄청난 것이었다.
롱 소드를 잡은 은발 청년의 팔은 이내 구부러졌고, 재빨리 왼손까지 뻗어 대항하려고 했지만 데보라의 힘에는 어림없었다. 은발 청년은 하는 수 없이 뒤로 몸을 뺐다. 그리고는 주위에 있던 자신의 부하들을 불렀다.
"뭣들 하고 있는 것이냐? 어서 이년을……."

말을 하다가 주위가 너무 조용하다는 사실을 깨달은 은발 청년은 자신도 모르게 고개를 돌려 부하들이 있던 곳을 바라보았다. 데보라와 불과 검 한번 부딪치는 그 짧은 시간에 십여 명에 달하는 부하들이 모조리 목숨을 잃은 것이었다.

부하들을 죽인 라일은 여전히 얼굴을 가리고 있는 후드를 쓴 채 팔짱을 끼고 데보라와 자신을 바라보고 있었다. 그 모습은 처음 나타날 때와 조금도 달라지지 않았다.

"이 자리를 네 무덤으로 만들어주마."

데보라는 다시 브로드 소드를 휘둘렀고, 은발 청년은 다시 검을 들어 방어를 했지만, 뒤로 밀리기는 마찬가지였다. 도망을 가려고 해도 후드를 쓴 자 때문에 그것도 쉽지 않을 것 같고, 데보라를 상대하려고 해도 압도적인 힘 차이 때문에 마음먹은 대로 공격하기가 힘들었다.

은발 청년이 그런 생각을 하는 동안 데보라는 조금씩 브로드 소드에 마나를 집어넣고는 있는 힘껏 검을 휘둘렀다. 날카로운 소리와 함께 브로드 소드가 날아들자 은발 청년은 깜짝 놀라며 롱 소드를 들어 상대의 공격을 막으려고 했다. 비록 은발 청년도 롱 소드에 마나를 집어넣고 있었기에 잘리지는 않았지만, 커다란 충격을 받고는 그만 손잡이를 놓치고 말았다. 은발 청년의 롱 소드는 완만한 포물선을 그리며 날아가 버렸고, 그 모습에 은발 청년은 그의 머리색처럼 창백해졌다.

"집어라."

데보라의 말에 은발 청년은 수치심과 함께 모멸감을 느끼는 듯 얼굴이 붉어졌다. 묵묵히 땅에 떨어진 자신의 롱 소드를 집어 든 은발 청년은 발작이라도 하듯 데보라에게 달려들었다. 은발 청년의 롱 소드가 마치 허공에서 춤이라도 추듯 어지럽게 흔들리며 데보라에게 떨어졌지만, 데보라는 침착하게 은발 청년의 공격을 하나하나 막아냈다.

자신의 공격이 데보라의 털끝조차 건드리지 못하는 것을 본 은발 청년은 실망하지 않을 수 없었다. 그러는 사이에도 롱 소드는 주인의 심정을 반영이라도 하듯 빠르게 공격을 하고 있었다. 은발 청년의 공격을 하나하나 막아내던 데보라는 갑자기 허리에 차고 있는 쇼트 소드를 왼손으로 뽑아 들고는 힘껏 휘둘렀다.

갑작스런 데보라의 양손 공격에 은발 청년은 그야말로 혼이 달아날 정도로 놀랐다. 그의 손발이 어지러워지는 순간, 데보라의 쇼트 소드는 은발 청년의 왼쪽 어깨에 깊숙한 상처를 냈다.

"으윽!"

은발 청년이 비명과 함께 뒤로 물러서자, 데보라는 재빨리 쇼트 소드와 브로드 소드를 집어넣고는 등에 메고 있던 파이크를 조립해 은발 청년을 향해 힘껏 찔렀다. 데보라가 그런 무기를 선호하기 때문인지는 몰라도 창 끝에 붙어 있는 창날도 일반적인 파이크에 달려 있는 창날보다 배 이상 길고 컸다.

은발 청년은 자신을 향해 날아오는 파이크가 상상 이상으로 빠른 것을 보고 움찔하며 뒤로 물러섰다. 그러나 그런 그의 노력에는 아랑곳하지 않고 파이크는 그의 오른쪽 허벅지에 깊은 상처를 냈다. 상처 때문에 사내의 행동이 급격히 느려지자 데보라는 그 자리에서 몸을 회전시키며 파이크를 크게 휘둘렀다. 놀란 은발 청년은 그 자리에 주저앉아 처음 공격을 피했지만, 다시 몸을 회전시킨 데보라의 이어진 공격을 피할 순 없었다. 이를 악물고 롱 소드를 들어 파이크의 공격을 막아냈다.

챙!

귀청이 터질 것 같은 요란한 소리와 함께 은발 청년의 팔은 힘없이 꺾였고, 파이크의 날카로운 창날은 사내의 옆구리를 사정없이 훑고 지나갔다. 사내의 묵직한 신음 소리를 들은 데보라는 사정없이 찌르기 공격을 했다. 번개처럼 이어진 데보라의 공격에 은발 청년은 이리저리 몸을 피했지만 피하는 것도 한도가 있었다. 옆구리에 이어 왼쪽 허벅지에도 상처를 입었고, 가슴과 복부에도 상처를 입었다.

은발 청년의 행동이 점점 느려지더니 종내에는 롱 소드를 든 손을 내려버렸다. 상대의 뜻밖의 행동에 데보라는 공격을 멈추고 은발 청년을 노려보았다. 그의 얼굴은 수치심과 데보라에 대한 원한으로 시뻘겋게 달아올라 있었다. 그런 표정에도 데보라는 아랑곳하지 않았다.

"어서 죽여라!"

눈까지 감아버린 상대의 모습에 데보라의 표정은 변화가 없었다. 설사 데보라가 손을 쓰지 않는다고 하더라도 은발 청년의 상처에서는 상당한 양의 피가 흘러 살 수 없을 것 같았다.

"소원이라면……"

데보라는 들고 있던 파이크를 움직여 은발 청년의 심장을 단숨에 꿰뚫어 버렸다. 감았던 눈을 뜨고 자신의 심장을 관통한 파이크를 움켜잡더니 데보라를 향해 저주에 찬 표정을 지으며 천천히 뒤로 쓰러졌다.

은발 청년의 목숨이 완전히 끊어진 것을 확인한 데보라는 그의 목을 단숨에 날려버렸다. 이미 목숨을 잃은 탓인지 피는 그렇게 많이 흐르지 않았다. 그리고는 자신의 등에 묶여 있던 가죽 주머니를 꺼내 은발 청년의 머리를 집어넣고는 다시 허리에 찼다.
"이제 어떻게 할 것인가?"
"어디 있는지 알았으니, 비앙카, 그 배신자를 찾아 응징하고, 순결의 검을 찾아야지요."
데보라가 순결의 검을 찾는 것을 도와주겠다고 약속을 했으니 라일로서도 데보라와 함께 움직여야만 했다. 곧 고개를 끄덕인 라일이 걸음을 옮겼다.
"어서 이 자리를 벗어나도록 하세. 괜한 시비에 말리긴 싫거든."
라일의 뒤를 따르며 데보라는 다시 한 번 주위를 둘러보고는 곧 고개를 돌렸다. 십여 명을 몰살시킨 라일과 데보라는 그리 빠르지도, 그렇다고 느리지도 않은 걸음으로 장내를 떠났다.

은발 청년이 말한 리벤즈라는 도시는 은발 청년이 목숨을 잃은 곳에서 만 하루 거리에 있었다. 멀리서 보니 도시라고 부르는 것이 딴 도시들에게 미안할 정도로 리벤즈는 전체적으로 허름하고, 지저분해 보였다.
지금은 자신의 허리에서 대롱거리며 매달려 있는 은발 청년이 터뜨린 웃음 소리를 기억하며 데보라는 불길하게 느껴지는 예감을 애써 지웠다.
"호호호, 여자가 건방지게 검을 들다니! 호호호, 이 어르신네가 친절하게 검술을 가르쳐 줄까?"
갑자기 들린 노인의 음성에 데보라는 깜짝 놀라 돌아서면서 브로드 소드를 뽑아 들었다. 게다가 라일도 상대가 나타난 사실을 몰랐던 것을 보면 아마도 워프 같은 신체 이동 마법을 사용한 듯 했다.

데보라가 가만히 상대를 보니 서른이 갓 넘은 듯한 청년이었다. 복장도 일반적인 여행자 복장이었고, 하다못해 검 한 자루도 차고 있지 않았다. 호리호리한 몸매에 갈색의 머릿결을 가진 아주 평범한 용모의 소유자였다. 그렇지만 그의 음성만은 도저히 이해할 수 없었다.

데보라의 얼굴을 확인한 청년의 눈이 상당히 커졌다. 무기 상인을 방불케 하는 데보라의 모습을 보고 상당히 씩씩한(?) 용모의 소유자일 것이라고 판단을 한 것인데, 중성적인 매력을 풍기는 이런 미인일 줄이야.

"호호호, 좋군, 좋아. 이 어르신네가 귀여워해 줄까?"

역시나 늙은이의 음성이었다. 그것도 아주 듣기 역겹고, 더럽게 늙은 듯한 늙은이의 음성. 더 이상 데보라는 참지 못하고 수중의 브로드 소드를 휘둘러 청년의 어깨를 공격했다. 기분이 나쁘기는 했지만 그래도 상대를 해칠 마음은 없었기에 어느 정도 힘을 뺀 상태였다.

자신을 향해 무지막지한 브로드 소드가 날아드는데도 청년은 꼼짝도 하지 않았다. 데보라가 그 모습을 발견하고 브로드 소드를 멈추려고 했지만 제대로 브로드 소드를 세울 수 없었다. 데보라의 브로드 소드가 50센티미터 앞으로 다가와서야 청년은 입을 열었다.

"마나 실드Mana Shield!"

챙!

"으윽!"

손목에 심한 충격을 받은 데보라는 재빨리 뒤로 물러섰다.

"호호호, 그렇게 앙탈부리면 이 어르신네가 혼내줄 거야!"

데보라를 조롱이라도 하듯 청년이 입을 열자 마침내 라일이 검을 뽑아 들었다. 상대의 분위기가 심상치 않은 것을 깨달은 청년은 재빨리 스펠을 캐스팅했다. 그 모습을 본 라일은 더욱 빨리 움직였다. 청년이 막 캐스팅을 끝냈을 땐 이미 라일은 청년의 뒤에 서 있었다. 라일이 가볍게(?) 상대의 목을 내리쳤다.

퍽!

"윽!"

짧은 신음 소리와 함께 상대가 쓰러지자, 라일은 고개를 돌려 데보라에게 물었다.

"다치진 않았나?"

"예, 시큰거리기는 하지만 다치진 않았습니다."

데보라의 대답에 라일은 다시 고개를 돌려 기절해 있는 청년을 바라보았다. 겉모습은 청년이 분명한데 음성은 노인의 음성이라니……. 라일로서도 이런 일은 처음이었다. 혹시 몸 속만 알차게(?) 늙었기 때문일까? 라일이 그런 말도 안 되는 생각을 하고 있을 때 그를 부르는 음성이 있었다.

"스승님, 스승님."

고개를 돌려보니 데미안이 로빈과 함께 달려오는 모습이 보였다. 게다가 데미안의 품 안에는 누군가가 안겨 있었다. 데미안의 음성에 같이 고개를 돌린 데보라는 순간 눈에서 불똥이 튀는 것 같았다. 데미안의 품 안에 안겨 있는 사람이 여자가 분명했기 때문이다.

다가온 데미안과 로빈은 라일과 데보라를 보며 그들이 무사히 제국군의 포위망을 벗어난 것을 기뻐했다. 그러나 데미안의 품 안에 있던 레오는 다른 사람들의 존재는 깡그리 무시한 채 지그시 눈을 감고 있었다. 그 모습을 본 데보라가 자신도 모르게 주먹을 불끈 쥐고는 데미안에게 따지듯 물었다.
"그. 여. 잔. 누. 구. 지?"
딱딱 부러지는 듯한 데보라의 음성에 데미안은 얼마 전 로빈이 자신에게 말한 내용이 떠올라 왠지 어색함을 느끼며 대답했다.
"내가 일전에 말했던 적이 있었지? 왜, 페인야드에서 호인족 노예를 산 적이 있었다고 말이야. 기억 안 나? 바로 그 호인족 소년이야."
"분명히 기억하지. 호인족 소년을 80골드에 샀고, 한스라는 싸일렉스 백작가의 집사가 풀어주었다고 틀림없이 들었어. 그렇지만 여자라고 한 적은 없었어."
마치 질투라도 하듯 데보라가 따지자, 데미안은 레오를 만나게 된 경위부터 어떻게 여자가 되었는지 그 과정을 두 사람에게 설명했다. 하지만 데보라는 스스로 성별을 바꿀 수 있다는 데미안의 말도 믿기 힘들지만, 무엇보다 데미안 품에서 눈을 감고 있는 레오의 꼴이 보기 싫었다.
그런 데보라의 기분을 느꼈을까? 지그시 눈을 뜬 레오가 데보라에게 강력한 적의를 드러냈다. 막 으르렁거리려다가 옆에 있는 라일의 모습을 보고는 조금 겁을 먹은 듯 찔끔하는 모습이었다. 얼굴을 보지 않아도 라일의 강함을 본능적으로 느낀 모양이었다.
"레오, 인사해. 이분은 내 스승님이신 라일님이시고, 이쪽은 동료인 데보라야."
"데미안, 저 사람 무섭다."
"스승님은 좋은 분이셔."

"레오, 무섭다. 저 여자 싫다."
"아니, 데보라가 왜 싫어?"
"레오, 미워한다. 저 여자 싫다."
레오의 말에 데미안은 어떻게 해야 좋을지 몰랐다. 그가 당황해하고 있을 때 로빈의 음성이 들렸다.
"아니, 어떻게 이런 일이 있을 수가……."
"무슨 일이야?"
일행들의 눈이 자연스럽게 로빈에게 쏠렸고, 데미안은 그제야 기절해 있는 청년을 발견할 수 있었다. 한데 자세하게 얼굴을 살피고 보니 3년 전 페인야드로 가던 도중 만나 적이 있는 뮤렐 로완스였다.
"뮤렐이 여기 웬일이지?"
"데미안, 아는 사람이냐?"
"예, 과거에 한번 만난 적이 있던 사람입니다."
대답을 하고는 라일에게 그와 만나게 된 일을 자세히 설명했다. 그의 말이 끝나자 이번에는 데보라가 조금 전에 있었던 일을 설명했다. 데보라의 설명에 데미안은 어이가 없었다. 3년 전에 헤어진 뮤렐이 마법에 얼마나 소질을 가지고 있는지는 모르지만, 겨우 3년 만에 데보라에게 부상을 입힐 정도의 마법사가 되었다고는 믿을 수 없었다. 두 사람의 이야기를 모두 들은 로빈이 자신이 발견한 사실을 설명했다.
"여러분들은 잘 모르시겠지만, 지금 이 사람의 몸에는 또 하나의 영혼이 있습니다. 데미안님의 말씀을 듣고 보니 아마도 그 영혼이 차이렌이란 마법사의 영혼 같습니다."
"어떻게 하나의 몸에 두 개의 영혼이 있을 수 있지?"

"데미안님의 말씀대로 그 사람이 7싸이클의 마법사라면 전혀 불가능한 것도 아니겠지요. 자세한 것은 이 사람이 깨어나면 알겠지만, 두 개의 영혼이 있는 것만큼은 틀림없는 사실입니다."

"그 영혼만 잠재울 수 있겠어, 로빈?"

"글쎄, 영혼을 제압하는 것은 자신이 없습니다."

"그럼, 날뛰지 못하도록 힘을 빼는 것은?"

"그거야 가능하지만, 그래도 마법은 사용할 수 있지 않습니까?"

"그건 내가 할 테니까, 로빈은 일단 힘부터 빼앗아."

"알겠습니다."

로빈이 신성 주문을 읊는 동안 데미안은 4싸이클의 마법을 캐스팅하기 시작했다. 옆에서 그 모습을 본 라일은 불과 며칠 만에 데미안의 실력이 부쩍 늘었다는 것을 알 수 있었다.

"테이크 파워(Take Power : 힘을 탈취하다)!"

로빈의 외침과 동시에 뮤렐의 몸이 잠시 빛이 났다가 곧 사라졌다. 로빈이 물러서자, 미리 스펠을 캐스팅해 두었던 데미안이 가볍게 외쳤다.

"실링 오브 스펠(Sealing of Spell : 마법 봉인)!"

데미안의 외침과 함께 붉은색의 마나가 데미안의 손에서 뿜어져 나와 뮤렐의 머리를 감쌌다가는 곧 사라졌다. 데미안이 손을 멈추자 보고 있던 라일이 데미안에게 물었다.

"며칠 사이에 또 실력이 는 것 같구나."

"예, 실은 레오를 만나……."

데미안은 자신이 본 광경을 라일에게 설명했고, 그 말을 전해 들은 라일은 데미안이 보았다는 곳이 심상치 않다는 생각이 들었지만, 대체 그곳이 어떤 곳인지 알 도리가 없었다. 그러는 사이 뮤렐이 깨어났다. 그는 자신의 주위에 여러 사람이 서 있는 것을 보고는 놀란 표정을 지었다. 그러다 데미안의 모습을 보고는 반색했다.

"저어, 혹시 데미안님이 아니십니까?"

"그래, 뮤렐. 바로 나야."

"불과 몇 달 전에 뵀는데 상당히 몸이 좋아지셨군요. 그런데 왕립 아카데미는 어떻게 하고 여기에 계신 겁니까?"

"몇 달 전이라니 무슨 소리야? 우린 지금 3년 만에 만나는 거라고."

"예? 3년 만이라니, 그게 무슨 말씀이십니까? 분명히 저와 4달 전 만나지 않으셨습니까?"

데미안은 지금 뮤렐이 무슨 말을 하는지 영문을 알 수 없었다. 옆에서 그 말을 듣고 있던 데보라가 참견을 했다.

"데미안, 두 사람 사이에 무슨 일이 있었는지는 모르지만, 지금 조금 바쁘거든."

"바쁘다니? 무슨 일이 있어?"

"배신자를 찾았어. 지금 그 배신자를 찾아가야 하거든."

딱딱하게 굳은 데보라의 얼굴을 보다가 그녀의 허리에 이상한 가죽 주머니가 매달려 있는 것을 그제야 발견했다. 데미안의 얼굴에 궁금증이 어려 있는 것을 본 데보라가 설명을 하며 몸을 돌려 리벤즈로 걸음을 옮겼다.

"비앙카를 배신자로 만든 사내의 머리."

그 말에 로빈이나 뮤렐은 질린 표정을 지었고, 데미안도 조금은 놀란 표정을 지었다. 재빨리 데보라의 뒤를 따라가며 물었다.

"어떻게 그렇게 쉽게 찾았지?"

"우리를 공격했던 제국군 틈에 섞여 있었어."

"그럼, 순결의 검은 찾았어?"

"아니. 무슨 이유 때문인지는 모르지만, 아마 비앙카가 이 작자에게 넘겨주지 않은 모양이야."

"그럼 비앙카란 여자가 이 마을에 있는 거야?"

데미안의 말에 데보라는 고개를 끄덕였다.

역시 멀리서 봤던 모습과 조금도 다른 점이 없었다. 지저분한 거리에 허름한 집들. 일행들을 더욱 놀라게 한 것은 그 마을의 거리를 오가는 사람은 단 두 종류의 인간들뿐이라는 사실이었다. 사내들은 거의 병사들로 보였고, 여자들은 진하고 천박한 화장에 가슴이 거의 드러날 정도로 깊게 패인 옷을 걸치고 있는 것이 보는 사람이 얼굴을 돌려버릴 정도로 선정적인 모습이었다.

그런 모습을 난생처음 보는 로빈이나 데미안, 데보라는 얼굴이 화끈거려 고개를 들기 힘들었다. 뮤렐 역시 은근히 붉어진 얼굴로 고개를 돌렸고, 라일이야 원래 얼굴을 붉혔는지 아닌지 모를 얼굴 구조를 가지고 있으니 알 도리가 없었다.

유일하게 호기심을 나타내는 사람(?)은 레오뿐이었다. 호기심어린 눈으로 유심히 바라보던 레오는 데미안의 팔에 매달리며 질문을 했다.

"데미안, 저 여자 불쌍하다."

"무, 무슨 소리야?"

"가슴 너무 크다. 옷 작다."

그 소리에 옆에서 듣고 있던 데보라의 얼굴이 다 화끈거릴 정도였다. 한시바삐 그 자리를 벗어나기 위해 데보라는 지나가는 여자를 붙잡고 물었다.

"사람을 찾습니다. 저와 같은 머리색을 가진 여자를 알고 계십니까?"

잠시 데보라의 아래위를 훑어본 여자는 신기하다는 듯 대답을 했다.

"나참! 오래 살다 보니 이 마을에 사람을 찾으러 오는 사람도 다 있군. 당신이 찾는 여자가 비앙카란 여자 아냐? 이마에 점이 있는 여자 말이야."

"그렇습니다."

다급한 데보라의 대답에도 아랑곳하지 않고 여자는 손을 내밀었다. 순간적으로 무슨 뜻인지 알아채지 못한 데보라가 당황하고 있을 때, 데미안이 대신 그녀에게 물었다.

"얼마요?"

"5골드."

그 말을 들은 데미안은 아무 말도 하지 않고 5골드를 그녀에게 건네주었다. 돈을 받은 여자는 마을 안쪽을 가리키며 설명을 했다.

"이 길을 따라 쭉 가다 보면 왼쪽에 〈고향〉이라는 술집이 있어. 거기에 가보면 그 여자를 찾을 수 있을 거야."

"고맙소."

여자는 제 갈 길로 가버렸고, 데보라는 비앙카가 술집에 있다는 말을 듣고는 충격을 받은 듯 아무런 말도 하지 못하고 있었다. 그런 그녀의 어깨를 툭 친 데미안은 고갯짓으로 마을을 가리켰다. 데보라는 심호흡을 하고는 마을로 향했다.

가는 길에 많은 제국군들의 모습이 보였지만 거의 대부분 술에 취해 있거나 여자들과 어딘가로 가고 있어 데미안 일행은 신경도 쓰지 않았다.

서둘러 걸음을 옮긴 데보라는 곧 〈고향〉이라는 술집을 찾을 수 있었다. 허름한 간판에, 지저분한 바닥, 노래를 하는 것인지, 아니면 악을 쓰는 것인지 모를 사내들의 고함 소리. 그 모든 것이 눈살을 찌푸리게 만들었지만 데보라는 아무것도 들리지 않고, 또 보이지 않는 사람처럼 술집에 들어가 바텐더를 찾았다.
"어서 오십……."
말을 하던 바텐더는 데보라의 미모에 놀란 듯 아무 소리도 못했다. 그런 그의 눈길을 무시한 채 질문을 했다.
"실례지만, 이곳에 비앙카란 여자가 있나요?"
"그렇소이다만……."
"그 여자를 만났으면 하는데, 만날 수 있나요?"
데보라의 말에 바텐더는 대답할 생각은 않고 데보라의 뒤편에 서 있는 그녀의 일행들을 보았다. 그러다 데미안과 데미안의 팔짱을 끼고 있는 레오의 모습을 발견했다.
'흐흐흐, 이게 웬 횡재냐? 여자가 셋이나 되잖아? 흐흐흐, 애들을 풀어서 이것들을 우리 집에서 일하게 하면 당장 부자가 되겠다. 저 꼬마나 비실비실한 놈이야 신경 쓸 필요도 없고, 후드를 눌러쓴 놈이 조금 신경 쓰이기는 하지만 우리 애들이 몇인데…….'
그런 속마음을 감춘 채 바텐더는 미소를 띠며 대답했다.
"비앙카는 이층에 있소. 날 따라오시오."
바텐더의 말에 데보라는 심호흡을 한번 하고는 데미안에게 말했다.
"데미안, 미안하지만 같이 가줄래?"
"좋아."
떨어지기 싫어하는 레오를 억지로 떨어뜨려 놓고, 데미안은 데보라와 함께 바텐더의 뒤를 따라 이층으로 올라갔다. 집을 허술하게 지은 탓인지, 아니면 너무도 오래된 탓인지는 모르지만 발을 디딜 때마다 삐걱거리는 소리가 들렸다. 바텐더의 발이 멈춘 곳은 가장 안쪽에 있는 방 앞이었다. 그 방을 가리키며 바텐더가 말했다.

"여기요. 아마 오래 살지는 못할 거요. 카악~ 퉤!"

바텐더는 바닥에 침을 뱉고는 다시 아래층으로 내려가 버렸고, 데보라는 떨리는 손으로 문고리를 잡고는 천천히 돌렸다. 녹슨 문이 열리듯 날카로운 소음과 함께 문이 열리며 천천히 방 안의 모습이 보였다.

데보라가 방의 모습을 보며 첫 번째 느낀 것은 어둡고 습하다는 것이었다. 게다가 굉장히 낡고 지저분했다. 천천히 주위를 둘러보자 손바닥만큼이나 작은 창문이 보였고, 탈출을 방지하기 위해선지 창문에 쇠창살이 보였다. 그리고 그 밑으로 낡은 침대와 더러운 시트가 보였고, 누군가가 누워 있는 모습이 보였다. 그리고 누군가가 자신을 유심히 바라보고 있는 것을 발견했다.

보라색의 머리에 보라색 눈을 가진 아주 작은 소녀였다. 호기심 가득한 눈망울로 데보라의 얼굴과 데미안의 얼굴을 유심하게 바라보더니 작은 음성으로 물었다.

"엄마야?"

"그래, 네로브. 바로 네 엄마야."

작고 힘없는 음성이 침대 쪽에서 흘러나오자, 네로브라고 불린 소녀는 조심스럽고 조금은 겁을 먹은 듯한 걸음걸이로 데보라에게 다가왔다.

"어, 엄마."

데보라는 도저히 정신을 차릴 수 없었다. 난생처음 보는 어린 여자애가 자신을 엄마라고 부르는데 멀쩡하다면 그 사람이 이상한 사람일 것이다. 대충 눈치로 감을 잡은 데미안이 네로브에게 팔을 내밀었다.

"엄마는 저 아줌마하고 할 이야기가 있거든. 우리 나갈까?"

"응, 아빠."

이번에는 데미안이 기절을 할 차례였다. 데보라는 같은 아마조네스니까 아이의 엄마가 데보라를 엄마라고 이야기했을 수도 있었을 것이다. 하다못해 머리색이라도 같으니 어머니라고 착각을 할 수도 있겠지만, 자신이 왜 갑자기 아이의 아버지가 되었단 말인가? 혼란한 머리 속을 그냥 내버려두고 데미안은 아이에게 팔을 내밀었다.

"그, 그래. 나, 나가자."

재빨리 데미안이 문밖으로 나가 네로브를 안았다. 이렇게 가볍고 조그마한 것이 살아서 움직이다니. 데미안은 생명의 신비를 느끼며 자신도 모르게 네로브를 안은 팔에 힘을 주었다.

"아빠, 아파."

"응? 미안."

데미안은 팔에 힘을 빼면서 네로브에게 물었다.

"내가 아빠라는 걸 어떻게 알았니?"

"헤헤헤, 내가 그것도 모를까 봐. 엄마 옆에 있는 남자는 당연히 아빠잖아."

네로브의 작은 웃음 소리에 데미안은 사랑스러움을 느끼며 그 작은 뺨에 입을 맞췄다.

데보라는 자신의 눈앞에 누워 있는 비앙카의 모습에 아무런 말도 할 수 없었다. 한때는 아마조네스들 가운데 가장 아름답다고 인정받던 비앙카가 지금은 뼈와 가죽만 남은 모습으로 자신을 맞이한 것이다. 힘겹게 자리에서 일어나는 비앙카의 모습을 데보라는 그저 지켜보는 수밖에 없었다. 침대에서 내려온 비앙카는 데보라 앞에 무너지듯 무릎을 꿇었다.

"칸이시여! 이 어리석은 계집을 죽여주십시오."

"부족을 배신하고 도망친 네가 왜 이런 모습으로 있는 것이냐? 겨우 이런 놈에게 배신당하려고 아마존을 떠난 거냐?"

데보라는 치밀어 오르는 분노를 참지 못하고 허리에 차고 있던 가죽 주머니에서 은발 사내의 머리를 꺼내서는 비앙카 앞에 집어 던졌다. 자신 앞으로 굴러온 사내의 머리를 잠시 본 비앙카는 심하게 기침을 했다.

"쿨룩쿨룩! 죽여주세요……. 쿨룩쿨룩!"

데보라는 그 모습을 보며 가슴이 아려오는 것을 느꼈다.

물론 그녀와 자신 사이에는 신분의 차이가 있었지만, 마치 친자매처럼 지냈던 세월도 있었다. 그런데 지금은 그녀의 생명을 빼앗기 위해 자신이 여기까지 왔다는 사실이 너무도 가슴이 아팠다.

마음 한구석에서는 '그녀는 배신자다', '배신자는 죽어야 한다'라는 말을 끝없이 되뇌이고 있었지만 소용이 없었다. 데보라가 아무 말도 없이 그냥 서 있자, 비앙카는 이를 악물고 고통을 참으며 그녀에게 말을 건넸다.

"칸이시여! 네로브를 부탁드립니다. 그 아이는 아무런 잘못도 없습니다. 쿨룩쿨룩! 다만 저의 몸을 빌어 태어난 것이니, 제발 그 아이만은 용서해…… 쿨룩쿨룩! 주십시오. 그 아이는 칸을 어머니로 알고 있습니다."

거기까지 말을 한 비앙카는 격한 기침과 동시에 각혈을 했다. 그러면서 나직한 주문을 중얼거리기 시작했다. 그러자 신비스럽게도 그녀의 심장 부분에서 대거보다 조금 큰 한 자루의 단검이 솟아나기 시작했다. 그와 동시에 그녀의 입에서는 더욱 많은 양의 선혈이 흘렀지만, 그녀는 주문 외우는 것을 멈추지 않았다.

땡그랑!

맑은 소리를 내며 수수한 검집에 쌓인 한 자루의 단검이 바닥에 떨어졌고, 비앙카는 더욱 많은 양의 선혈을 쏟으며 앞으로 쓰러졌다. 그 모습에 데보라는 자신도 모르게 로빈의 이름을 커다랗게 외쳤다.

"로빈! 어서, 어서 이리로 와!"

데보라의 고함 소리에 데보라와 데미안이 나오기만 기다리던 로빈이 황급히 달려왔고, 데미안 역시 방 안을 슬쩍 엿보다가는 황급히 네로브의 눈을 가렸다. 재빨리 비앙카를 침대에 눕힌 데보라는 로빈이 진찰하는 모습을 지켜봤다. 잠시 비앙카의 상태를 살핀 로빈은 곧 데보라를 향해 고개를 저었다.

"이분은 심한 폐병을 앓고 계셨던 것 같아요. 이 정도의 각혈을 했을 정도면 아마 폐가 거의 녹아버렸을 거예요. 게다가 심장도 거의 파열된 상태고, 내장도 많이 상했어요. 지금까지 살아 있는 것이 기적일 정도예요."

"너한테는 치유의 구슬이 있잖아. 그걸로도 치료를 할 수 없는 거야?"

"물론 치유의 구슬로 치료를 할 수 있어요. 그렇지만 그 방법은 이분이 느끼는 고통만 가중시킬 거예요. 게다가 폐는 이미 녹아버린 상태라…… 아무리 치유의 구슬이라고 하더라도 없는 걸 만들어 낼 수는 없어요."

로빈의 말에 데보라는 자신도 모르게 슬픈 표정을 짓고는 창백한 비앙카의 얼굴을 바라보았다. 차라리 부족을 배신한 비앙카가 자신이 저지른 일을 조금도 반성하지 않고 살았다면 자신의 마음이 이렇게 아프지는 않았을 것이다.

"데보라는… 아레네스의… 선물…… 언니… 네로브를……."

"걱정하지 마. 그 아이는 내가……."

희미한 비앙카의 말에 데보라가 황급히 대답을 했고, 데보라의 대답을 들은 비앙카는 엷은 미소를 지은 채 세상을 떠났다. 마지막, 그녀가 지은 미소는 감사와 자신이 지은 죄에 대한 미안함이 한데 섞인 가슴 저리도록 슬픈 미소였다. 천천히 비앙카의 눈을 감겨준 데보라는 데미안을 불렀다.

"데미안, 네로브를 데리고 와."

네로브를 안은 데미안이 방 안으로 들어서자, 데보라가 고개도 돌리지 않은 채 네로브에게 말을 했다.

"네로브, 우린 지금 떠나야 하거든. 그러니까 아줌마한테 고맙다고 인사를 드려라."

잠시 데보라의 모습을 본 네로브는 곧 잠들어 있는 듯 보이는 비앙카를 향해 그 작은 머리를 숙이며 작은 음성으로 중얼거렸다.

"고마워요, 아줌마."

"네로브, 아줌마가 아주 피곤한 모양이야. 아줌마가 자게 우린 이만 떠나자."

"응, 엄마."

네로브의 대답에 데보라와 데미안, 그리고 로빈은 천천히 아래층으로 내려왔다. 일행들은 데미안과 데보라가 무사히 내려오자 안심을 하면서도 데미안의 품에 안겨 있는 네로브를 보며 고개를 갸웃거렸다. 위층에서 내려오는 데미안과 네로브의 모습을 발견한 바텐더가 간사한 웃음을 지으며 다가왔다.
"비앙카는 잘 만나보셨습니까?"
"그렇소. 그런데 우리에게 할말이 있소?"
"보아 하니 비앙카를 잘 아시는 것 같은데, 헤헤헤, 비앙카가 그동안 우리 집에 있으면서 상당히 많은 치료비와 생활비를 받아쓰거든요. 헤헤헤."
간사한 웃음 소리에 데미안은 저절로 인상이 찌푸려졌다.
"그러니까 당신 말은 우리가 그 돈을 내야 한단 말이오?"
"돈이 없다면 당신과 저 두 여자가 한동안 우리 가게에서 일하면서 갚는 방법도 있습니다."
바텐더의 그 말에 평소의 데미안 같았으면 당장 주먹이 날아갔겠지만 자신이 안고 있는 네로브 때문에 꾹 참았다.
"아빠, 아빠가 여자야?"
"네가 보기엔 어떠니? 너도 내가 여자로 보이니?"
"아니."
"네로브가 알고 있는 것도 모르다니, 저 사람은 너무 멍청하구나."
정작 주먹을 날린 사람은 옆에서 그들의 대화를 듣고 있던 데보라였다. 불의의 일격을 당해 나뒹굴어진 바텐더를 노려보는 데보라의 얼굴은 그야말로 성난 암사자였다. 이를 부드득 갈며 주먹까지 움켜쥔 데보라는 바텐더를 향해 말했다.

"뭐? 치료비에 생활비? 개자식, 비앙카가 그런 병을 얻어 죽은 게 모두 네놈 때문이라는 걸 내가 모를 줄 알아?"

"아빠, 아까 그 아줌마 죽었어?"

"아니야, 엄마가 말을 잘못한 거야."

데미안은 네로브를 안고 재빨리 술집 밖으로 향했다. 한동안 정신을 차리지 못하던 바텐더는 데보라를 노려보면서 턱을 움켜쥐었다.

"빌어먹을 년. 곱게 말로 끝내려고 했는데 기어이 내 성질을 건드리는군. 애들아!"

바텐더의 부름에 술집의 한구석에서 십여 명의 청년들이 다가왔다. 그들의 모습을 본 바텐더는 기세가 등등한 모습으로 거만하게 말했다.

"저 자식들을 모두 혼내주어라. 될 수 있으면 여자들은 건드리지 마라."

"아무도 나서지 마."

데보라의 착 가라앉은 음성에 데미안 일행은 그냥 뒷짐을 진 채 구경만 했다. 그 모습에 청년들은 찔끔했지만 자신들의 숫자를 믿고 다시 걸음을 옮겼다. 데보라가 서 있는 모습을 본 청년들 가운데 한 명이 마치 먹이를 덮치는 맹수처럼 그녀를 뒤에서 덮쳤다. 데보라는 뒤도 돌아보지 않은 채 오른쪽 팔꿈치를 회전시켜 청년의 턱을 날려버렸다.

청년 하나가 손도 못 써보고 당하자 청년들은 일제히 데보라에게 달려들었다. 데보라는 침착하게 한 번에 한 명씩 그것도 딱 한 번씩만 팔을 휘둘러 재기불능으로 만들어 버렸다. 정확히 열두 번의 팔 휘두르기가 끝나자 청년들은 모두 기절한 채 바닥에 누워 버렸고, 그 모습을 본 바텐더는 그제야 자신이 얼마나 엄청난 인물을 건드렸는지 깨닫게 되었다.

지옥의 사신(死神)인 양 자신을 향해 다가오는 데보라의 모습에 바텐더는 뒷걸음질을 쳤다. 손님의 대부분은 술에 절어 무슨 일이 벌어지고 있는지조차 모르고 있었고, 깨어 있는 자들은 그저 재미있는 일이 벌어진다고 생각을 한 것 같았다. 그래봐야 세 명에 불과했지만.

벽에 등이 닿은 것을 느낀 바텐더는 건물에 벽이란 걸 만든 건축가들을 모조리 욕하며 데보라의 마수(?)를 피할 방도를 열심히 생각했다. 그러나 데보라의 모습을 보니 도저히 대화가 통할 것 같지 않았다.

바텐더가 열심히 잔머리를 굴리고 있을 때 데보라의 주먹이 허공을 가르며 날아왔다. 바텐더는 데보라의 주먹을 턱으로 막았고, 정신이 아득해지는 것을 느끼면서도 다시 한 번 자신의 복부로 막아냈다.

이번엔 호흡 곤란이 느껴졌지만 망설이지 않고 데보라를 향해 자신의 등을 내밀었다. 요란한 소리와 함께 등이 부서지는 고통 속에서도 바텐더는 이 무시무시한 여자의 손아귀에서 도망칠 생각만 했다. 그러나 그런 그의 생각보다는 데보라의 주먹이 훨씬 빨리 찾아들었다.

퍼퍼퍼퍽!

온몸에서 느껴지는 소름 끼치도록 잔인한 고통에 바텐더는 비명도 나오지 않는 모양이었다. 이미 무릎 뼈가 박살이 나 서 있을 수도 없었던 바텐더는 그 자리에 주저앉아 공포에 질린 표정으로 덜덜 떨고만 있었다. 그런 바텐더의 얼굴을 보면서도 데보라는 손을 멈추려 하지 않았다.
 그녀의 주먹이 다시 머리 위로 올라가는 것을 본 바텐더의 얼굴은 공포가 극에 달한 모습이었다. 그때였다.
 "엄마, 우리 언제 가?"

제29장
알렉스의 속마음

　네로브의 말에 데보라의 손이 허공에서 멈추어졌다. 그리고는 자신도 모르게 음성을 부드럽게 해서 대답했다.
　"으응, 이제 금방 갈 거야."
　"아빠가 엄마 빨리 오래."
　"알았어. 금방 갈게."
　고개를 돌린 데보라는 여전히 겁에 질려 있는 바텐더의 얼굴을 노려보았다. 얼마나 공포에 질렸는지 자신이 오줌을 쌌다는 사실조차 깨닫지 못하고 있는 것 같았다. 더 이상 손을 댈 마음도 들지 않았다.
　"퉤! 더러운 놈."
　데보라는 그 말을 남기고 술집을 나갔지만, 바텐더는 미처 그런 사실을 모르는 사람처럼 여전히 떨고만 있었다. 술집을 빠져 나온 데보라는 자신을 기다리고 있는 일행들에게 사과를 했다. 조심스럽게 마을을 빠져 나왔지만, 그들이 들어갔던 것과 마찬가지로 그들에게 신경 쓰는 사람은 하나도 없었다.
 국경 근처에 있는 바렉스로 향하는 그들의 발걸음을 조심스럽지 않을 수 없었다. 늦은 저녁 데미안 일행들은 작은 동굴을 찾아 미리 준비한 음식으로 끼니를 때웠다. 음식이라고 해봐야 육포에 빵 부스러기가 전부였다. 불을 피울 수 없으니 수프는 생각도 못할 일이고 물을 마시며 겨우 식사를 마칠 수 있었다.
 네로브는 데미안과 데보라의 품에 번갈아 안겨왔지만 그래도 피곤한지 저녁을 먹은 후 바로 잠에 빠져들었다. 네로브가 잠이 든 것을 확인한 데미안은 자신도 모르게 데보라를 바라보았고, 서로 눈이 마주치자 어색한 미소를 지었다. 궁금함을 이기지 못한 로빈이 두 사람에게 물었다.
 "대체 어떻게 된 일이기에 저 소녀가 두 분을 부모라고 알고 있는 겁니까?"
 로빈의 말에 두 사람은 자신도 모르게 네로브를 바라보았지만, 네로브는 귀여운 미소를 지은 채 새근거리며 잠들어 있었다. 안도의 한숨을 쉰 데미안은 자신들 주위에 네로브가 들을 수 없도록 진공의 막을 설치하고서야 입을 열었다.
 "로빈, 말조심해. 지금 저 아이는 나와 데보라가 진짜 부모라고 믿고 있단 말이야."
 데미안의 말에 이어 데보라가 비앙카와의 일을 일행들에게 설명했다. 일행들은 어린 네로브에게 벌어진 가슴 아픈 사연에 대해 진심으로 연민의 감정을 느꼈다. 이야기가 일단락 지어지자 데미안은 뮤렐을 바라보았다.
 "아까는 데보라의 일이 급해 묻지 못했는데, 그 동안 어떻게 지냈어?"

"그날 데미안님과 헤어진 후, 전 차이렌이란 마법사를 찾아 트렌실바니아 왕국이 서쪽 국경선 부근으로 갔었습니다. 그러나 그 마법사가 어디 있는지 아는 사람이 하나도 없어 한동안 고생을 했었습니다. 국경선 근처에 도착한 후 두 달이 지났지만 그저 막연한 소문만 들었을 뿐, 그의 모습을 보았다는 확실한 목격자는 나타나지 않았습니다."

날씨가 그리 춥지 않은데도 불구하고 뮤렐은 추운 듯 자신 몸을 잔뜩 웅크린 채 말을 이었다.

"그렇게 마법사 차이렌을 찾던 중 그가 사람들이 쉽게 찾을 수 없는 곳에 있을 거란 생각에 국경 주위의 숲속을 하나하나 찾아 다녔습니다. 그러던 어느 날 전 숲에서 오거에게 쫓기게 됐고, 오거를 피해 정신없이 피하다가 어느 동굴로 들어가게 되었습니다. 이상한 것은 오거가 무슨 이유 때문인지 그 동굴 근처로는 올 생각을 하지 않는다는 것이었는데, 그때는 제가 너무 흥분을 해 그런 사실을 미처 깨닫지 못했습니다."

"그럼 그곳에 차이렌이란 마법사가 있었군요."

로빈의 말에 뮤렐은 고개를 끄덕였다.

"처음엔 그가 마법사란 사실을 미처 몰랐었습니다. 그와 대화를 나누고서야 제가 찾던 차이렌이라는 걸 알게 됐습니다. 그와 함께 며칠을 보낸 후 그가 저에게 묘한 소리를 했습니다. 계약을 하자는 겁니다."

"계약?"

"그렇습니다. 자신의 생명이 다했기에 새로운 몸을 찾아야 하니, 그때까지만이라도 제 몸을 빌리자는 거였습니다."

"뭐? 그럼 순진하게 그 말을 믿었단 말이야?"

데미안의 말에 뮤렐은 변명이라도 하듯 대답했다.

"차이렌이 말하길 제 몸은 마법을 쓰기에 그리 좋은 상태가 아니라고 하더군요. 게다가 마법도 4싸이클까지 쓰는 것이 고작이라고 했습니다. 그때 저는 제가 어떻게 되더라도 무조건 복수만 하면 다라고 생각을 했기 때문에 결국 허락을 하고 말았습니다. 그의 영혼이 제 몸 속에 들어오는 순간 커다란 충격을 받고 전 기절을 했고, 조금 전에 깨어난 겁니다. 그런데 3년이란 세월이 흘렀다니……"

우울한 뮤렐의 말에 데미안은 그에게 무슨 말을 해야 좋을지 몰랐다. 그러다 보니 자연스럽게 차이렌이란 작자가 너무나 뻔뻔스럽게 느껴졌다.

"차이렌, 깨어 있지? 어디 변명 좀 해보시지."

"빌어먹을, 내가 깨어 있다는 건 어떻게 알았지?"

"허튼 수작 부리지 마. 아무리 날뛰어도 이 자리에서 벗어날 순 없어. 조금이라도 내 성질을 건드리면 컨베이언스 스피릿(Conveyance Spirit : 영혼 전송)으로 당신의 영혼을 개구리에게 옮겨버릴 테니까."

데미안의 사정없는 말에 뮤렐의 입에서는 힘없는 노인의 음성이 흘러나왔다.

"자네는 기사가 아니라 마법사였나?"

"수련 기사이기도 하지만 수련 마법사이기도 하지."

"수련 마법사가 컨베이언스 스피릿의 스펠을 쓸 수 있단 말인가? 그건 4싸이클의 마법을 마스터한 마법사만이 쓸 수 있는데 말이야."

"시끄러워. 대체 무슨 속셈으로 뮤렐을 속인 거지?"
 데미안의 질문에 잠시 주위를 둘러보던 차이렌은 여전히 후드를 눌러쓰고 있는 라일을 모습을 보고 찔끔하는 표정을 지었다. 조금은 풀이 죽은 모습으로 대답했다.
 "죽기 싫으니까."
 "뭐라고?"
 "아무리 내 나이가 80이 넘었다고는 하지만 죽기가 싫었거든. 그래서 오거나 트롤이라도 잡아 그 몸을 빌리려고 했는데, 마침 이 멍청한 인간이 제 발로 찾아온 거야. 그래서 이 작자의 영혼을 잠시 잠재워 버리고 내가 몸을 차지한 거지."
 차이렌의 뻔뻔스러움에 데미안은 어이가 없었다. 그렇기는 주위에서 그의 말을 듣고 있던 다른 사람들도 마찬가지였다. 화가 치민 데미안은 로빈에게 물었다.
 "로빈, 이 빌어먹을 영감탱이의 영혼을 영원히 없애버릴 수 있는 방법이 없을까?"
 "치료와 관계된 것이 아니라면 저로서도 방법이 없어요."
 "참! 데보라, 네가 가지고 있는 순결의 검에 원래의 상태로 돌리는 힘이 있다고 했지. 혹시 이 작자의 영혼을 없애버릴 수 있는 방법 혹시 몰라?"
 데미안의 말에 놀란 차이렌은 고개를 돌려 데보라를 보았다. 데보라는 당장 허리에 차고 있던 순결의 검을 꺼내서는 데미안을 향해 고개를 끄덕였다.
 "이 작자의 영혼을 없앨 수 있을진 모르지만 한번 해보지 뭐."
 "이, 이봐. 자네들, 지금 무슨 소리를 하는 건지 알아?"
 "시끄러! 살 만큼 살았으면 그냥 죽어버리지, 세상에 무슨 미련이 그렇게 많다고 남의 몸까지 빼앗아 살려는 거야! 데보라, 그냥 없애버리자고."
　데미안의 말에 데보라는 뮤렐의 몸 주위로 기이하게 생긴 글자들을 잔뜩 썼다. 그리고는 순결의 검을 들어 검집에서 검을 뽑아들었다. 그러자 로빈이 가지고 있는 치유의 구슬이 그 힘을 드러낼 때와 마찬가지로 부드럽지만 감히 거역할 수 없이 막강한 마나의 파동을 감지할 수 있었다.
　그 광경을 지켜보던 차이렌은 그만 사색(死色)이 돼버렸다. 그리고는 데미안과 데보라를 향해 사정했다.
　"이보라고. 왜들 그러나, 응? 내가 이 청년의 소원을 들어주면 될 것 아닌가? 이 친구가 복수를 원하는 것 같은데, 내가 그 소원을 들어주면 되잖아?"
　그러나 데미안은 들은 척도 하지 않았다. 데보라가 준비하는 모습을 보다가 다른 생각이 났는지 로빈에게 물었다.
　"로빈, 그냥 죽이는 것보다는 차라리 개구리나 도마뱀한테 영혼을 집어넣는 것은 어떨까?"
　"데미안님."
　로빈의 얼굴이 갑자기 심각해졌다.
　"왜, 로빈은 반대야?"
　"그게 아니라 아직 봄이 안 됐기 때문에 개구리나 도마뱀은 나오지 않을 땝니다. 차라리 다른 동물을 사용하십시오."
　로빈의 황당한 대답에 일행들 모두가 놀랐다.
　"왜들 그렇게 제 얼굴을 보십니까? 저도 이런 일을 보면 화를 낼 줄 아는 아주 착한 사람입니다."
　"좋아. 영혼을 없애는 것은 너무 불쌍하니까, 일단 다른 동물로 영혼을 옮기도록 하지."

"안 돼, 그럴 바에야 차라리 죽여줘."

"흥! 이제는 스스로 영혼을 소멸시켜 달라는군. 일단 하는 짓을 두고 보겠어."

잠시 후 데보라는 한 마리의 토끼를 잡아왔고, 데미안은 제법 긴 스펠을 캐스팅한 후 뮤렐을 향해 손을 뻗었다. 그러자 데미안의 손에서는 붉은 마나가 뿜어져 나와 뮤렐의 머리를 감쌌고, 곧 붉은 구슬로 뭉쳐지더니 다시 데미안의 손으로 날아왔다. 데미안은 그것을 토끼에게 먹인 다음 다시 스펠을 캐스팅했다. 토끼의 머리 부분에 잠시 붉은색의 마나가 보였다가는 곧 사라졌다. 그런 모습을 지켜본 일행들은 정말 차이렌의 영혼이 토끼에게로 옮겨졌을까 하는 생각이 들었다.

데미안이 바닥에 토끼를 내려놓았지만, 토끼는 꿈쩍도 하지 않았다. 그 모습을 본 데미안이 한마디했다.

"차이렌, 어때? 토끼가 마음에 드나?"

그러나 토끼는 꼼짝도 하지 않았다. 그런 모습에 데미안은 한쪽 입꼬리가 올라가며 살벌한 미소를 지었다.

"후후후, 지금 반항하는 거야? 그렇지 않아도 저녁이 부실해 출출했는데, 토끼 구이나 먹을까?"

데미안의 말에 토끼는 열심히 고개를 저었다. 그 모습에 일행들은 그저 감탄할 뿐이었다. 때마침 깨어난 뮤렐은 차이렌의 영혼이 토끼에게 옮겨졌다는 말을 듣고 도저히 믿을 수 없다는 표정을 지었다.

"한번만 더 까불면 그냥 파이어 볼로 홀라당 구워서 먹어버릴 테니까 알아서 해. 알았어?"

데미안의 말에 토끼에 몸으로 들어간 차이렌의 영혼은 그저 고개를 끄덕일 뿐이었다. 그 모습을 본 뮤렐은 데미안의 말을 믿지 않을 수 없었다.

"뮤렐, 일단 우리와 함께 행동하는 것이 어때? 우리가 도와줄 수 있을지도 모르잖아."

"그렇지만……"

"이봐, 당신. 도와주겠다면 모른 척하고 받아들여. 남의 도움도 받아들이지 못하는 인간이 어떻게 남을 도울 수 있겠어? 도와주고, 또 도움을 받기도 하고, 그렇게 사는 것이 사람이 사는 세상이지."

세상 다 산 노인처럼 말을 하는 데보라의 말에 뮤렐은 뭐라고 대답해야 좋을지 몰랐다. 하나 그녀가 하고자 하는 말이 무엇인지는 충분히 짐작할 수 있었다.

"감사합니다, 데미안님."

데미안은 뮤렐의 대답에 고개를 끄덕이면서 레오의 모습을 찾았다. 요 며칠간의 레오의 태도를 생각하면 절대 자신의 곁에서 떠날 리 없을 텐데, 주위가 너무도 조용해 고개를 돌려 보니 레오는 네로브를 품에 안은 채 잠들어 있었다. 아이를 안고 자는 어머니라고 보기는 힘들지만, 네로브로 안고 자는 그녀의 얼굴은 너무도 편안해 보였다.

이미 시간은 늦었지만 그들의 이야기는 끝날 줄 몰랐다. 동굴 벽에 기대 있는 라일을 향해 데미안이 물었다.

"스승님, 스승님께서는 어떻게 하실 겁니까?"

"순결의 검 이야기를 하고 싶은 게냐?"

"그렇습니다. 이제 웬만한 일들은 거의 끝난 상태니……"

"아니다. 네 문제도 있고, 일단 조금은 시간을 두고 지켜보고 싶구나. 어차피 문제가 되었던 순결의 검도 찾았고, 데보라 양도 복수를 했으니 내가 당장 할 일도 없지 않느냐?"

"알겠습니다."

"나도 일단 해야 될 일은 모두 마쳤으니 데미안의 일을 좀더 도와줄게."

데보라의 말에 데미안은 뭐라고 그녀에게 고마운 마음을 전해야 할지 몰랐다. 그저 그녀에게 고맙다는 말을 할 뿐이었다.

"데보라, 정말 고마워."

"그런 소리하지 마. 따지고 보면 데미안 때문에 순결의 검도 찾고, 복수도 할 수 있었잖아."

"아무것도 도와준 것이 없는데 데보라에게 그런 말까지 듣다니…… 내가 너무 뻔뻔한 것 같아."

"괜찮아. 넌 원래 그런 점이 매력이니까."

데보라의 말에 데미안은 잠시 멈칫하더니 곧 쑥스러운 듯 미소를 지었다. 그 모습에 사람들의 얼굴에는 유쾌한 미소가 어렸다. 일행들은 새벽이 되어서야 잠에 들었다. 불침번을 선 뮤렐은 빨간 눈을 깜빡이고 있는 토끼를 바라보았다. 어쩐지 토끼의 눈이 두려움에 떨고 있는 듯 보였다. 토끼를 바라보며 뮤렐은 3년 전의 데미안을 떠올리고 있었다.

3년 전만 하더라도 데미안은 예쁘장하게 생긴 나이 어린 소년에 불과했었다. 그때 왕립 아카데미에 기사 수업을 받으러 간다는 말을 들었다. 그렇지만 3년이란 세월 동안 배워봐야 얼마나 배우겠느냐고 생각했었는데, 기사 수업을 했다는 데미안이, 그것도 4싸이클의 마법을 사용하는 모습을 보고 얼마나 놀랐는지, 뮤렐은 아무 말도 할 수 없었다. 게다가 데보라라는 여전사의 말에 따르면 데미안이 용병 수업까지 받았다니, 3년 사이에 한 사람이 그렇게 많이 변할 수 있다는 사실을 뮤렐은 도저히 믿을 수 없었다. 그리고 이제는 그에게 도움까지 받게 되어 뮤렐은 뭐라고 자신의 감정을 표현해야 좋을지 몰랐다.

잠들어 있는 데미안의 얼굴을 바라본 뮤렐은 고개를 숙이며 진심으로 감사의 인사를 했다. 그러는 사이 붉은 태양이 대지를 박차고 천공으로 떠오르면서 동굴 안에 밝은 빛을 뿌렸다. 아침 햇살에 눈이 부신 탓일까? 잠들어 있던 사람들이 하나둘 깨어났.

언제 밖으로 나간 것일까? 여전히 깊숙이 후드를 눌러쓴 라일이 손에 몇 마리의 토끼를 든 채 동굴로 다가오고 있었다. 자신도 모르게 자리에서 일어난 뮤렐은 조심스럽게 라일에게 고개를 숙였다.

"아, 안녕히 주무셨습니까?"

"자네가 마지막 불침번이었던 모양이군. 이것을 불에 구울 준비를 해주겠나?"

"예, 맡겨주십시오."

재빨리 라일의 손에서 서너 마리의 토끼를 받아 든 뮤렐은 껍질과 내장을 제거하고 불을 피울 준비를 했다. 그러나 쉽게 불을 피우진 못했다. 어슬렁거리면서 동굴 밖으로 나온 데미안은 어쩔 줄 몰라 하는 뮤렐의 모습을 보며 그에게 물었다.

"지금 뭐 하고 있는 거야?"

"예, 라일님께서 토끼를 구우라고 하셨는데, 이곳에서 불을 피워도 될지 몰라 망설이고 있었습니다."

그 말을 들은 데미안은 주위를 훑어보고는 가는 나뭇가지들을 잔뜩 주워서 일일이 껍질을 벗겼다. 데미안이 뭔 짓을 하는지는 모르지만 뮤렐도 데미안을 따라 나뭇가지의 껍질을 벗겼다. 껍질이 벗겨진 나뭇가지들이 제법 쌓이자 데미안은 약한 불기운으로 불을 붙였다.

잘 마른 탓인지 나뭇가지들은 금세 불타올랐고, 생각보다는 연기가 훨씬 적게 났다. 뮤렐이 데미안의 솜씨에 감탄하는 동안 데미안은 벌써 명상에 빠져들었다. 요 며칠 사이에 느낀 것이지만 명상에 빠져 마나를 회전시키는 데 점점 시간이 단축되는 것을 느꼈다. 물론 그때마다 느끼는 마나의 힘은 예전과는 비교도 할 수 없을 정도였다.

예전에 여덟 번 정도를 회전시키는 데 거의 한 시간 가까이 걸리던 것이, 이제는 열여덟 번을 회전시키고도 겨우 20분 정도밖에 걸리지 않았다.

뮤렐은 붉은색의 마나가 데미안의 몸 주위를 회전하는 모습을 난생처음 마법을 본 나이 어린 소년들처럼 신기해했다. 데미안이 막 명상을 끝냈을 때, 그의 눈앞에 네로브가 토끼를 안은 채 서 있었다. 데미안과 눈이 마주치자 데미안의 품으로 뛰어든 네로브가 토끼를 내밀며 데미안에게 응석을 부렸다.

"아빠, 네로브는 이 토끼 키울래."

"왜, 토끼가 마음에 드니?"

데미안의 질문에 네로브는 고개만 끄덕였다. 잠시 생각하던 데미안은 다시 네로브에게 물었다.

"아빠 뺨에 뽀뽀해 주면 허락해 주지."

데미안의 말에 금세 환한 웃음을 터뜨린 네로브는 데미안의 뺨에 소리가 나도록 입맞춤했다. 그리고는 기쁜 듯이 토끼를 안은 채 동굴로 뛰어가며 큰 소리로 외쳤다.
"엄마! 아빠가 키워도 된대."
그 말을 들은 데미안은 누구의 흉계인지 짐작했다. 옆에서 그 모습을 본 뮤렐이 데미안에게 한마디했다.
"데미안님, 정말 잘 어울리십니다."
"뮤렐까지 왜 이래? 어서 식사를 하고 바렉스로 가자고."
데미안의 말에 뮤렐은 고개를 끄덕이며 알맞게 익은 토끼 고기를 들고 동굴로 들어가 다른 동료들과 식사를 했다. 물론 일행들이 맛있게 토끼 고기를 뜯는 동안 토끼로 변한 차이렌은 불안과 공포에 절은 눈으로 일행들을 바라보며 떨어야만 했다.

*   *   *

"세무엘 드 맥시밀리언이 알렉스 전하께 인사올립니다."
날카롭고 냉소적인 미소를 지닌 세무엘의 인사에 알렉스가 미소를 지은 채 그를 환영했다.
"먼 길 오느라 고생 많았소, 맥시밀리언 경."
의자에 앉아 있던 알렉스는 자리에서 일어나 세무엘과 악수를 나누었다. 그런 모습을 자렌토와 한스는 조금 긴장한 모습으로 바라보고 있었다.
"그래, 맥시밀리언 경은 무슨 이유로 날 찾아온 것이오?"
알렉스의 말에 세무엘은 고개를 돌려 자렌토를 노려보듯 바라보았다.
"싸일렉스 백작, 그 사실을 아직까지 알렉스 전하께 말씀드리지 않은 것이오?"

힐책하는 듯한 세무엘의 말에 자렌토는 부동 자세를 취하며 대답했다.

"알렉스 전하께서 부상에서 완쾌되신 것도 얼마 전의 일이고, 또 사안이 워낙 중요해 알렉스 전하께서 안정을 찾으신 후에 말씀드리려고 했습니다."

"그래도 말씀드리는 것이 옳은 일이오, 싸일렉스 백작."

"죄송합니다, 후작 각하."

자렌토의 사과를 들은 세무엘은 고개를 돌려 영문을 몰라 하는 표정의 알렉스를 바라보았다.

"알렉스 전하께서 정체 불명의 암살자에게 당하신 것처럼 제로미스 전하께서도 암살자들에게 당하셨습니다."

세무엘의 말에 알렉스는 도저히 믿을 수 없다는 표정을 지었다. 게다가 다리 힘이 빠진 것인지 몇 걸음 뒤로 물러나 의자에 털썩 주저앉고는 자신의 머리를 움켜잡았다.

그 모습을 보고 있는 세무엘의 표정은 냉정하기 이를 데 없었다. 그는 원래부터 알렉스 왕자가 싫었다. 성격적으로 소심하고 너무도 여린 성격에 매사 우유부단한 그의 성격이 도저히 한 나라의 왕으로는 부적당하다고 느껴왔다. 그런 그가 딴 사람들의 주목을 받은 이유는 단 한 가지. 제로미스 왕자를 대신할 사람이 없다는 점 때문이었다.

내일 모레면 70의 나이인 세무엘은 트렌실바니아 왕국의 국왕에 즉위하는 트레디날이란 성을 가진 인간들이 별로 마음에 들지 않았다. 단지 조상이 물려준 트레디날이란 성 때문에 왕위에 오르긴 했지만, 한 나라의 국왕이 되기에는 너무도 부족한 것이 사실이었다. 그래도 제로미스 왕자는 적당히 잔인하고, 야망도 어느 정도 있는 편이고, 사람들도 어느 정도 따르는 편이어서 세무엘은 나름대로 그를 다음 번 국왕으로 내정해 둔 상태였다.
만약 샤드 공작이 절대 정치에 개입하지 말라는 말만 없었어도 벌써 예전에 제로미스 왕자의 진영에 투신해 그를 위해 일을 했을지도 모를 일이었다. 그에 비하면 알렉스 왕자는 나은 점이 단 하나도 없었다. 그래도 운이 따라주는 것인지 트렌실바니아 왕국 내에서 나름대로 영향력을 가지고 있는 사람들이 알렉스 왕자를 지지한다니, 세무엘은 그 사실조차 순순히 받아들일 수 없었다.
지금만 해도 마찬가지다. 제로미스 왕자가 과연 누구에게 암살을 당했는지, 또 얼마나 다친 것인지를 묻기보다는 단순히 제로미스 왕자가 암살을 당했다는 그 사실 자체만으로 괴로워하고 있지 않은가? 더 이상 참지 못한 세무엘이 알렉스에게 말을 건넸다.
"알렉스 전하, 제로미스 전하의 안위부터 물으셔야 하는 것 아닙니까?"
"어? 제로미스 형님은 어떻게 되셨소?"
세무엘의 싸늘하고 사무적인 음성에 놀라며 알렉스가 반문하자 가늘게 눈을 뜨고는 대답했다.
"제로미스 전하께서는 팔에, 그리고 그분의 약혼녀인 에이드리안 양께서는 어깨와 등에 꽤 심한 부상을 당하셨습니다. 그런데 잡힌 암살자들이 뭐라고 하면서 자살을 했는지 아십니까?"
"……"
"바로 알렉스 전하를 위해 그런 짓을 했다고 말했답니다."
"뭐라고요?"
자리에서 벌떡 일어나던 알렉스는 이내 힘없이 주저앉았지만 눈은 여전히 세무엘을 향하고 있었다. 그런 알렉스를 바라보는 세무엘의 눈은 차갑게 빛나고 있었다. 알렉스는 상당한 충격을 받은 듯했다. 한참 동안 아무런 말도 하지 않던 알렉스가 입을 열었다. 충격 때문인지 그의 음성은 낮게 깔려 그 음성에 그의 분노가 실려 있다는 것을 쉽게 짐작할 수 있었다.

"맥시밀리언 경도 그렇게 생각하시오?"

"제가 어떻게 생각하느냐는 그렇게 중요한 것이 아닙니다. 이 일이 다른 사람들에게 알려지게 되면 사람들은 그 말을 사실로 받아들일 것이고, 그렇게 된다면 이 트렌실바니아 왕국은 엄청난 혼란에 빠질 겁니다. 한 가지 사실을 더 말씀드리면 지금 저희와 국경을 마주보고 있는 루벤트 제국의 곳곳에서는 대규모 전술 훈련이 시행되고 있다고 합니다."

잠시 말을 멈춘 세무엘은 다시 말을 이었다.

"알렉스 전하께서도 익히 알고 계시는 사실이겠지만, 세 분 전하 가운데 어느 분이 국왕에 즉위를 해도 그건 우리 트렌실바니아 왕국의 일입니다. 그렇지만 그로 인해 혼란한 틈을 타 루벤트 제국의 침공을 받게 된다면 유구한 역사를 자랑하던 트렌실바니아 왕국은 그것으로 끝입니다. 제가 드릴 수 있는 말씀은 한 가지뿐입니다. 투항을 하시든가, 아니면 저항을 하십시오. 그것이 알렉스 전하를 따르는 사람들에 대한 알렉스 전하의 의무이십니다. 저는 그때까지 알렉스 전하의 곁에서 목숨을 걸고 전하를 지키겠습니다."

알렉스는 어깨까지 드리워진 금발을 움켜쥐며 괴로워했다. 그 모습을 지켜보던 자렌토가 한마디를 거들었다.

"알렉스 전하, 저도 한 말씀드리겠습니다."

"말씀을 해보시오."

"전하께서 알고 계시는지는 모르지만, 제 아들 데미안은 이제 스무 살입니다. 그런데 그 아이가 왕립 아카데미를 졸업해 이 트렌실바니아 왕국을 위해 어떤 비밀스러운 임무를 수행하고 있다는 것이었습니다."

잠시 말을 끊은 자렌토는 세무엘에게 고개를 돌렸다가는 다시 말을 이었다.

"물론 저는 그 아이를 제 생명만큼이나 사랑합니다. 그리고 그 아이가 이 트렌실바니아 왕국을 위해 어떤 일을 하고 있다는 것이 무척이나 자랑스럽습니다. 그렇지만 반대로 생각해 보면 그 아이의 입장에서는 이 트렌실바니아 왕국에 태어났다는 이유만으로 루벤트 제국에 대항해야 하는 입장입니다. 하물며 그런 나이 어린 사람도 자신이 해야 할 일을 알고 있는데, 전하 같으신 분이 모르신다는 것은 말도 안 되는 소립니다."

천천히 숨을 들이킨 자렌토는 흥분한 마음을 진정시켰다.

"설사 국왕의 자리에 오르지 못한다고 하더라도 알렉스 전하께서는 어리석고 힘없는 트렌실바니아 왕국의 국민들을 지도하셔야 될 분입니다. 알렉스 전하께서는 왕위에 오르지 못했다고 전하께서 하셔야 할 모든 일들을 팽개치시겠습니까?"

"내 생각은 그런 것이 아니라……."

"다는 아니더라도, 지금 전하께서 얼마나 힘들고 어려운 결정을 내려야 하는지 조금은 짐작하고 있습니다. 그렇지만 이제는 더 이상 피할 수 없습니다. 알렉스 전하께서 고민하고 번민하시는 사이에도 알렉스 전하께 충성을 맹세한 부하들은 목숨을 잃고 있다는 사실을 잊지 마십시오."

자렌토는 그 말을 하고는 한스에게 서재에서 나가자는 눈짓을 했다. 두 사람이 나가고 난 후에도 알렉스나 세무엘은 꼼짝도 하지 않았다.
"정말 내가 형님들과 꼭 싸워야만 해결될 문제란 말인가?"
알렉스의 음성에는 희미한 아픔이 함께 묻어 있었다.
"싸일렉스 백작의 말대로입니다. 어떤 식으로 해결을 보시던 전하의 결정을 주위 사람들은 간절하게 기다리고 있다는 사실을 아셔야 합니다. 그리고 세상에는 피할 수 있는 문제와 어떤 식으로든 결정을 내려 해결을 해야 할 일이 있습니다. 그리고 전하께서 내려야 할 이 문제는 후자의 경웁니다."
"알았소, 내 깊이 생각해 보리다."
알렉스는 의자에 깊숙이 몸을 파묻고는 생각에 빠져들었고, 그 모습을 세무엘은 말없이 지켜보고 있었다.

이제는 완연한 봄이었다. 싸일렉스 지방이 남쪽에 위치한 까닭도 있지만, 저녁이 되어도 그리 춥지 않은 것이 화단에 가득 꽃망울이 맺힌 장미 덩굴만 보아도 알 수 있었다. 그런데 그곳에 이미 깊은 밤이건만 누군가가 잠을 이루지 못하고 서성거리는 모습이 보였다.
알렉스는 자신을 제외하고도 누군가가 잠을 이루지 못하고 있는 것에 동병상련(同病相憐)을 느끼고는 조심스럽게 그에게 다가갔다. 상대는 알렉스가 다가가는 것을 전혀 느끼지 못하는지 나직한 한숨을 내뱉고 있었다. 가까이 가서보니 제레니였다. 집을 떠난 데미안이 그렇게 걱정스러운 것일까?
알렉스는 그녀에게 그런 관심을 받는 데미안이 문득 부러워졌다. 물론 자신을 믿고 따르는 사람들을 믿지 못하는 것은 아니지만, 지금의 제레니가 데미안을 생각하는 것처럼 순수한 마음에서 자신을 생각하는 사람이 과연 얼마나 될까 하는 생각이 들었다.
"흐음."
알렉스가 가볍게 소리를 내자 제레니는 깜짝 놀라며 뒤를 돌아보았다. 상대가 알렉스라는 것을 안 제레니는 황급히 무릎과 고개를 굽힌 채 인사를 했다.
"아, 안녕하십니까, 알렉스 전하?"
알렉스는 그런 제레니의 태도가 못내 섭섭했다. 물론 제레니의 아름다운 얼굴에 관심이 없다면 거짓말일 것이다. 게다가 알렉스는 이미 결혼 적령기도 지난 몸, 여자에게 관심이 없을 리 없었다.
한데 상대는 이 트렌실바니아 왕국 전체에 가장 아름답다고 소문이 난 여자가 아닌가? 그렇지만 그녀는 자신을 대할 때 항상 한 사람의 남자로 보는 것이 아니라, 트렌실바니아 왕국의 왕위 계승권을 가진 사람으로 보는 것 같아 답답한 마음까지 들었다.
또 자신의 신분이 왕자라는 것이 밝혀지고 난 다음부터는 그녀가 자신을 의식적으로 피하는 것 같아 그녀의 얼굴을 제대로 보기 힘들 지경이었다.
"제레니 양은 무슨 걱정이 있소?"
"왜 남자들은 싸워서 남의 것을 빼앗는 걸 좋아할까? 좀더 평화스럽게 살수는 없는 것일까? 그런 생각들을 하고 있었어요."
"미안하오. 트레디날이란 성을 가진 사람들이 다 무능해서 생긴 일이오. 내가 대신 제레니 양에게 사과하겠소이다."
알렉스가 정중하게 허리를 숙이자, 제레니는 깜짝 놀란 표정을 지었다. 왕자가 한낱 귀족의 딸에게 머리를 숙였다고 남들에게 말을 한다면 아마 그 사람보고 미쳤다고 할 것이다.

"제레니 양 내가 약속을 하겠소. 최대한 빠른 시간에 이 혼란을 잠재울 수 있도록 내 모든 것을 바쳐 노력하겠소."

굳은 신념이 깃든 그의 음성에 제레니는 조금은 놀란 표정으로 그의 얼굴을 바라보았다. 매일 약한 모습만 보아오던 알렉스가 갑자기 결심을 한 듯 단호한 모습을 보여주는 것이 믿을 수 없었다. 조금 전까지만 하더라도 고뇌에 찬 표정이 아니었던가?

무엇 때문에 그가 이런 결심을 한 것인지는 모르지만, 지금이라도 그런 결정을 내린 알렉스가 너무나 고마웠다. 드레스의 양 끝을 잡은 채 무릎을 숙여 인사를 하는 제레니의 얼굴에도 밝은 미소가 흘렀다.

"알렉스 전하의 결정을 트렌실바니아 왕국의 모든 국민들이 기뻐할 것이옵니다."

그 모습은 보던 알렉스는 한참 동안을 망설이다가 어렵게 입을 열었다.

"제레니 양, 부탁이 있소."

"말씀하시지요. 제가 할 수 있는 일이라면……."

"제레니 양이라면 충분히 할 수 있는 일이오. 아니, 제레니 양밖에 그 일을 할 사람이 없소. 게다가 내가 부탁을 할 사람도 없고, 부디 제레니 양이 허락해 주었으면 고맙겠소."

두서가 없는 알렉스의 말에 제레니가 그가 무슨 말을 할까 궁금해했다. 그가 말을 꺼낼 때까지 제레니는 조용히 기다리고 있었다. 다시 한참의 시간이 지나고서야 알렉스의 입이 열렸다.

"내가 부탁하고 싶은 것은 제레니 양이 날 전하라고 부르지 않았으면 좋겠다는 것이오. 그저 처음에 만났을 때의 날 기억하고 이름을 불러주면 고맙겠소."

잔뜩 긴장을 하던 제레니는 처음에는 당황했지만 곧 고개를 끄덕였다.

"알겠습니다, 알렉스님."

제레니의 대답에 알렉스의 얼굴은 당장 환하게 변했다. 용기를 얻은 듯 자신의 생각을 그녀에게 전했다.

"만약, 만약에 말이오. 제레니 양이 나를 그리 싫어하지 않는다면······."

끝말을 흐리는 알렉스의 태도에 제레니도 긴장했다.

"싫어하지 않는다면······ 지금처럼 내 옆에서 나에게 가끔 따끔하게 충고를 해주겠소?"

잔뜩 긴장했던 제레니는 맥빠지게 만드는 알렉스의 말에 조금은 실망을 하면서 곧 대답했다.

"저처럼 아무것도 아는 것이 없는 여자가 옆에 있으면 알렉스님께 폐가 될 수도 있습니다."

"아니오, 감히 누가 이 알렉스의 여자를······ 흡!"

제레니의 말에 흥분하던 알렉스는 자신도 모르게 속마음을 털어놓고는 황급히 입을 다물었다. 알렉스의 말에 제레니는 잠시 고개를 숙였다가 보는 사람의 마음을 푸근하게 만드는 따스한 미소를 지으며 대답했다.

"알렉스님께서 허락을 하신다면 그 말씀을 따르겠습니다."

제레니의 대답에 알렉스는 뛸 듯이 기뻐했다.

"알렉스님, 이미 시간이 늦었습니다. 그럼 내일 뵙겠습니다."

"오, 미안하오. 어서 들어가 편히 쉬시오. 난 잠시 바람을 좀더 쏘여야 할 것 같소."

알렉스의 대답에 제레니는 살짝 고개를 숙여 인사를 하고는 저택 안으로 사라졌다. 알렉스는 조금 전 자신에게 일어났던 일들을 믿을 수 없었다. 제레니가 그렇게 쉽게 허락을 하다니. 연신 싱글 벙글하고 있는 알렉스의 얼빠진 모습을 자렌토 싸일렉스는 이층에서 내려다보다가 나직하게 한숨을 쉬었고, 곧 그의 모습이 커튼 뒤로 사라졌다.

*   *   *

"형님, 만나게 돼서 정말 반갑습니다."

스캇은 갑자기 나이 어린 병사 하나가 자신에게 다가오며 인사를 하자 어리둥절한 표정을 지었다. 아직 소년티를 완전히 벗지 못했지만 깨끗한 얼굴을 한 소년 병사였다. 다시 한 번 소년 병사의 얼굴을 바라보았지만 역시 처음 보는 얼굴이었다.

"넌 누구지? 난 처음 보는 것 같은데."

잠시 주위를 둘러본 소년 병사는 나직한 음성으로 대답했다.

"얼굴은 처음보지만, 이름은 들어보셨을 겁니다. 전 빈센트라고 합니다. 빈센트 폰 루벤트 5세."

소년 병사를 바라보는 스캇의 눈매가 갑자기 가늘어지며 차가운 빛이 흘러나오기 시작했다. 그 눈빛이 얼마나 차갑고 냉정했는지 굳게 마음먹고 찾아왔던 소년, 빈센트는 몸서리를 쳤다.

"귀하신 왕자 나리께서 이렇게 누추한 곳에는 무슨 일로 찾아오셨나?"

"드릴 말씀이 있어 왔습니다."

"호오, 왕자 나리께서 나처럼 미천한 놈에게 할말이 있으시다니, 이거 정말 놀랄 일인데 그래."

알렉스의 속마음 267

입으로는 놀랐다고 하지만 그의 얼굴 표정은 조금도 변화가 없었다. 빈센트는 상대의 태도가 자신의 예상보다 훨씬 완강하자 당황한 모습을 보이다가 결심한 듯 자신의 생각을 그에게 이야기하기 시작했다.

"제가 드리고자 하는 말씀은 한마디로 형님과 제가 손을 잡자는 겁니다."

빈센트의 말에 스캇은 어이가 없어 웃음이 터져 나왔다. 이제 겨우 자신의 콧물이나 닦을 만한 나이인 빈센트가 자신에게 연합을 하자고 제의해 오다니, 혹시 자신이 잘못들은 것이 아닌가 하는 생각이 들었다. 그러나 딱딱하게 굳은 빈센트의 얼굴을 보면 농담이나 하자고 온 것은 아닌 모양이었다.

"아이작 백작!"

"부르셨습니까, 단장님?"

"지금부터 긴급 회담을 해야 하니 이 주위에 접근하는 자는 설사 황제라도 죽여라!"

살벌한 스캇의 말에 빈센트는 깜짝 놀란 표정을 지었지만, 이미 아이작은 만성이 되었는지 이내 대답을 하고는 사라졌다. 아이작이 사라지자 스캇은 깍지를 낀 손을 배 위에 올려놓은 채 의자에 비스듬히 기대고는 빈센트를 바라보았다.

"무슨 말씀인지 어서 말을 해보시지."

"형님도 잘 아시겠지만……."

"잠깐, 난 자네에게 형님이라고 불릴 만한 이유가 전혀 없거든. 비록 아버지가 같은 사람이라는 것이 그렇게 부를 이유가 되는지 모르겠지만, 나한텐 가족이 없어. 그렇게 알아두게."

"……알겠습니다, 단장님. 제가 드리고 싶은 말은 지금 윌라인의 사정은 보통 복잡한 것이 아니라는 겁니다."

 "잠깐, 또 말을 끊어서 미안하지만, 자넨 지금 나에게 수도 윌라인의 소식을 전해주기 위해서 온 것인가?"

 자신의 말에 꼬박꼬박 꼬투리를 잡는 스캇의 태도에 은근히 화가 치솟았지만 최대한 평정을 유지한 채 말을 이었다.

 "그렇게 생각하시면 소식일 수도 있겠지요. 단장님은 단장님의 형제들이 얼마나 되는지 아십니까?"

 "후후후, 40명이 넘는 그런 쓰레기들의 이름을 알 정도로 난 한가하지 않다네."

 스캇의 독설에 빈센트는 지그시 입술을 깨물면서 자신이 생각해 두었던 말을 꺼냈다.

 "그럼, 그 쓰레기들 가운데 절반 가까운 16명이 비명 횡사를 당해 쓰레기통으로 사라진 것 역시 알고 계시겠군요."

 빈센트의 말에 스캇도 조금은 놀라지 않을 수 없었다. 거의 절반에 가까운 왕자와 공주들이 목숨을 잃었다면 자신이 그런 소문을 듣지 못했을 리 없었다. 조금은 불신에 찬 눈빛으로 자신을 바라보는 스캇의 태도에 빈센트는 속으로 회심의 미소를 지었다. 상대가 관심을 보이니, 이제 자기의 페이스대로 대화를 이끌어 나갈 자신이 있었다.

 "비록 이 일은 비밀리에 처리가 되었지만, 윌나인에서 알 만한 사람은 모두 알고 있습니다."

 "흉수가 누군지 알고 있는가?"

 "직접적인 증거를 없지만 누군지 대강 짐작은 갑니다."

 "자네가 짐작하는 사람은?"

 "첫째 형님이신 앤드류 형님 같습니다."

"후후후, 그런 쓰레기 같은 작자를 잘도 형이라 부르는군."

잠시 생각에 빠졌던 스캇은 자신을 찾아온 빈센트에게 그 이유를 물었다.

"그럼 자넨 뭣 때문에 나 같은 쓰레기를 찾아왔는가? 내가 자네를 내 치마 밑에 숨겨주기라도 바라는 건가?"

모욕스런 스캇의 말에도 빈센트는 꿈쩍도 하지 않았다.

"그럴 수도 있겠죠. 하나, 저에게도 많지는 않지만 저에게 충성을 바치는 사람이 있습니다."

"자넨 나이도 어린데 가슴속에 구렁이가 수십 마리는 족히 들어 있는 것 같군. 자네가 하고 싶은 말이 뭔가?"

스캇의 그 말에 빈센트는 자신에게 대화의 모든 것이 넘어왔음을 깨달았다. 그러나 방심하지는 않았다.

"아시는지 모르겠지만, 단장님의 어머니와 제 어머니만 궁중의 궁녀였습니다. 그리고 저희가 어렸을 때 황후였던 네포리아의 명에 의해 비참하게 목숨을 잃었다는 것을 아십니까?"

"후후후, 지금 그런 이야기를 나에게 하는 이유가 뭔가. 이곳에 주둔해 있는 7, 8, 9군단과 이글 기사단을 이끌고 윌라인이라도 쓸어버리라는 이야기는 설마 아니겠지?"

태평스러운 그의 말과는 달리 스캇의 주먹은 부서질 듯 움켜쥐어져 있었다. 그 모습을 슬쩍 본 빈센트는 못 본 척 고개를 흔들었다.

"그렇게 해서는 안 됩니다. 큰 형인 앤드류에게 몸을 피할 시간을 줄 수도 있고, 다른 형제들이 눈치라도 채고 도망을 친다면 언제까지라도 이런 짓을 반복해야 할 테니 그럴 수야 없지요. 제 생각은 단장님께서 국경선 주위에 배치된 군단장들을 만나 그들을 설득해 주셨으면 합니다. 그러는 사이 전 윌라인으로 돌아가서 귀족들을 설득해 세력을 만들겠습니다. 그래서 다른 형제들을 완전히 고립시킨 다음, 단장님이 윌라인으로 진격을 하신다면 모든 것을 손쉽게 정리할 수 있을 겁니다."

치밀하고 잔인한 빈센트의 계획에 스캇은 묻지 않을 수 없었다.

"자네의 말대로 그들은 자네의 형제들이 아닌가? 설마, 그들을 모두 죽일 생각인가?"

"호호호, 그거야 생각해 봐야지요. 아마도 단장님은 제가 윌라인에 있을 때 그들에게 얼마나 끔찍하게 당했는지 모를 겁니다."

말을 마친 빈센트는 자리에서 일어나 갑자기 바지를 벗었다. 드러난 그의 하복부에는 끔찍한 칼자국이 수십 줄기가 나 있었고, 오래 전의 상처인 듯 움푹 패여 있었다. 천천히 바지를 다시 입은 빈센트는 자리에 앉으며 아주 온화한 음성으로 말을 이었다.

"그들은 태연스럽게 웃는 얼굴로 제 몸에 단검을 쑤셔박고는 재미난 듯 손뼉을 치며 즐거워했습니다. 저는 곧 의사에게 치료를 받았지만, 영원히 자식을 가질 수 없는 몸이 되고 말았습니다. 이제는 제 차례지요. 마치 벌레를 죽이듯 날개와 다리를 하나하나 뜯어 죽일 겁니다. 저는 그들이 얼마나 절망하고, 고통에 신음하는지 손뼉을 치면서 구경할 것입니다."

스스로도 상당히 대담하다고 생각해 왔던 스캇도 빈센트의 말과 행동에 소름이 오싹 끼치는 것을 느껴야 했다. 저렇게 해맑은 얼굴에 원한과 증오로 엉망이 된 삶을 살아왔다는 것이 믿어지지 않았다.

"만약 자네의 말대로 도와준다면, 자네는 나에게 무엇을 줄 것인가?"

"제가 먼저 황제에 즉위할 겁니다."

태연한 빈센트의 말에 스캇은 꿈쩍도 하지 않았다.

"그리고 딱 5년만 황제 노릇을 할 겁니다. 그 정도 시간이면 그 쓰레기들의 일가 모두를 색출해 죽이는 데 충분할 겁니다."

"그런 다음엔?"

"형님께서 황제의 자리에 오르시지요. 만약 그것이 싫다면 지금부터라도 열심히 아버지란 작자처럼 자식을 만들어 그 자식에게 물려주던지. 그건 형님께서 알아서 하십시오. 제가 필요한 시간은 5년뿐입니다."

"그런 다음엔 뭘 할 건가?"

"자살할 겁니다."

너무 뜻밖의 대답이었을까? 스캇도 놀라고 말았다.

"왜? 뭣 때문에 죽겠단 말인가?"

"형님, 왕자로 태어나 일국의 황제가 되었으면 남자로서 이루어야 할 것은 다 이룬 것이 아닙니까? 자식은 이미 가질 수 없는 몸이 되었으니 죽는 일만이 남았을 뿐입니다. 누구에게 배신을 당해 죽음을 당하는 것보다는 자살을 하는 것이 깨끗하지 않겠습니까? 형님, 어떻게 하시겠습니까? 황제가 한번 되어보시겠습니까?"

빈센트의 말에 잠시 생각하던 스캇은 고개를 저었다. 그 모습에 그럴 줄 알았다는 듯 빈센트는 놀라지도 않았다.

"그러시는 것이 형님께도 좋을 것 같군요. 그런 구정물통 같은 자리는 형님처럼 묶이기 싫어하시는 분과는 인연이 없어요."

하는 말마다 염세주의에 빠진 사람 같았지만 그렇기에는 그의 나이가 너무 어렸다.

"이제는 당당히 형님이라고 부르는군."

"형님이라고 불리는 것이 그렇게 싫으십니까? 그렇지만 먼저 세상을 떠날 동생 녀석의 마지막 소원이라 생각하고 받아주십시오."
"자네, 술 마실 줄 아는가?"
"형님, 이건 비밀인데요, 전 12살 때부터 술을 마셨어요."
"오늘은 묘한 동생을 만나 술을 마시게 되는군."
두 사람은 곧 의기 투합해 엄청난 양의 술을 마시기 시작했다.

제30장
화이트 드래곤을 찾아서

　약 열흘에 가까운 시간이 흘러서야 데미안 일행들은 바렉스에 도착할 수 있었다. 물론 루벤트 제국의 병사들을 피하기 위해서였지만 정보를 수집하기 위한 목적도 있었다. 정확하게 무슨 일 때문인지는 모르겠지만, 군인들이 대규모로 이동하는 모습이 간혹 눈에 뜨이곤 했던 것이다. 전시 상황이 아닌 지금, 이렇게 대규모의 군사들을 이동할 필요가 있는 것일까? 라일의 말이나 다른 사람들의 말을 종합해 보면 수상한 징후인 것만은 사실이었다.
　한 가지 특이한 점은 평소 짓궂게 장난을 치던 데미안의 장난이 급격히 줄어들었다는 점이다. 나중에 참가한 뮤렐을 제외한 나머지 일행들은 그 점을 대단히 궁금하게 생각했지만 그 이유를 알 수는 없었다.
　게다가 이상해진 것은 데미안뿐만이 아니었다. 데보라도 브로드소드를 제외한 나머지 무기들은 커다란 가죽 주머니를 구해 모두 집어넣었다. 게다가 한번도 벗지 않았던 라이트 레더를 벗고 가볍게 만든 여자용 여행복을 입었다. 자연스럽게 흘러내리던 머리도 가죽 끈으로 묶어 단정하게 했다.

이름도 비슷한 두 사람의 갑자기 변한 모습에 일행들은 궁금해하면서도 감히 두 사람을 건드릴 생각을 못했다. 워낙 제멋대로인 성격의 소유자라는 것을 잘 알고 있기에 그냥 이대로 평화스러운 분위기를 유지해 주었으면 하는 마음뿐이었다.

데미안 일행은 상인들의 무리에 휩쓸려 바렉스에 들어섰다. 이미 토바실의 중심 도시인 파웰에 가기 위해 바렉스에 들려본 경험이 있기에 일행들은 능숙하게 행동할 수 있었다.

"아빠, 배고파."

네로브의 말에 데미안의 그녀의 팔에 들려 있던 토끼를 바라보며 대답했다.

"네로브, 아빠가 토끼 구워줄까?"

"안 돼! 모모는 내꺼야!"

그러는 사이 다가온 레오는 토끼의 두 귀를 움켜잡더니 오른손 검지를 쭉 뻗었다. 그러자 보기에도 살벌해 보이는 손톱이 쭉 자라났다. 그 모습을 본 네로브는 깜짝 놀라며 레오의 팔을 잡았다.

"레오 엄마, 그러지 마."

어느새 눈물이 글썽거린 네로브의 모습에 레오는 고개를 갸웃거렸다.

"토끼 맛있다."

"난 안 먹어도 되니까 모모를 죽이지 마."

네로브의 눈에 흐르는 눈물을 본 레오는 얼른 토끼를 놓아주었다. 토끼를 품에 안아든 네로브는 아무에게도 빼앗기지 않으려는 듯 잔뜩 몸을 웅크렸다. 그 모습에 데미안은 자신의 장난이 심했다고 느끼고 네로브에게 사과했다.

"네로브, 아빠가 장난한 거야. 모모는 안 잡아먹을게."

"정말이지?"

여전히 눈물을 글썽이는 모습에 데미안은 어떻게 네로브를 달래야 좋을지 몰랐다.

"그래, 만약 모모를 잡아먹겠다는 사람이 있으면 아빠가 막 혼내줄게. 이젠 됐니?"

데미안의 말에 네로브는 손목으로 눈물을 쓱 닦으며 고개를 끄덕이며 말했다.

"알았어, 아빠. 그런데 어떤 아저씨가 저 앞에서 아빠를 기다리고 있어."

"뭐? 누가?"

데미안은 고개를 돌려 주위를 돌아보았지만 그가 아는 사람은 보이지 않았다. 고개를 갸웃거린 데미안은 다시 네로브의 얼굴을 바라보았다.

"아이 참, 아빤. 여기 말고 저기에 온몸에 그림이 그려진 대머리 아저씨가 아빠를 찾고 있단 말이야."

네로브의 말에 데미안은 자신도 모르게 데보라와 일행들을 바라보았다. 재빨리 데보라는 입에 손가락을 대 조용히 하라는 신호를 보낸 다음 네로브에게 물었다.

"네로브, 어떻게 알았니?"

"어? 엄만 안 보여? 난 다 보이는데……."

네로브의 대답을 들은 로빈은 잠시 뭔가를 생각하더니, 곧 일행들에게 말을 했다.
"정확하게는 알 수 없지만 네로브는 예지력을 가지고 있는 것 같습니다."
"예지력이라면 앞으로 일어날 일을 먼저 아는 예언 같은 것을 말하는 거야?"
"데보라님의 말씀도 틀린 것은 아니지만, 조금 성격이 틀립니다. 예언은 앞으로 일어날 일을 미리 예측한 말인데 반해, 예지력은……"
"시끄러! 난 그렇게 복잡한 것은 모르고 하여튼 네로브가 앞날을 볼 수 있단 말이잖아."
"그 말이 맞습니다."
거의 언어 폭력에 가까운 데보라의 말에 로빈은 꼬리를 내렸다. 어쩐지 요 며칠 동안 그녀답지 않게 너무 조용하게 보낸다고 생각했었다. 이럴 때 그녀의 성미를 건드리는 것이 어떤 결과를 낳는 것인지 며칠 전 〈고향〉이라는 술집 바텐더의 모습을 보고 깨달은 점이 많았다.
그러는 동안 데미안 일행은 바렉스의 시내로 완전히 들어섰고, 네로브의 말처럼 온몸에 문신을 새긴 귀여운 대머리, 암호명 '토끼'가 주위를 두리번거리며 누군가를 찾고 있었다.
데미안 일행을 발견한 스모니는 주위를 둘러보고는 데미안 일행에게 접근했다. 처음 만났을 때보다 인원이 늘어난 것을 확인한 스모니는 데미안에게 다가와 조심스럽게 입을 열었다.
"지금부터 제 뒤를 따라오십시오. 루벤트 제국의 스파이 때문에 피해가 많았습니다."
말을 마친 스모니는 태평스러운 걸음걸이로 일행들을 안내했고,

거의 30분이 지나서야 일행들은 여관과 술집을 겸하고 있는 가게에 들어설 수 있었다. 시간이 이른 탓인지 손님은 거의 없었다. 가게에 들어선 스모니는 꾸벅꾸벅 졸고 있는 주인을 향해 큰 소리로 말했다.

"뭐 하고 있어? 내가 손님을 모시고 왔잖아!"

스모니의 고함 소리에 졸고 있던 주인은 깜짝 놀라 깨어났고, 하품을 하면서 일행들을 일층의 가장 끝 방으로 안내했다. 주인이 사라지고 스모니는 벽에 붙어 있던 초의 받침대를 잡아당겼다. 그러자 방 전체가 흔들리는가 싶더니 방은 지하로 천천히 내려갔다. 방은 곧 움직임을 멈추었고, 스모니는 일행들을 지하 아지트로 안내했다.

그곳에는 먼저와 있던 제롬과 헥터, 그리고 레베카가 데미안 일행을 반갑게 맞이했다. 일단 상대의 무사함을 확인한 후 데미안은 일행들에게 새로 파티에 들어온 사람들을 소개했다. 레베카는 레오가 호인족이라는 말을 듣고는 믿을 수 없다는 듯 그녀의 모습을 살폈다. 헥터도 놀라기는 마찬가지였다. 3년 전만 하더라도 소년의 모습이었던 레오가 왜 갑자기 여자가 된 것인지 궁금해했지만, 데미안은 그 이유에 대해서만큼은 철저히 입을 다물었다.

뭐니뭐니해도 사람들의 관심을 끈 것은 어린 숙녀 네로브였다. 네로브가 데미안을 아빠로, 데보라를 엄마로 부르는 모습에 헥터는 웃음을 참기 위해 무던히 노력을 해야만 했다. 그들 가운데 두 사람이 어떻게 만나게 된 것인지 아는 사람은 헥터뿐이었다. 그런데 헤어진 지 불과 10여 일 만에 부부(?)가 되어 나타난 두 사람의 말쑥해진 모습에 근엄한 표정을 짓고 있던 제롬도 웃음을 참기 힘든 모양이었다.

귀여운 네로브의 행동에 한동안 웃음을 잊고 살았던 제롬도 미소를 짓지 않을 수 없었다. 그리고 네로브가 안고 있는 토끼의 몸속에 흡혈귀라고 알려졌던 차이렌의 영혼이 들어 있다는 사실에 그저 경탄을 터뜨릴 뿐이었다.
 네로브는 이렇게 많은 사람들이 한자리에 있는 것을 처음 본 것인지 사람들의 얼굴을 일일이 살피고 있었다. 그리고는 데미안의 귀에 대고 말을 했다.
 "아빠, 나 저 아저씨가 가지고 있는 비둘기가 가지고 싶어."
 처음 그 말을 들은 순간은 잠시 비둘기를 가지고 있던 사람에게 비둘기를 빌릴 생각이었다. 그렇지만 가만히 생각을 해보니 이곳은 지하였다. 지하에서 비둘기를 가지고 있다는 것은 뭔가 이상하지 않은가?
 조용히 제롬에게 다가간 데미안은 조용히 귓속말을 했고, 제롬의 얼굴이 딱딱하게 굳어졌다. 가만히 고개를 끄덕인 제롬은 자리에서 일어나 네로브가 지적한 사내에게 다가갔다. 무엇인가를 열심히 쓰고 있던 사내는 제롬이 갑자기 자신에게 다가오자 손을 멈추고 그를 바라보았다.
 "사령관님, 무슨 일이십니까?"
 "뭘 그리 열심히 쓰고 있는 것인가? 루벤트 제국에게 보낼 비밀 편지라도 쓰는 겐가?"
 "예? 그, 그럴 리가 이, 있겠습니까?"
 갑작스런 제롬의 말에 사내는 상당히 당황해했다.
 "빌리, 그래도 난 자네를 믿었는데 자네가 날 배신하다니. 어디 변명이라도 해보게."
 그 순간, 빌리라고 불린 사내는 단검을 뽑아 발작적으로 제롬에게 달려들었다. 그러나 빌리에게 당하기에는 제롬과 그의 실력 차이가 너무 심했다. 재빨리 그를 기절시킨 제롬은 다른 부하들에게 감금하도록 지시를 내렸다. 영문을 모른 사람들이 어리둥절한 표정을 지을 때 제롬이 그 이유를 설명했다.

"이 작은 숙녀 덕분에 저항군 조직에 숨어 있던 루벤트 제국의 스파이를 잡을 수 있었소."

"그럼 예지력이 아니라 모든 것을 꿰뚫어볼 수 있는 투시력을 가진 것이었나?"

로빈이 중얼거렸지만 어느 누구도 로빈의 말에는 신경도 쓰지 않았다. 모두 귀엽게 생긴 네로브에게 그런 능력이 있다는 사실을 신기해했다.

부하들을 시켜 음식을 준비시킨 제롬은 식사를 하면서 데미안에게 물었다.

"이제 이곳의 일이 모두 끝났으니 트렌실바니아 왕국으로 돌아갈 것인가?"

"아닙니다. 아직 일이 남았습니다."

데미안의 대답에 식사를 하고 있던 헥터와 데보라가 고개를 들어 데미안을 바라보았다.

"정말 화이트 드래곤 카이시아네스를 만나러 갈 거야?"

"데미안님, 너무 위험한 생각입니다."

"나도 그 방법은 너무 위험하다고 생각한다."

가만히 있던 라일까지 한마디 거들었다. 영문을 모르는 제롬과 몇몇은 지금 데미안들이 무슨 말을 하는 것인지 이해할 수 없었다. 궁금함을 이기지 못한 제롬이 헥터에게 물었다.

"대체 무슨 말이냐? 무엇 때문에 화이트 드래곤 카이시아네스를 만나러 간다는 것이지?"

　제롬의 말에 헥터는 우물쭈물하며 대답을 하지 못했다. 잠시 후 데미안은 자신이 기억을 찾은 후 알게 된 사실을 천천히 일행들에게 이야기하기 시작했다.

*　　　*　　　*

　제가 기억하는 것은 대충 세 살 무렵부터입니다.
　그때부터 제 곁에는 부모님이라고 여겨지는 두 분이 계셨는데, 어머니는 이 초상화에 그려진 여전사의 모습을 하고 있었고, 아버지는 황금색 머리의 마법사 복장을 하고 계셨어요.
　당시 저희가 살던 집은 인적이 없는 깊은 산중이었고, 저는 날마다 어머니에게 엄청난 훈련을 받아야만 했었습니다. 제가 왕립 아카데미에서 했던 훈련은 거기에 비하면 거의 장난이라고 할 정도였죠.
　고통이 심해 도망을 친 적도 여러 번 있었지만, 단 한 번도 성공한 적이 없었어요. 제 몸은 성할 날이 없었지만, 어머니를 아랑곳하지 않고 저에게 힘든 훈련을 강요했어요. 하루도 눈물을 흘리지 않은 적이 없었고, 어머니를 원망하지 않은 날이 없었습니다. 그러면서도 제가 훈련을 계속한 것은 그래도 제가 열심히하고, 어머니가 지정한 훈련을 끝내면 어머니가 간간이 보여주시는 미소 때문이었습니다.
　어이, 데보라, 그런 표정 짓지 마.
　그러다 제 나이가 7살이 되던 해부터 아버지에게 마법을 배우기 시작했습니다. 아버지는 말이 거의 없으셨던 분이셨어요. 마법을 가르쳐 줄 때를 제외하고는 저에게 한마디도 하지 않을 정도였지요.

당시 저는 세상의 모든 사람들이 그렇게 사는 줄 알았거든요. 낮에는 검술을 훈련하고, 저녁에는 마법을 배워야 하는 그런 숨막히는 생활이 계속되었습니다.

저는 왜 검술과 마법을 배워야 하는지 그 이유도 모른 채 그저 부모님에게 인정을 받기 위해 무조건 열심히 했습니다. 저는 부모님이 저에게 냉정하게 대하는 것이 제가 뭔가를 잘못했기 때문일 거라고 생각했거든요.

그렇게 5년이라는 시간이 지났습니다.

어렸을 때부터 어머니에게 혹독하게 훈련을 받은 탓인지는 모르지만 마법 실력보다는 검술 실력이 더욱 빨리 늘었습니다. 마법 실력이 늘지 않자 저는 조바심을 냈지만 3싸이클에 이르자 더 이상 실력이 늘지 않았습니다.

아버지는 그런 저에게 아무런 말씀도 하지 않았고, 전 어떻게든 아버지에게 인정을 받으려고 발버둥을 쳤지만 소용이 없었습니다. 그런 반면 어머니는 제 검술 실력이 빨리 늘자 신이 났는지 여러 가지 검술을 가르쳐 주셨습니다.

트렌실바니아 왕국의 검술, 루벤트 제국의 검술, 바이샤르 제국의 검술……. 그밖에도 서너 가지의 검술을 더 가르쳐 주셨죠.

저는 기뻐하는 어머니의 모습을 보기 위해 마법은 거의 포기하고 검술 훈련에만 주력했습니다. 다시 3년이란 시간이 지난 후 전 어머니가 가르쳐 주신 검술은 대부분 깨우친 반면, 아버지가 가르쳐 주신 마법은 3싸이클에서 멈추고 말았습니다.

그날 저녁 두 분은 무엇인가 심각한 대화를 나누는 것 같았습니다.

예? 그 내용이 뭐냐고요? 그건 저도 잘 모르겠습니다. 왜냐하면 두 분께 훈련을 받으면서부터 한번도 집안에서 자본 적이 없거든요.

그날 밤 아버지가 저에게 다가와 머리에 손을 얹어주셨습니다.

전 너무나 기뻤죠.

그런 후 아버지는 갑자기 사라졌어요. 지금 생각해 보면 이동 마법을 사용한 것인데, 그야말로 눈 깜빡할 사이였어요.

그런 후에 이번엔 어머니께서 제 머리에 손을 얹고는 뭐라고 중얼거렸는데 정확하게 듣진 못했어요. 아마도 두 분이 제 머리에 손을 얹은 것은 기억을 봉인하기 위해서였던 것 같은데, 전 그걸 처음으로 칭찬받은 것이라고 오해를 한 것이지요.

하여튼 두 분의 모습이 모두 사라지자 갑자기 두려워지기 시작해 저의 가족이 살던 오두막 주위를 돌며 두 분을 찾았습니다.

그러나 어디에도 두 분의 모습은 보이지 않더군요.

그날 얼마나 두려움에 떨었는지 모릅니다.

그날은 천둥 번개까지 치는 밤이었습니다.

어디를 향하는 것인지는 모르지만 무조건 앞만 보고 걸어갔습니다. 그러면서 점점 머리가 아파 오기 시작하더군요. 동시에 주위가 점점 흐릿해지는 것을 느꼈습니다.

그리고 바로 그곳에서 지금의 아버님이신 싸일렉스 백작님을 만나 그분의 양자가 된 것이지요.

한동안 제가 누군지 전혀 모르고 살았습니다. 그러다 헥터에게 제가 발견되었던 당시의 상황을 전해 듣고는 충격을 받지 않을 수 없었습니다. 물론 그런 의문을 갖게 된 것은 이스턴 대륙의 검술 덕분이지만 말입니다.

 어느 날 꿈에 절 드라시안이라고 부르는 소리를 들었고, 그 말이 드래곤들의 언어로 드래곤이 인간의 상태로 변신했을 때 낳은 자식을 뜻한다는 것을 알게 되었습니다. 전 처음, 제가 인간이 아니었다는 사실을 도저히 믿을 수 없었습니다.

 그렇지만 드래곤도 아니지 않습니까?

 그런 생각이 깊어지자 전 저의 친부모들의 정체가 궁금해졌습니다. 과연 제가 알고 있는 대로 제가 드라시안이 맞는지, 만약 맞다면 무슨 이유로 저에게 검술과 마법을 익히게 한 것인지, 또 왜 제가 기억을 봉인한 채 버림을 받아야 했는지 알아야만 했습니다.

 만약 그 이유라는 것이 플레임의 말처럼 단지 드래곤들의 놀이 때문이었다면, 아마 도저히 참을 수 없을 겁니다. 그런 이유가 아닌 다른 어떤 이유가 있었다면, 그 이유가 뭔지 반드시 알아야만 합니다. 그리고 만약 제가 버려진 이유가 도저히 이해할 수 없는 것이라면 이 뮤란 대륙에 있는 모든 드래곤을 죽여버릴 겁니다.

 물론 지금의 제 능력으로는 불가능할 수도 있다는 걸 잘 압니다. 그러나 지금처럼 제 검술과 마법이 늘어난다면 복수를 할 수 있는 날도 반드시 올 거라고 생각합니다.

*   *   *

 데미안의 긴 이야기에 그 자리에 모인 사람들은 도저히 그의 말을 믿을 수 없었다. 그가 인간이 아니라는 말도 믿을 수 없지만 드래곤의 자식이라니…….

 너무 기가 막히면 웃음이 나오는 것일까? 데보라는 자신도 모르게 웃음을 터뜨렸다.
 "후후후, 뭐라고? 데미안 네가 인간이 아니라고? 데미안, 너 지금 우리한테 농담한 거지, 그렇지?"
 자조적인 웃음을 짓고 있는 데미안의 모습을 본 데보라는 답답한 듯 소리를 질렀다.
 "뭐라고 말 좀 해보란 말이야! 아니, 말할 필요 없어. 네가 친부모가 누구면 어때? 난 내 부모의 얼굴도 모른단 말이야. 그래도 세상을 살아가는 데 아무런 불편도 없었어. 그러니까 너도 걱정할 필요 없어."
 격정적인 데보라의 말에 라일이 한마디했다.
 "데보라 양, 잠깐 진정하게."
 라일의 말에 데보라는 치미는 격정을 견디지 못하고 고개를 돌려버렸다. 그 모습을 본 라일이 데미안에게 물었다.
 "그러니까 네 말은, 그 화이트 드래곤을 찾아가 네가 드라시안이 맞는지 확인을 하겠다는 말이냐?"
 "그렇습니다."
 데미안의 음성에는 힘이 하나도 없었다. 뭔가를 느낀 것일까? 네로브의 커다란 눈에는 당장 글썽글썽한 눈물이 고였다.
 "아빠, 또 어디 가?"
 "아니야, 아무 데도 안 가. 귀여운 네로브를 두고 내가 어딜 가겠니?"
 데미안의 말에 안심한 듯 네로브는 데미안의 품을 파고들었다. 그 모습을 보고 있던 헥터가 입을 열었다.
 "저도 반대하고 싶습니다. 데미안님이 알고 계시는지 모르지만, 그 화이트 드래곤 카이시아네스가 살고 있는 곳은 사람의 출입이 철저히 통제되고 있습니다. 그 이유를 아십니까? 비록 카이시아네스의 나이는 900살에 불과하지만, 워낙 성질이 포악해 자신의 레어Lair에 접근하는 것이라면 그것이 무엇이든 공격해 버리기 때문입니다."

데미안이 자신의 말을 듣고 있는 것을 확인한 헥터는 말을 이었다.

"카이시아네스의 나이가 900살이면 7싸이클의 마법을 익히고 있을 겁니다. 게다가 화이트 드래곤 특유의 아이스 브레스Ice Breath는 소드 마스터라고 하더라도 정면에서 막아내는 것은 불가능한 일입니다. 그래도 가겠다고 고집을 부리시는 것은 그야말로 자살 행윕니다."

헥터의 단호한 말에도 데미안의 표정에는 변화가 없었다. 그 모습을 지켜보던 라일이 제롬에게 물었다.

"혹시 근처에 조용히 검술 훈련을 할 만한 곳이 있나?"

라일이 무슨 생각에서 그런 말을 한 것인지 금방 이해하지 못한 제롬이 선뜻 대답을 하지 못하자, 옆에 있던 헥터가 대신 대답했다.

"여기서 멀리 떨어진 곳에 저항군들이 비밀리에 검술 훈련을 하는 곳이 있습니다. 그곳이라면 루벤트 제국의 병사들에게 들키지 않고 훈련을 할 수 있을 겁니다."

"데미안, 나도 드래곤과는 싸워본 경험이 없어 뭐라고 말을 할 수는 없지만, 네 검술 실력이 조금이라도 늘어난다면 그만큼 위험이 줄어들지 않겠느냐?"

데보라는 라일이 데미안을 말릴 생각은 하지 않고 오히려 부추기자, 원망스러운 듯 그를 쳐다봤다.

"라일님, 너무하세요. 데미안은 지금 말도 안 되는 행동을 하려고 한다고요. 말리셔야 할 분께서 그러시면……."

"데보라 양, 이런 말은 좋은 비유는 아니지만 일단 들어보게. 인간에겐 하기 싫어도 해야 할 일이 있고, 하고 싶어도 할 수 없는 일이 있네. 지금 데미안은 한 사람의 인간으로 꼭 해야만 할 일을 하려 하고 있다고 나는 믿네. 그래서 데미안을 도우려는 거야."

라일의 말에 데보라는 할말이 없었다. 어차피 데미안의 성격으로 볼 때 설사 지금 그 화이트 드래곤을 찾아가지 못한다면 몰래 혼자서라도 찾아갈 것이 분명했다. 그럴 바에는 라일의 말처럼 힘을 합치는 것이 좋을 듯싶었다.

"좋아. 그럼 나도 가겠어."

"데보라, 이 일은 내 개인적인 일이야. 데보라가……."

"데미안, 이제야 말하는 거지만 난 널 좋아해. 그래서 네가 위험한 행동을 하는 것이 정말 싫어. 그래도 네가 가겠다면 작은 힘이나마 겨우 도울 뿐이야."

데보라의 용감한 고백에 데미안은 뭐라고 이야기해야 좋을지 몰랐다. 그렇지만 한마디 정도는 해야 했다.

"고마워, 데보라의 마음, 죽을 때까지 잊지 않을게."

"죽긴 누가 죽는다고 그래? 어차피 갈 거라면 빨리 가자."

데보라의 말에 일행들은 도착한 지 얼마 되지 않아 다시 비밀 훈련장으로 이동을 해야 했다. 적당히 인원을 나누어 바렉스를 출발한 일행들은 저녁이 되어서야 도착할 수 있었다. 이미 네로브는 깊은 잠 속에 빠져 있었고, 데미안 일행들은 숲 사이로 난 길을 따라 조심스럽게 움직였다.

뜻밖에도 헥터가 이들을 안내한 곳은 동굴이었다. 구불구불한 동굴을 따라 가다 보니 꽤나 넓은 공간이 나타났다. 한데 일행들이 감탄하고 있을 때 십여 명의 사람들이 나타나 그들 일행을 포위했다. 그러나 일행들 사이에 제롬이 있는 것을 발견하고는 곧 포위망을 풀었다.

"이곳은 과거 사제들이 아지트로 사용했던 곳입니다. 지금은 우리가 사용하고 있지만, 워낙 복잡한 통로를 지나야 하기 때문에 이곳을 발견하기란 쉽지 않을 겁니다. 이분들에게 쉴 곳을 마련해 드리게."

"알겠습니다, 절 따라오시지요."

제롬의 지시를 받은 청년 하나가 벌집처럼 뚫려 있는 한쪽 벽으로 일행들을 안내했다. 각자 자신이 지낼 곳을 정한 일행들은 바로 검술 훈련에 도입했다. 데미안은 자신의 짐 속에서 오랜만에 〈地獄二刀流〉를 꺼내 내용을 살펴보았.

이미 절반 정도에 해당되는 부분은 그래도 간간이 그림이 섞여 있고 해서 대부분 이해한 상태였지만, 뒷부분은 절반 정도의 해석이, 그것도 드문드문 되어 있는 상태여서 이해할 수가 없었다. 당시만 하더라도 데미안에게는 전반부를 익히는 것이 커다란 문제였다. 그런 탓에 후반부에 대한 해석은 유보해 두었다. 그렇지만 만약 해석을 하지 않은 후반부에도 자신의 실력을 키울 수 있는 그 무엇이 있다면 자신의 검술 실력이 늘지도 모른다는 생각에 데미안은 〈地獄二刀流〉 번역에 열을 올렸다.

어떻게 발음하는지는 모르겠지만 이틀 정도가 지나자 대략적인 번역은 모두 마칠 수 있었다. 그렇지만 곳곳에 모르는 글자들이 있어 명확한 해석은 불가능했다. 해석이 된 부분에서 데미안의 관심을 끈 것은 수비를 할 수 있는 방법이 기술된 곳이었다.

몸 안에 받아들였던 마나를 전신 모공을 통해 몸 밖으로 내보내서 눈에 보이지 않을 정도로 맹렬하게 회전을 시키면 상대의 어떠한 공격도 막아낼 수 있다는 것이었다. 마나를 회전시키는 방법을 기억한 데미안은 훈련장에 나와 순서에 맞게 마나를 회전시켰다.

처음 마나가 모공을 통해 몸 밖으로 빠져 나갈 때의 기분은 묘했지만, 마나가 자신의 몸 주위에 흩어지지 않고 모여 있다는 것을 느끼고는 그 마나를 회전시켰다. 데미안의 그런 모습을 본 훈련생들은 데미안의 신비스러운 행동에 관심을 보였다. 마나의 회전이 어느 정도 안정이 되었다고 느낀 데미안은 짧게 외쳤다.

"앱솔루트 아머(Absolute Armor : 절대 갑옷)!"

데미안의 외침과 동시에 그나마 보이던 붉은색의 마나는 순식간에 사라졌다. 데미안은 자신을 보고 있던 데보라에게 말을 건넸다.

"데보라, 공격해 봐."

"뭐라고?"

"지금 내 몸은 마나로 보호되고 있어. 어서 공격해 봐."

데미안의 말에 데보라는 그가 이스턴 대륙의 검술을 익혔다는 사실을 떠올리고는 훈련용 목검을 들었다. 그리고는 데미안의 어깨를 향해 가볍게 휘둘렀다. 물론 힘 좋은 그녀에게는 가볍게 한 것이겠지만, 보는 사람들 입장에서는 무지막지한 공격이었다.

데미안을 향해 날아가던 목검은 허공에서 무엇인가에 부딪힌 듯 튕겨져 나갔다. 분명히 허공에는 아무것도 없었다. 이상하게 생각한 데보라가 몇 번의 공격을 가볍게(?) 했지만, 역시 결과는 마찬가지였다.

데미안은 결과에 만족했다. 이제 어느 정도 공격으로부터 자신의 몸을 보호할 수 있을 것 같았다. 데미안이 만족스러운 미소를 짓자 데보라도 괜히 기분이 좋았다. 그때 라일이 데미안에게 다가와 뭔가 작은 음성으로 이야기를 나누었고, 두 사람은 곧 데미안의 거처로 향했다.

라일이 말한 것은 아주 단순한 것이었지만 획기적인 말이었다. 문제는 데미안의 검술이나 마법이 몸에 쌓이는 마나의 양이 많아지면 많아질수록 높아진다는데 있었다. 만약 인위적으로 마나의 양을 높여줄 수 있다면, 데미안의 검술 실력이 늘어날지도 모르는 일이었다.

해서 데미안이 명상을 할 때 옆에서 라일이 도와준다면 데미안이 몸으로 받아들이는 마나의 양이 늘지 않겠느냐는 것이었다. 듣고 보니 라일의 말이 타당한 것 같았다. 자신의 검술이 눈에 띄게 늘어난 것도 대부분 몸 안에 받아들이는 마나의 양이 늘면서부터였다. 데미안은 로빈을 급히 불러 조금 전 라일과 나누었던 이야기를 그에게 해주자, 이미 선더볼트 안에서도 경험이 있었던 그는 이내 고개를 끄덕였다.

명상 자세를 취한 데미안은 몸 안의 마나를 천천히 회전시키기 시작했다. 마나 홀을 출발한 마나는 순조롭게 데미안의 온몸을 돌기 시작했고, 그 기세는 시간이 지날수록 조금씩 강하고 빨라졌다.

옆에서 데미안의 상태를 지켜보던 라일은 로빈에게 눈짓을 했고, 로빈은 천천히 치유의 구슬을 잡은 채 신성 주문을 외웠다. 그러자 치유의 구슬이 푸르게 변하고는 천천히 데미안의 몸에 마나를 불어넣기 시작했다. 데미안의 몸 주위에 소용돌이치고 있던 마나의 흐름이 강해진 것을 발견한 라일은 천천히 마나를 방출했다.

원래 마나를 급격하게 방출하는 것이 오히려 힘이 덜 드는 방법이었지만, 데미안의 안전을 생각해 최대한 일정하게 마나를 방출한 것이다.

데미안은 마치 물을 빨아들이는 모래처럼 두 사람이 보내준 마나를 받아들이고 있었다. 그러나 여전히 눈을 감고 있어 어떻게 되어가는 것인지 도무지 알 도리가 없었다.

로빈은 힘이 딸리는 듯 잔뜩 땀을 흘린 채 데미안의 모습을 보고 있었고, 라일도 마나를 보내는 것을 멈춘 채 무슨 변화가 있는지 예의 주시했다.

잠시 후 데미안이 눈을 뜨자 라일은 데미안의 모습을 찬찬히 살폈다. 그렇지만 데미안의 눈빛이 더욱 가라앉아 보일 뿐 신체상의 변화나 예전과 다른 점은 조금도 보이지 않았다. 속으로는 실망감을 감추지 못했지만 일단 데미안에게 먼저 물어보았다.

"전과 비교해 달라진 점이 있느냐?"

"잘 모르겠습니다. 하지만 〈地獄二刀流〉에서 새로 찾은 내용이 있는데, 그것으로 시험해 보면 알 것 같습니다."

말을 마친 데미안은 검술 훈련장으로 가 바스타드 소드를 내려놓은 채 레이피어를 뽑아 들었다. 그리고는 가볍게 몇 번 휘둘러 보고는 가슴 앞에 세웠다.

그런 데미안의 모습을 그의 일행들은 숨을 죽인 채 바라보았다. 심호흡을 깊게 하고는 레이피어에 천천히 마나를 집어넣었다. 레이피어는 곧 붉은 마나에 휩싸여 불타는 듯 보였고, 데미안이 계속 마나를 집어넣자, 믿을 수 없게도 마치 레이피어가 자라듯 조금씩 길이가 길어졌다. 실제로는 레이피어의 길이가 길어진 것이 아니라 레이피어를 감싸고 있던 마나가 늘어난 것이었다. 그러나 사람들의 눈에는 레이피어가 자란 듯 보였다.

다시 마나가 줄어들어 레이피어를 감싸자 데미안은 신중하게 레이피어를 휘두르기 시작했다. 데미안의 행동은 점점 붉어져 붉은 마나에 휩싸인 레이피어와 그의 머리칼이 하나가 되어 허공에 불길이 타오른 듯 보였다. 어느 순간 그의 몸이 한 마리 새처럼 약 2미터 정도를 뛰어오르더니, 전면을 향해 레이피어를 휘둘렀다.

"슈팅 스타(Shooting Star : 유성)!"

데미안의 기합 소리와 함께 레이피어에서는 한 덩이의 붉은 마나가 전면을 향해 마치 유성처럼 날아가서는 눈 깜빡할 사이에 지면과 충돌해서는 요란 폭음을 내며 커다란 웅덩이를 만들었다. 그러나 데미안의 행동은 거기서 끝나지 않았다. 다시 한 번 허공으로 치솟은 데미안은 조금 전과 비슷한 동작으로 전면을 향해 레이피어를 휘둘렀다.

"슬러그스 스타(Slugs Star : 유성우)!"

똑같은 동작이었는데 이번에는 전면을 향해 수십 개의 작고 붉은 마나 조각들이 날아갔다. 지면과 부딪힌 마나 조각들은 요란한 소리와 함께 손가락 두, 세 마디 정도 되는 구멍을 만들어놓았다. 그 모습을 본 사람들은 자신의 눈을 믿을 수 없었다. 마법이 아닌 검술로 하는 지금과 같은 광경은 본 적도 들은 적도 없었다.

그렇기는 라일 역시 마찬가지였다. 위력이 생각보다 조금 약한 것이 마음에 걸렸지만 내색하지는 않았다. 자신이 만들어놓은 작품(?)을 잠시 감상한 데미안은 라일에게 말했다.

"스승님, 정말 이스턴의 검술은 대단한 것 같아요. 3할의 힘으로 펼친 것이 이 정도인데, 만약 사람을 향해 전력으로 펼친다면…… 생각만 해도 소름 끼치는군요."

데미안의 말을 들은 라일은 그제야 흡족한 생각이 들었다. 현재까지 뮤란 대륙에서 전승되는 검술로는 다른 사람의 마나를 받아들이는 것이 불가능했다. 그런 점을 생각해 보면 이스턴 대륙의 검술에는 특이한 점이 한두 가지가 아니었다.

"이제 준비가 모두 끝난 셈인가?"

라일의 말에 옆에 있던 뮤렐이 데미안에게 말을 건넸다.

"데미안님, 드릴 말씀이 있습니다."

"뭐지?"

"차이렌님의 영혼을 저에게 다시 집어넣어 주십시오."

"그게 무슨 소리야?"

데미안뿐만 아니라 다른 일행들도 뮤렐을 주시했다. 잠시 얼굴을 붉히던 뮤렐은 곧 자신의 생각을 말했다.

"며칠 동안 생각을 해봤는데, 이젠 차이렌님도 정신을 차렸을 것이고, 또 데미안님께 조금이라도 도움을 드리고 싶습니다."

"나한테 도움되자고 뮤렐에게 위험한 일을 시킬 수는 없어."

단호한 데미안의 말에도 뮤렐은 물러설 기세가 아니었다.

"전 다른 분들께 도움은커녕 오히려 짐스러운 존재가 아닙니까? 어차피 복수만 할 수 있다면 저는 어떻게 되어도 상관이 없다고 생각해 왔습니다. 그러니까 다시 저에게 차이렌님의 영혼을 집어넣어 주십시오."

뮤렐의 말에 입을 연 것은 라일이었다.

"저번엔 그 차이렌이란 마법사가 방심했기 때문에 쉽게 잡을 수 있었던 것이네. 만약 이번에 도망친다면 나도 어쩔 수 없네."

"상관없습니다. 그리고 전 그가 저와의 약속을 반드시 지켜주리라 믿습니다."

어떻게 들으면 한심하게까지 들리는 뮤렐의 말에 데미안은 화도 낼 수 없었다. 그가 그렇게 멍청한 소리를 한 배경에는 자신을 돕겠다는 그의 순수한 마음이 담겨 있다는 것을 알고 있기 때문이었다. 결국 뮤렐의 말대로 해주기로 결정을 했다.

데미안은 먼저 네로브가 안고 있는 토끼의 머리 부분에서 붉은 구슬을 뽑아냈다. 그리고는 재빨리 스펠을 캐스팅했다.

"컨베이언스 스피릿(Conveyance Spirit : 영혼 전송)!"

데미안의 외침과 동시에 작은 구슬은 연기처럼 피어오르며 뮤렐의 얼굴을 휘감았다. 뮤렐의 얼굴에 잠시 고통스러워하는 기색이 떠올랐다가는 곧 사라졌다. 잠시 후 뮤렐이 눈을 떴다.

"흐흐흐, 역시 인간의 몸이 좋군."

"허튼 수작은 하지 않는 것이 좋아. 이번에도 삐딱하게 나오면 두말할 것도 없이 바로 소멸시켜 버리겠어."

"알았어, 알았다고. 그렇게 좋은 경험을 했는데 나도 착한 사람이 되었다는 것을 믿어줬으면 고맙겠어. 그리고 너희들을 따라다니면 왠지 재미있는 일이 많이 생길 것 같다는 느낌이 들거든. 게다가 잠시 후면……."

"그쯤에서 그만 입 닥치는 게 좋아."

데미안의 눈꼬리가 올라가는 것을 본 차이렌은 두 손을 들며 항복이라는 표시를 했다.

"뮤렐을 잠시 불러봐."

"싫은데……."

"경고하겠어. 한번만 더 까불면 수단과 방법을 가리지 않고 영혼을 소멸시켜 주겠어."

그 말을 하는 데미안의 얼굴은 딱딱하게 굳어 있었다. 나직하게 투덜거리는 차이렌의 음성이 들리더니, 곧 뮤렐의 음성이 들렸다.
"절 부르셨습니까?"
"그래, 불편한 곳은 없어?"
"머리가 조금 묵직하기는 하지만 못 견딜 정도는 아닙니다."
"그 영감탱이가 조금이라도 허튼 수작을 부리면 언제든 말을 하라고. 이번에는 도살장으로 끌려가는 돼지에게 영혼을 옮겨버릴 테니까."
"알고 보면 차이렌님도 그리 나쁜 분은 아닙니다. 그분이 흡혈귀라고 불린 것에는 나라를 사랑하는 그분 나름대로의 방법을 사람들이 오해해서 생긴 일입니다. 몬스터에 관한 것은 대부분 오해고……."
"시끄러! 너 같은 녀석이 뭘 안다고 함부로 지껄이는 거야?"
한 사람의 입에서 두 사람의 음성이 떠드는 모습은 좀처럼 보기 드문 장면이기는 하지만, 듣는 사람에게는 혐오감이 드는 광경이었다.
"헥터, 그 카이시아네스는 어디에 사는 거야?"
"이곳에서 만 하루 정도 되는 거리에 있습니다."
"루벤트 제국의 병사들이 지키고 있어?"
"그렇진 않습니다. 다만 드래곤이 사는 곳에는 원래 몬스터들이 많이 살기 때문에 가는 것이 그리 쉽지는 않을 겁니다."
결국 제롬과 레베카, 네로브를 제외한 나머지 인원들은 간단한 식량과 자신들을 무기를 챙긴 채 출발 준비를 했다. 네로브가 같이 가겠다고 떼를 썼지만, 어떤 위험이 있는지 모르는 상황에서 어린아이를 데리고 갈 수는 없어서 데미안과 데보라가 식은땀을 흘리면서 설득해서야 겨우 네로브를 이해시킬 수 있었다.

"아빠, 엄마. 네로브가 혼자 있으면 너무 무서우니까 빨리 갔다 와야 해?"

"그래, 빨리 갔다 빨리 올게."

"아빠, 그리고 찾아서 없으면 계곡으로 가봐."

네로브가 방금 무슨 뜻에서 그런 말을 한 것인지는 모르지만, 아마도 그 예지력이란 것하고 관련이 있는 것 같았다. 고개를 끄덕인 데미안은 네로브의 볼에 가볍게 뽀뽀를 해주고는 출발했다.

화이트 드래곤 카이시아네스가 산다는 레아논 산으로 향하던 중 헥터가 입을 열었다.

"데미안님, 네로브란 소녀는 어떻게 하실 생각이십니까?"

"어떻게 하다니, 뭘 어떻게?"

"그럼, 정말 데미안님께서 그 아이를 키우실 생각이십니까?"

"왜, 난 자격 없어?"

"그런 것이 아니라 제 생각에 그 아이에게 필요한 것은 따뜻한 가정입니다. 데미안님께서 지금처럼 이런 일을 계속하시면 결국 그 아이는 아버지의 사랑을 별로 받지 못하고 자라게 될 겁니다. 아이의 장래를 생각해서라도 신중하게 결정하시는 것이 좋을 것 같습니다."

"어떤 이유로도 아이를 버리는 짓 따위는 못 해. 그럴 바에는 차라리 데보라와 네로브, 이렇게 셋이서 평생 같이 살겠어."

그 말에 데보라의 얼굴이 삽시간에 붉게 달아올랐다.

"호호호, 요즘은 그런 식으로 애정 고백을 하나? 과거와는 많이 달라졌군. 아주 화끈해."

"시끄러, 이 영감탱이야!"

데보라의 말에 차이렌은 빙글거리며 웃을 뿐이었다.
그들이 처음 카이시아네스가 레아논 산에 있다는 말을 들었을 때, 산이 커봐야 얼마나 크겠냐고 생각을 했었다. 그러나 막상 도착을 하고 보니 웬만한 산맥보다도 규모가 컸다. 끝없이 솟아 있는 날카로운 봉우리에, 금방이라도 뭔가가 튀어나올 것 같은 울창한 숲이 자신들 앞에 펼쳐지자 일행들의 입에서는 한숨부터 나왔다.
그 카이시아네스라는 커다란 흰 도마뱀을 만나기 위해서는 그의 레어를 지키고 있는 수많은 몬스터들과 싸우지 않으면 안 된다. 레오는 산기슭에 도착하자마자 다시 수컷(?)으로 변신했다. 아무래도 전투력은 수컷일 때가 훨씬 나은 모양이다. 그 모습을 보고서야 일행들은 레오가 데미안의 말대로 과거에는 남자였다가 얼마 전 여자로 변했다는 말을 믿을 수 있었다.
일행들은 조심스럽게 숲으로 들어갔다.

〈 4권에 계속 〉

사이케델리아
(PSYCHEDELIA)

이상규 판타지 장편 소설 / 1~7 / 값 7,000원

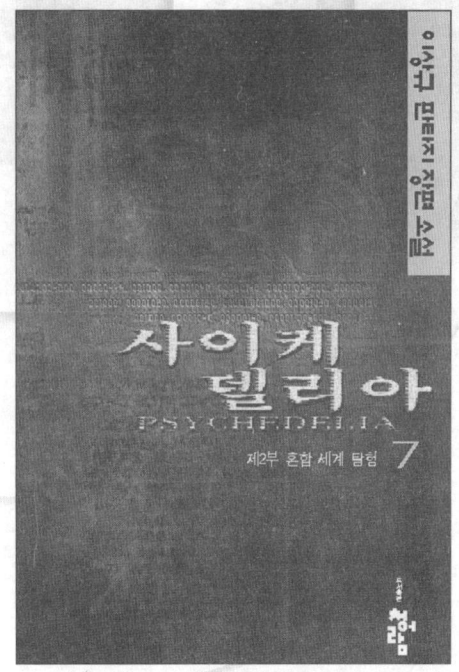

사이케델리아는 잠들어 있는 당신의 영혼에 마법을 건다.

평범한 학생인 주인공 '권강한'은 어느 날 우연히 줍게 된 붉은 구슬로 인해
판타지 세계로 빠져들게 되고, 엘프 '아세트'를 만나 여행을 떠나게 된다.
여행 도중 신화 속에 등장하는 인물들−
헤라클레스, 오르페우스, 이아손, 메디아 등−을 만나 갖가지 기상천외한 모험을 겪다가,
다시 현실 세계로 돌아오게 된다. 한데 현실 세계에는 판타지 세계에서
만났던 친구들이 같이 존재하게 되고, 그들이 기억의 혼재−판타지 세계에서의
기억과 현실 세계에서의 두 가지 기억−로 인해 괴로움을 겪자,
그들을 구하기 위해 '인연의 끈이 끊어진 세계는 소멸한다'는 마이크로스피어의
말에 의해 '인연의 끈'을 이으러 다른 세계로의 여행을 시작하게 되는데…….

엘야시온 스토리
(Elyasion Story)
안소연 판타지 장편 소설 / 1~2 / 값 7,500원

**끊임없이 변화하는 세계관의 혼재 속에 자아를
성찰해 나가는 로맨틱 판타지의 정수!!
현실이 판타지 세계인가! 판타지 세계가 현실인가!**

시나는 평범한 일상을 겪던 도중 뜻밖의 사고를 당해 다른 차원―
엘야시온―으로 들어가게 된다. 그곳에서 지금은 최하층 계급의 사람이 되어 있는
과거의 연인 드라마를 만나 여행에 동행을 하게 되고,
사건이 전개됨에 따라 시나가 그렇게 돌아가고자 노력하던 '현실'이란 결국
시나가 만들어낸 허상에 불과한 걸 알게 된다.
시나는 정해진 운명에 의해, 자신의 이름을 찾기 위해, 그리고 자신이 진정으로
찾고자 하는 '현실'을 위해 영웅이 아닌 '살인자'로서
엘야시온 12세계를 여행하게 된다.

이노베이션
(Innovation)
남수아 판타지 장편 소설 / 1~3 / 값 7,500원

변화와 혁신을 갈구하는 사고의 늪에 신선한 파문을 던져 주는 판타지 문학의 결정체!

알테이아 왕가의 둘째 왕녀로 태어났으나 정령에게 맡겨져 그림자의 기사―실험체―로
성장한 딘 라이드. 그녀의 과거가 하나둘씩 벗겨지면서 300년 전 정령과 마족간의
처절한 전쟁의 역사는 차츰 그 실체를 드러내게 되고,
그 가운데서 정령의 편도, 마족의 편도 될 수 없는 딘의 고민이 시작되는데…….
정령과 마족간의 되풀이되는 증오의 결과는 과연 무엇인가?
선(善)이라 믿었던 것이 선이 아니고, 악(惡)이라 믿었던 것이 완전한 악이 아니다,
라는 명제 아래 선악의 본질을 다시 한번 생각케 하는데…….

타천사 루시퍼

양선희 판타지 장편 소설 / 1~3 / 값 7,500원

진한 인간미를 가진 천사 루시퍼가 인간 세상에서 펼쳐 나가는 흥미로운 여행담!
반역이란 오명을 뒤집어쓰고 천계에서 쫓겨난 무성천사(無性天使) 루시퍼는
너무도 좋아하는 친구 미카엘을 닮은 인간 소년 루진을 만나게 되고, 어떤 음모에
의해 납치를 당해 붙잡혀 있던 루진의 쌍둥이 형인 라우를 구출해 주게 된다.
그 후 잠깐 동안의 헤어짐이 있었지만, 여러 동료들과 여행을 하던 루진, 라우 형제
와 다시 만나게 되어 합류를 하고, 천상계의 밀명을 받은, 인간계에 내려와 있던
타락천사들에게 공격을 받게 되는데…….

흑룡의 숲

신지연 판타지 소설 / 전2권 / 값 7,000원

정해져 있는 시간의 법칙을 무시하고 자신과 관련된 무수한 전설을 안고
살아가는 흑룡 훼이.
용족의 후계자란 신분을 가졌던 그가 인간의 여인을 사랑하여 교룡-인간과 용종족
사이에서 태어난 거부된 존재-인 아들 비(飛)를 얻게 되어 모든 것을 버리게 된다.
그런 그가 아들의 죽음 이후 영계와 천계, 그리고 하계와 명계를 넘나들며 펼치는
환상의 파노라마! 그 신비로운 여행은 이제 「흑룡의 숲」과 더불어 시작된다.

교룡 카이엔 (흑룡의 숲 2부)

신지연 판타지 소설 / 전2권 / 값 7,500원

흑룡 훼이의 활약이 있고 난 500여 년의 시간이 흐른 후, 백룡족과 인간 사이에서
태어나 인간계와 천계, 두 세계로 부터 모두 거부당한 존재인 교룡 카이엔이
펼쳐 나가는 처절한 애증의 이야기.
어쩔 수 없는 운명의 이끌림에 의해 사랑하게 된 여인은 과연 누구인가?
지금 그 이야기가 우리의 영혼을 깊이 흔들고 있다.

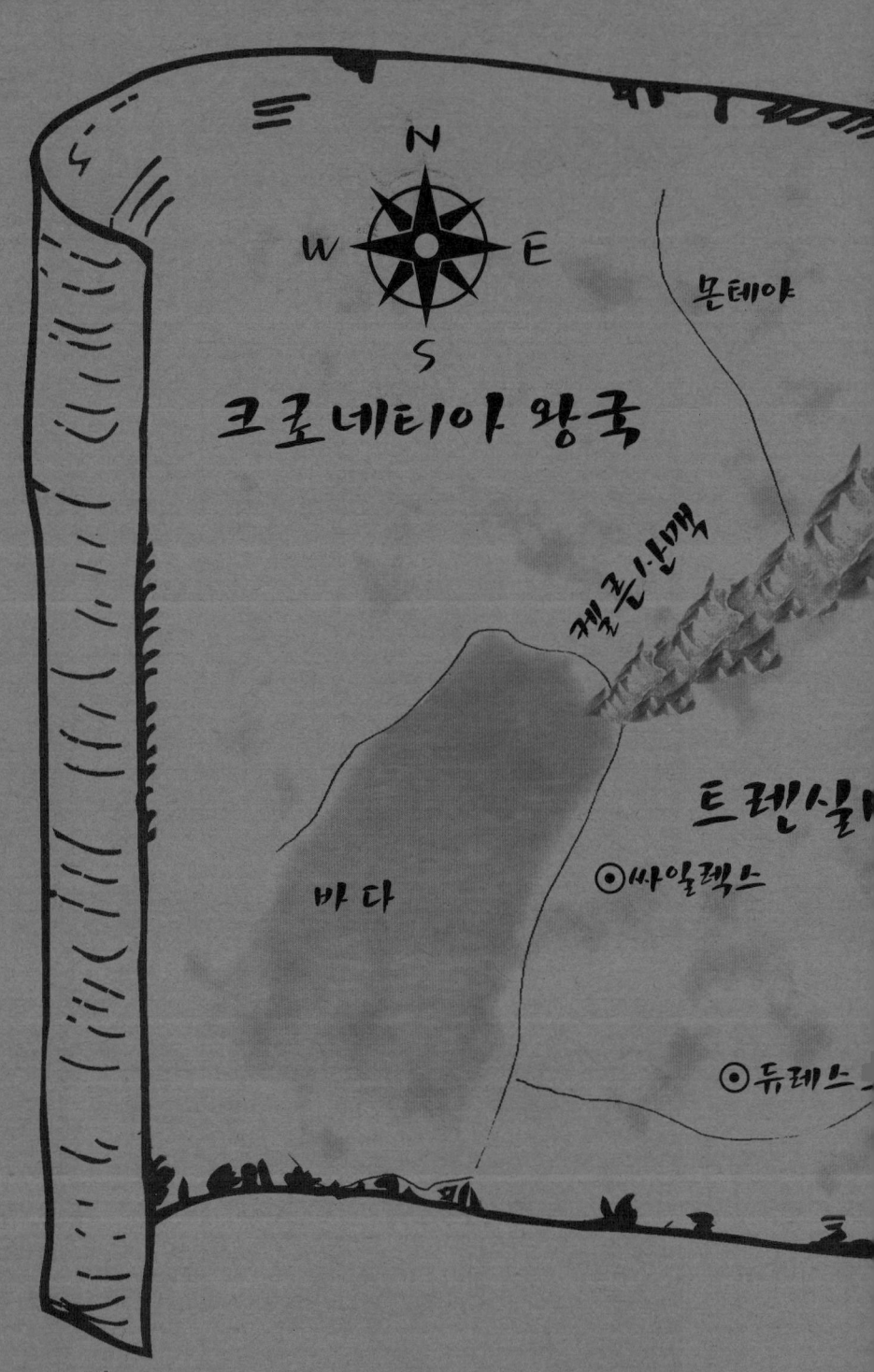

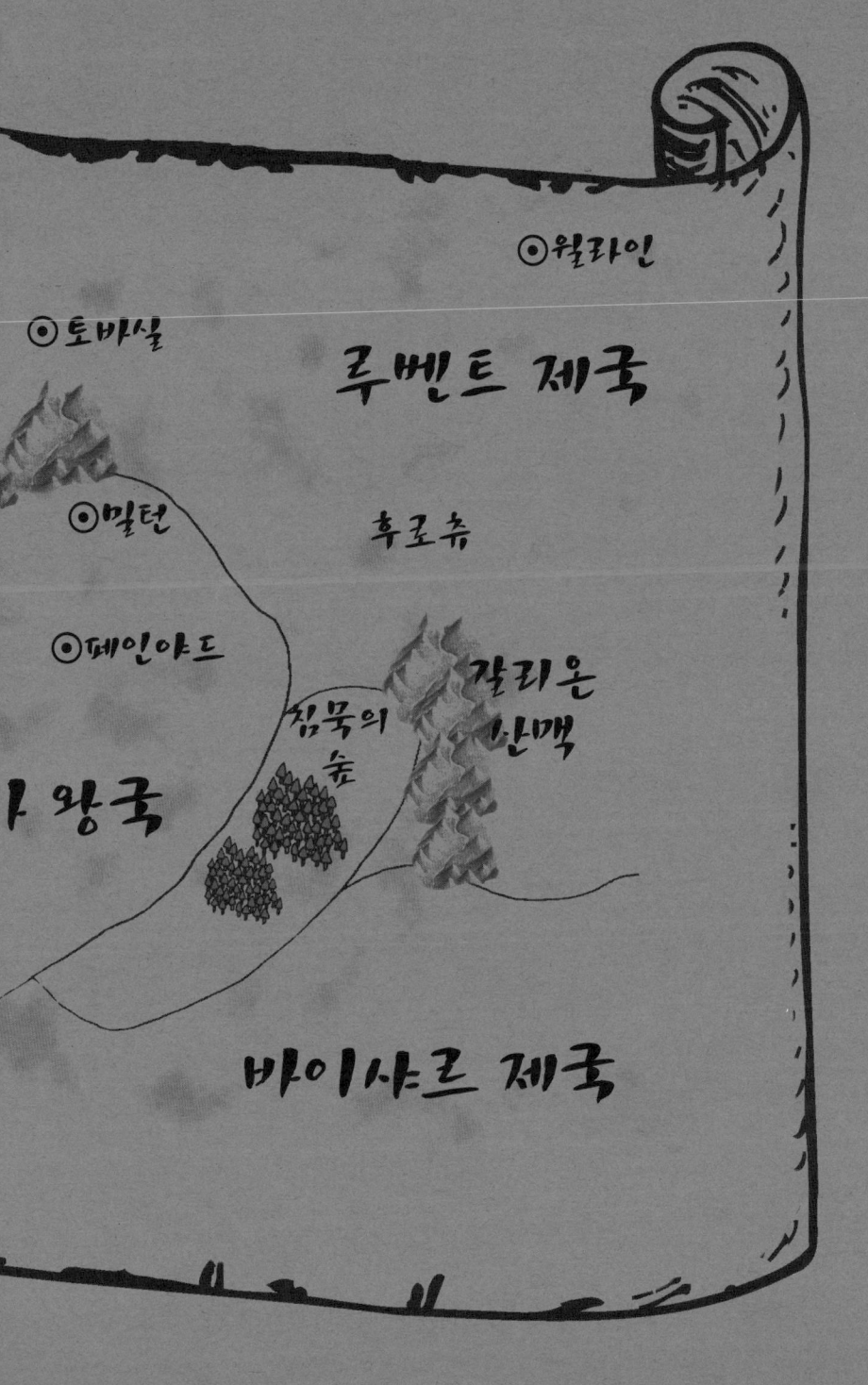